D0629302

ON T'AURA PRÉVENUE

JAMES PATTERSON

ON T'AURA PRÉVENUE

traduit de l'américain par
Philippine Voltarino

l'Archipel

Ce livre a été publié sous le titre
You've been warned
par Little, Brown & Company, New York, 2007.

Si vous désirez recevoir notre catalogue et
être tenu au courant de nos publications,
envoyez vos nom et adresse, en citant ce
livre, aux Éditions de l'Archipel,
34, rue des Bourdonnais 75001 Paris.
Et, pour le Canada,
à Édipresse Inc., 945, avenue Beaumont,
Montréal, Québec, H3N 1W3.

ISBN 978-2-8098-0150-7

À Suzie et Jack, mes petites terreurs.

*Comme une photographie, c'est dans le noir
que se révèle un caractère.*

Yousuf Karsh

1

Drôle d'heure pour sortir les morts.

Voilà le genre de réflexion qui devrait me traverser l'esprit. Mais j'ai rarement les idées claires de si bon matin.

Passé le coin de la rue, je remarque d'emblée l'attroupement devant cet hôtel branché, les housses mortuaires grisâtres évacuées sur des chariots. Et c'est plus fort que moi, je saisis mon reflex sans réfléchir. L'instinct, probablement.

Clic. Clic. Clic.

Ne cherche pas à comprendre, Kristin. Déclenche, c'est tout.

Guidée par l'objectif de mon Leica R9, je braque à gauche, à droite. Je commence par fixer les visages les plus proches – les effarés, les curieux. *Comme Annie Leibovitz si elle était à ma place.* Un costard-cravate à fines rayures, un coursier à vélo, une mère et sa poussette. Tous immobiles, à contempler cette épouvantable scène de crime. Qu'on le veuille ou non, pour ces gens, c'est l'événement de la journée. Et il n'est pas encore 8 heures.

Je m'approche malgré cette voix intérieure qui me dit : « T'occupe. Circule. » Cette voix qui insiste : « Tu sais où tu es. Cet hôtel. Tu le connais, Kristin. »

Je me fraie un passage jusqu'à l'entrée. Toujours plus près, comme entraînée par une vague irrésistible. Et je continue à mitrailler, comme si j'étais envoyée par *Newsweek* ou le *New York Times*.

Clic. Clic. Clic.

La rue est saturée d'ambulances et de voitures de police garées en tous sens. Je vois leurs sirènes projeter leurs rayons blanc et bleu en taches dansantes sur les façades de grès brun.

D'autres visages interloqués apparaissent aux fenêtres des appartements voisins. Une femme couverte de bigoudis qui mordille un bagel. *Clic.*

Quelque chose attire mon regard. Un reflet, le jeu du soleil sur le métal du dernier chariot à sortir de l'hôtel. Ce qui porte leur nombre à quatre. *Mais qu'est-ce qui a bien pu se passer là-dedans ? Un meurtre ? Une hécatombe ?*

Ils sont là, serrés sur le trottoir. Quatre chariots d'hôpital, chacun transportant un corps emballé. L'horreur pure. Tout simplement monstrueux.

Un mouvement du poignet, plan large pour les saisir ensemble, comme une famille. Mouvement inverse du poignet, je réduis l'angle pour les prendre un par un. *Qui étaient ces malheureux ? Que leur est-il arrivé ? Comment sont-ils morts ?*

Réfléchis pas, Kristin. Appuie.

Deux infirmiers baraqués sortent de l'hôtel et s'avancent vers deux flics. Des inspecteurs, comme dans *New York District.* Tous discutent, opinent et affichent le même air endurci de New-Yorkais qui en ont vu d'autres.

L'un des inspecteurs – plus âgé, épais comme un clou – regarde dans ma direction. Je crois qu'il me voit.

Clic. Clic. Clic.

Déjà une pellicule de grillée. J'en insère une deuxième avec une sorte de rage.

Il n'y a vraiment plus rien à prendre, pourtant je continue à mitrailler tous azimuts. Et tant pis si je suis en retard au boulot. Je suis comme envoûtée.

Tiens ?

Un détail vient de capter mon attention. L'un des chariots. Je refuse d'abord d'en croire mes yeux. Ça ne peut être que le vent. Ou mon cerveau encore embrumé qui me joue des tours.

Mais voilà que ça recommence. Je manque d'air. La dernière housse… elle vient de bouger !

Ai-je bien vu ou ai-je cru voir ?

Je voudrais prendre mes jambes à mon cou. Au contraire, je m'approche encore, imperceptiblement. Par quel instinct ? Toujours cette vague irrésistible ?

Impossible de détacher mon regard de cette housse entièrement zippée. Je ne vois qu'une chose : une erreur effroyable vient d'être commise, soit par la police, soit par les ambulanciers.

La fermeture à glissière.

Elle se défait tout doucement. *Cette housse est en train de s'ouvrir de l'intérieur !*

Yeux exorbités, genoux qui cèdent. Et ce n'est pas une image. Sous le choc, je titube parmi la foule, l'œil rivé à mon objectif. Je n'y crois pas.

Puis je vois sortir un doigt, et la main entière. *Mon Dieu, mais c'est du sang !*

J'oublie mon reflex.

— À l'aide ! Cette personne n'est pas morte !

Tous se retournent, flics et ambulanciers compris. Reproche ou surprise, ils me dévisagent en se gaussant. L'air affligé, comme si je venais de m'évader d'un asile de fous. *Ma parole, ils me prennent pour une cinglée !*

À grands gestes, je désigne la housse synthétique d'où la main s'efforce maintenant de s'extraire et cherche désespérément de l'aide. J'ai la nette impression que c'est une main de femme.

Ne reste pas sans bouger, Kris ! Tu dois sauver cette femme !

Mon reflex. Je m'apprête à déclencher quand…

2

Un bond si violent que je manque me rompre les cervicales. Trempée de sueur, je crie comme une hystérique. Je ne sais pas où je suis. Le flou complet. Je voudrais me frotter les yeux pour y voir plus clair, mais impossible de contrôler mes mains. En fait, c'est mon corps tout entier qui tremble, impossible de me maîtriser.

Je m'exhorte. *Kris, domine-toi !*

Enfin, des formes se précisent peu à peu, puis les contours se dessinent. Et, comme un Polaroïd, tout devient subitement net.

Arrête de flipper, ce n'était qu'un cauchemar ! Rien qu'un mauvais rêve...

Je m'écroule sur l'oreiller en poussant un colossal soupir de soulagement. Je n'ai jamais été si heureuse de m'éveiller seule dans mon propre lit.

Mais tout avait l'air si vrai.

Les housses... et cette main de femme sortant de l'une d'elles.

Un coup d'œil à mon réveille-matin. Bientôt 6 heures. Chouette, je vais pouvoir me rendormir un peu. Mais à peine ai-je fermé les paupières qu'elles se rouvrent aussi sec.

J'entends un bruit. Comme un martèlement. Et ce n'est pas mon cœur surmené. Il y a quelqu'un à la porte.

Jetant sur mes épaules le vieux peignoir en tissu-éponge qui ne me quitte pas depuis mes années de fac à Boston, j'entreprends à pas lourds la traversée de mon minuscule appartement, garni de meubles en kit de fin de série. Mon lit n'a que trois pieds et l'air de sortir d'un film des frères Farrelly, et après ?

On frappe plus fort. Zut, qu'est-ce qui peut être si urgent ?

Minute, j'arrive !

Ne pas compter sur moi pour demander « qui c'est ? ». Les judas ne sont pas faits pour les chiens. Surtout à Manhattan.

Sans faire de bruit, je me penche et lorgne d'un œil las.

Et merde.

Elle.

J'ouvre. Derrière une paire de doubles foyers premier prix, cette vieille fouine de Rosencrantz, ma voisine du rez-de-chaussée, me lorgne d'un air visiblement agacé. Quelque chose semble l'avoir dérangée. Et moi donc.

Je grogne :

— Vous savez l'heure qu'il est ?

— Et vous alors ? me toise-t-elle du haut de son mètre quarante-six. Il va falloir vous décider à cesser une fois pour toutes de hurler à la mort tous les matins comme une possédée !

Je la regarde comme si c'était elle, la folle. Je veux bien admettre que j'ai crié. Mais de là à prétendre que je *hurlais*, il y a une marge !

— Chère madame Rosencrantz, si vous tenez vraiment à emmerder quelqu'un pour tapage, je vous conseille plutôt de vous intéresser au locataire qui joue de la musique à 6 heures du matin.

Elle me regarde de travers.

— Quelle musique ?

— Oh, ne faites pas comme si vous n'entendiez rien. Ça vient de…

Je sors sur le palier, inspecte à gauche, à droite.

Bordel, d'où vient cette musique ?

Mme Rosencrantz soupire d'un air exaspéré.

— Je n'entends aucun son, mademoiselle Burns. Mais si vous pensez pouvoir vous payer ma tête, laissez-moi vous dire en face que votre petit jeu n'amuse que vous.

— Madame Rosencrantz, en aucun cas je ne cherche à...

Elle me coupe :

— Et n'allez pas imaginer que je ne puisse pas vous faire expulser, car j'en ai parfaitement le droit.

Je lance un regard furibond à cette vieille chouette. Elle est encore plus antipathique que d'habitude, si ça se peut. Une vraie face de rat. *Alors comme ça, je me paie ta tête ? Attends un peu !*

— Madame Rosencrantz, je retourne me coucher... et, si je peux me permettre, je crois qu'un peu de sommeil réparateur ne vous ferait pas de mal non plus.

Sur ces mots, je lui claque la porte sur le mufle, la laissant comme deux ronds de flanc.

Comme je m'apprête à regagner ma couette aussi sec, je m'entrevois furtivement dans le miroir près de la penderie. *Damned.* Je ne m'étais jamais vu ce regard de raton-laveur, sans parler de cette mine de déterrée, un pur cas d'école. *Merde, je suis presque aussi moche que Mme Rosencrantz !*

À ce qu'on dit, j'ai le regard qui tue. Personne n'y résiste. Alors je me fusille dans le miroir, pour voir. Peu concluant. Deuxième essai. Rien à faire.

Je préfère en rire bruyamment. Un instant, j'oublie mon effroyable cauchemar. Et j'oublie ma diabolique voisine.

Un instant seulement.

Car je n'arrive toujours pas à comprendre d'où provient cette musique inexplicable.

Comme Elmer, le chasseur de lapins du dessin animé, j'arpente mon appartement de long en large, collant mon oreille à tous les murs. Consciente du ridicule, je rampe à genoux, tâchant d'écouter à travers le plancher.

C'est au moment de grimper sur une chaise pour ausculter le plafond que je comprends soudain de quoi il retourne.

Cette musique ne vient de nulle part.

Cette musique est dans ma tête.

3

Je n'aime pas ça du tout !

Debout dans mon séjour, parfaitement immobile, je me concentre sur un son qui se situe… *entre mes deux oreilles.* Musique diffuse, mais bel et bien là. *Franchement bizarre. Voire inquiétant. Étrange début de journée, vraiment. Et je ne suis debout que depuis cinq minutes !*

Je ferme les yeux. C'est une chanson. Une chanson qui me dit quelque chose. En fait, je suis sûre de l'avoir déjà entendue quelque part. Mais avec la meilleure volonté du monde, impossible de mettre un nom dessus.

Je m'admoneste : *concentre-toi mieux, écoute.*

Dans la seconde, tous mes efforts sont anéantis : le silence de l'appartement est rompu par la sonnerie du téléphone. Mais je n'en fais pas un drame. *Pas quand c'est lui qui m'appelle.*

— Allô ?

— Bonjour, ma beauté, murmure Michael. C'est moi, ton horloge parlante sexuée…

Il a dû me la sortir cent fois, pourtant elle me fait toujours marrer.

— Bonjour, toi.

Je retrouve le sourire.

— Bien dormi, Kris ?

— Question suivante.

— Pourquoi ? Quelque chose ne va pas ?

18

— J'ai fait un rêve carrément horrible et par-dessus le marché l'abrutie qui me sert de voisine a failli défoncer ma porte et m'a fait une scène hallucinante.

— Laisse-moi deviner : la vieille peste du rez-de-chaussée ? Celle qui sort tout droit de *Rosemary's Baby* ?

— Gagné. Elle a peut-être un pied dans la tombe, mais pas sa langue dans sa poche. Elle me sort de ces trucs, je te jure. Elle finira par me rendre folle.

Si ce n'est pas déjà fait.

— Raison de plus pour faire tes valises, Kris.

— J'étais sûre que tu allais dire ça.

— Mon offre tient toujours, tu sais.

— Michael, je crois t'avoir déjà demandé de ne pas me chercher un autre appartement. Je veux m'en occuper moi-même. Bientôt. J'ai laissé mon book à la galerie Abbott. Tu parles à une future star, figure-toi.

— Je n'en doute pas. C'est juste que tu as parfois la tête dure.

— Mais c'est ça qui te plaît chez moi, avoue.

— Exact. Que tu sois brillante, bourrée de talent et super sexy est tout à fait secondaire.

Dieu, comme je l'aime. Il est vraiment trop *adorable.*

Bien sûr, ça ne gâte rien qu'il soit aussi beau mec, athlétique et gestionnaire de patrimoine chez Baer Stevens. Michael pourrait m'acheter dix appartements neufs sans même remuer un cil.

Je lui demande :

— Mais tu es déjà au bureau ?

— Cette question. Ou bien tu bouffes du Baer Stevens, ou c'est Baer Stevens qui te...

Je pouffe. Le jour est à peine levé.

— Je ne sais pas comment tu fais.

— Une vie saine, voilà le secret.

— Ah...

— À condition de s'y astreindre, évidemment...

— Très drôle ! Pour la peine, tu vas commencer par m'inviter à dîner.

— Mince, ça tombe mal. Je dois engraisser et arroser des gros clients en ville. Le business d'abord, le plaisir ensuite, comme ils disent. On n'a qu'à se retrouver après le dîner ? Tu seras mon dessert... Miam !

— Je vais réfléchir à ce *miam*.

Michael sait pertinemment qu'avec moi cela vaut pour un oui. Je n'ai qu'un vrai désir dans la vie, faire de la photo et être avec lui, mon mec parfait – *presque* parfait.

— Tu n'as rien d'autre à me dire ?

Sa voix redevient soupir.

— Je t'aime, Kristin. Je t'adore. Je ne peux pas vivre sans toi.

— Moi aussi je t'aime. Et cætera, et cætera. Je suis sincère, Michael.

Soupir.

— Mieux vaut entendre ça que d'être sourd. Réponds-moi : tu m'aimes vraiment ?

Mais je ne réponds pas. Je ne peux pas. Il a suffi de cette dernière question pour me réfrigérer.

La musique.

Je viens de me rendre compte que, depuis que Michael m'a appelé, cette chanson ne me trotte plus dans la tête. *Toujours ça de gagné !* Tout compte fait, je ne suis pas en train de devenir folle...

— Euh... Kristin, tu es toujours là ?

L'espace d'une seconde, j'hésite à lui parler de cette musique. Et puis non. Ça n'a vraiment ni queue ni tête.

— Ouais, je suis là.

— Tout est OK ?

— Mais oui. Excuse-moi, je regardais l'heure. Je ne voudrais pas être en retard au boulot.

— T'as raison. Je ne te retarde pas. Dieu m'est témoin que tu tiens bien trop à ta patronne de mes deux...

4

Voyons, combien d'autres tuiles peuvent encore me tomber sur le coin de la tronche ce matin ?

Croyant m'en tirer par cette pirouette, je raccroche et me dirige vers la salle de bains. Mais lorsque j'actionne la douche… plus d'eau chaude. *Argh ! La totale…*

C'est une autre chanson qui résonne maintenant dans ma tête. Le rire de Michael. Toujours à vouloir m'entretenir et m'acheter un appartement, celui-là. *Compte là-dessus !*

Grelottant sous mon averse arctique, j'entreprends de battre le record de la douche la plus rapide du monde.

Je m'habille, avale un bol de céréales tout en mâchant une barre au thé noir, puis procède au bref inventaire de mon sac à bandoulière avant de me diriger vers la porte. Portefeuille, clés, portable : tout est là. Sans oublier le seul autre objet dont je ne me sépare jamais, mon Leica.

Comme chaque jour, je remonte la 2ᵉ Avenue et dépasse le même kiosque à journaux étriqué, au niveau de la 46ᵉ Rue. Tous les magazines possibles et imaginables s'exhibent du trottoir jusqu'au toit. Un coup d'œil aux couvertures en passant. Je reconnais les visages radieux des célébrités et autres mannequins vedettes. *Bonjour, Brad. Bonjour, Leo, Gisele, Angelina.*

Marrant que tant de gens rêvent d'être à leur place. Moi, je voudrais simplement pouvoir les photographier.

C'est mon rêve. De moins en moins inaccessible, si j'en crois mon agent, quelques cadors de la presse magazine et, qui plus est, la prestigieuse galerie Abbott où mon travail est à l'examen. Mais en attendant que ce rêve devienne réalité – que je me sois fait un nom et que les célébrités susnommées exigent Kristin Burns pour la une de *Vanity Fair* –, je continue d'aller au boulot à pied.

Et mon boulot, c'est nounou.

Je passe la 3ᵉ Avenue, débouche cinq blocs plus loin sur Lexington, puis remonte cinq autres blocs avant de tourner à gauche vers Park Avenue. Chaque jour pareil, le même itinéraire en zigzag. Pourquoi, je n'en sais rien – la routine. Ou plutôt je ne le sais que trop. Mais je le fais quand même.

En temps normal, je prends des clichés sur mon chemin. Je capture les visages de tous ces insectes en route vers leur travail en m'efforçant d'oublier que je suis l'un d'eux. On ne peut pas dire que les trottoirs transpirent de joie à cette heure de la matinée. Autour de moi je ne vois qu'inquiétude, lassitude et une fabuleuse dose d'ennui.

Bref, la matière première du bon photographe. Au fait, combien d'années depuis qu'un sourire a décroché le Pulitzer?

Mais après le réveil que je viens de vivre, je préfère garder mon appareil dans mon sac. Je me sens un peu soucieuse. Comme si j'avais la tête dans les nuages, à ceci près que la météo est au beau fixe. Un magnifique ciel bleu de mi-mai. Le genre de journée qui vous réconcilie avec la vie.

Alors je prends une profonde inspiration avant de me botter les fesses. *Sors de ta léthargie, Kristin!* Ça a l'air de marcher.

Du moins, jusqu'à ce que je tourne au coin de Madison.

Et hurle.

Pas un petit cri perçant.

Non, un hurlement à se décoller la plèvre.

5

Oh ! mon Dieu. Oh ! mon Dieu.

Les voitures de police, les ambulances, le ballet bleu et rouge des sirènes.

Ceci n'est pas réel. Ceci ne se peut pas... Et pourtant ça se passe sous mes yeux. Avec, en plus, une odeur insoutenable qui flotte – comme de la chair grillée...

La même foule, agglutinée devant le même hôtel, les mêmes chariots évacués du hall d'entrée.

C'est impossible ! Im-pos-sible.

Et pourtant.

Mon cauchemar... *qui s'accomplit !*

Semblable, dans les moindres détails. Même les figurants : le costard-cravate à fines rayures, le coursier à vélo, la femme à la poussette, tous en train de contempler la scène de crime.

Mais cette odeur de brûlé, par contre... d'où vient-elle ?

Je ferme mes yeux et les comprime très fort, comme si je cherchais à redémarrer mon cerveau. *Suis-je en train de voir ce que je vois ?*

Oui. Je vois tout ceci, dans les détails les plus fous.

Je rouvre les yeux. Je suis toujours debout, à l'angle de Madison et de la 68e Rue, en face de l'hôtel. Et pas n'importe lequel : le Fálcon.

M'enfuir. Détaler pendant que mes jambes me le permettent. C'est ce que j'aurais de mieux à faire. Au lieu de ça, j'attrape mon Leica.

Ne pas réfléchir. Shooter.

Mais comment ne pas réfléchir ?

Tandis que mon index déclenche frénétiquement, je me dis que tout ceci est aberrant, irréel, invraisemblable et, plus j'y réfléchis, plus je suis convaincue de devoir continuer à shooter.

Pour la preuve.

Tandis que je m'approche pied à pied de l'entrée du Fálcon, la même irrésistible houle que dans mon cauchemar se saisit de moi. Je lève les yeux vers le grès des façades et qui vois-je à sa fenêtre : la ménagère à bigoudis qui mord dans son bagel.

Clic. Clic. Clic.

Mon cœur bat, bat, bat comme si j'avais une énorme grosse caisse dans la poitrine.

Je regarde mes mains. Mes bras. Je suis couverte de prurit. Crise d'urticaire ?

Aussitôt, ma respiration se bloque. On sort le dernier corps de l'hôtel. Vais-je laisser passer mon ultime chance de partir en courant ?

Oui.

Les pieds rivés au sol, je braque l'objectif sur les quatre chariots alignés sur le trottoir. Au bord de l'asphyxie, noyée dans ma propre terreur, sur le point de lâcher toutes les commandes.

Car je sais ce qui va se passer maintenant.

Je hurle :

— Au secours !

À la seule pensée de la housse qui s'ouvre de l'intérieur, c'est plus fort que moi. Je ne veux pas attendre de voir ça. La première fois était de trop.

Je délaisse mon appareil et fais de grands gestes frénétiques en criant encore plus fort :

— Au secours ! À l'aide !

Je me sens chanceler au moment précis où des larmes commencent à dégouliner le long de mes joues. Je suis encore plus rouge que tout à l'heure.

Ça devient insupportable.
Est-ce que personne ne veut m'entendre?
Si. Quelqu'un s'approche.

6

D'abord son regard. Intense. Des yeux très sombres, plantés droit dans les miens. Sans ciller.

D'un pas délibérément lent, il se fraie un passage dans la foule jusqu'à moi. Sans me quitter un instant des yeux. Il m'a certainement entendue hurler. Il est précédé d'une odeur d'after-shave et de cigarette. Il porte un costume gris muraille, veste déboutonnée sur une cravate desserrée à rayures jaunes et rouges. Fixé à la ceinture, un badge tout usé. *New York District?*

Une main soulagée sur la poitrine, je m'entends dire :

— Dieu soit loué. Vous êtes de la police ?

— Oui. Inspecteur...

Je montre l'hôtel :

— Il faut intervenir. Vite.

Il me dévisage d'un air stupéfait, jette un regard par-dessus son épaule.

— Je ne comprends pas... il faut *quoi*?

Je désigne les chariots. Les mots se bousculent sur mes lèvres.

— La fermeture... là... celle du...

Je prends une profonde inspiration et lâche le morceau :

— La personne qui se trouve dans la dernière housse... elle est vivante !

L'inspecteur regarde encore l'hôtel. Si ce n'est pas un sourire ironique que je lis sur son visage lorsqu'il se retourne, ça y ressemble. Ce type a quelque chose qui met mal à l'aise. Profondément.

— Mademoiselle, je vous donne ma parole que cette personne est décédée. Comme les trois autres, d'ailleurs.

— Je vous en supplie, vérifiez.

Il secoue la tête.

— Désolé, je ne vérifie rien. Dois-je répéter ce que je viens de vous dire ?

— Vous ne comprenez donc pas, inspecteur ? La fermeture de la dernière housse, elle va s...

Je m'arrête net. *Laisse tomber, Kris. Plus un mot.*

Je finis la phrase mentalement. Au comble de l'embarras, je viens de me rendre compte de l'absurdité de la situation. Du coin de l'œil, j'observe furtivement la dernière housse. Aucun mouvement suspect. Je brûle de raconter mon rêve à ce type. Mais j'ai besoin qu'il me croie. Donc je ne peux absolument pas lui raconter mon rêve.

— Je suis désolée, dis-je du ton le plus humble, en rangeant discrètement mon appareil. Dieu sait ce que j'allais imaginer. Un coup de flip, probablement.

— Quadruple meurtre. « Flip » est le mot.

Je tâche maladroitement de visser le capuchon sur l'objectif. Je sens le regard de l'inspecteur posé sur moi, mais j'évite de le regarder. Comme d'ajouter un seul mot en tournant les talons pour filer à l'anglaise. Ni excuses, ni au revoir, ni rien. *Passe ton chemin, Kristin. Tu t'es rendue ridicule.*

Une matinée que je ne risque pas d'oublier.

Quatre morts.

Morts ? Vraiment ?

Et puis zut.

7

Les rougeurs sur mes bras, dues à Dieu sait quoi, ont maintenant disparu. Ainsi que cette infecte odeur de brûlé. *Pourquoi mon rêve différait-il sur ce point?*

Fort heureusement, je ne suis pas très douée pour courir et gamberger à la fois. Sans quoi, je serais obsédée à l'idée de ce qui a pu ou non se passer tandis que je me rue vers l'immeuble des Turnbull, sur la 5e Avenue, face à Central Park.

Pour l'instant, je ne m'oblige à penser qu'à une chose : je suis en retard, et c'est bien la seule faute que ma patronne ne tolère pas. Le portier de l'immeuble, Louis quelque chose, se fait un malin plaisir de me le rappeler au moment où je déboule devant lui.

— Oh-oh, fait-il en hochant son crâne presque chauve. On a eu un petit contretemps, on dirait... Ne laissez jamais voir que vous avez transpiré, mademoiselle Kristin.

— C'est ça! Bonjour chez toi, Louis.

— Panne de réveil, hein?

Si seulement.

Je saute dans l'ascenseur et appuie sur « PH » comme « penthouse » : appartement de grand standing, dernier étage. Le luxe.

Dix-huit étages plus haut, mes pas résonnent sur le palier de marbre noir et blanc sur lequel ouvrent deux appartements. Je me jette à gauche, clé en main, sur la porte des Turnbull.

Faites qu'elle soit de bon poil...

L'espoir fait vivre.

La porte s'ouvre. Je tombe nez à nez sur la silhouette filiforme de Penley Turnbull. Elle a beau s'être injecté des tonnes de Restylane dans les rides du front, je vois bien qu'elle est en pétard.

— Vous êtes en retard, commence-t-elle, d'une voix glaciale et détachée.

— Je sais. Je suis sincèrement désolée.

— Je n'ai que faire de vos excuses, Kristin. Vous savez bien que je dois pouvoir compter sur vous.

Elle pince un petit brin de coton qui dépasse de sa tenue de sport design. Chaque matin ou presque, elle file à la gym juste après mon arrivée.

— Oui, je sais.

— On ne dirait pas. À vous voir, j'ai plutôt l'impression du contraire.

Je dévisage Penley Turnbull, *alias* « la Pénible ». J'ai tout d'un coup comme une envie de hurler à en briser du cristal — et ce n'est pas ce qui manque dans les parages. Ce timbre condescendant, cette façon de se retenir de piquer une gueulante parce que, n'est-ce pas, ce serait tellement vulgaire, me mettent absolument hors de moi.

Penley croise les bras et prend son air apitoyé de « maman sévère mais juste ». Ou plutôt de « belle-doche magnanime ».

— Eh bien, Kristin ? Puis-je encore compter sur vous ?

— Mais... oui, évidemment.

— Bien. Je suis heureuse que nous ayons eu cette petite mise au point.

Elle commence à s'éloigner, s'arrête, se retourne comme une girouette. Comme si elle venait seulement d'y penser, elle me livre ses instructions pour les enfants, dont elle n'est pas la mère biologique. La vraie est morte d'un accident de chasse, Sean n'avait pas un an.

— Dakota et Sean finissent leur petit déjeuner dans la cuisine. Pensez bien à revérifier qu'ils ont toutes leurs affaires pour l'école. Je ne tiens pas à recevoir un nouvel avertissement comme quoi ils ont encore oublié quelque chose. Ça devient fâcheux...

Bien reçu, Votre Majesté !

Je la regarde disparaître dans le couloir vers sa chambre, avant de mettre moi-même le cap sur la cuisine. Je n'ai pas fait deux mètres que le téléphone sonne. Je décroche dans le bureau.

— Allô ?

— La patronne est dans les parages ?

C'est Michael. Je baisse d'un ton :

— Madame s'apprête à sortir...

— Tu étais en retard ?

— Oui.

— Elle n'a pas été trop chienne ?

— À ton avis ?

— Où avais-je la tête. Bon, à part ça, tout se passe bien ?

— Michael...

— Quoi ?

— Ne t'ai-je pas demandé de ne pas m'appeler ici ?

— Qui te dit que c'est toi que j'appelle ?

— C'est ça, fais-moi croire que c'est à Penley que tu veux parler...

— Eh, depuis quand un mec n'a plus le droit de parler à sa légitime ?

— Ne fais pas l'idiot. C'est risqué.

— Je te répète que Penley n'est pas du genre à répondre au téléphone. À quoi tu crois qu'elle te paye ?

À ce moment précis, j'entends une voix dans mon dos. *Sa* voix.

— Kristin ? Qui est-ce ?

Je sens mon estomac s'invaginer. Souffle coupé, je tente :

— Oh, vous m'avez fait une de ces peurs !

Sans effet.

— Je veux savoir à qui vous parlez.

— À personne.

— Vous parliez à quelqu'un.

Elle me jette un regard désapprobateur.

— J'ose espérer que ce n'est pas un appel personnel ? Vous savez, je crois, que je n'aime pas ça pendant les heures de travail...

— Je vous assure que ce n'est pas un appel personnel.

À moins, évidemment, que tu ne penses à ton mari.

— Qui est-ce, alors ?

Une idée. Vite.

— Un gars du Lincoln Center. Il veut savoir si vous êtes intéressée par un abonnement à la prochaine saison d'opéra...

Elle dresse la tête et me décoche un regard suspicieux.

Je joue mon va-tout et lui tend le combiné.

— Tenez, vous voulez lui répondre ?

Penley – une adepte du régime macrobiotique – considère le téléphone comme si c'était une barre Twinkie. Pire : un Twinkie *frit* ! Par ailleurs, elle refuse d'avoir affaire à quelque « démarcheur commercial » que ce soit, fût-il du Lincoln Center.

— Je croyais que nous étions sur une sorte de liste rouge ?

— Maintenant que vous le dites...

Je jouis à l'idée de répéter ça à Michael. Même si je mettrais ma main à couper qu'il n'a pas raccroché et qu'il écoute tout. J'ajoute à portée du combiné :

— Nous sommes en effet sur liste orange.

Je raccroche aussitôt, mais je jurerais l'avoir entendu exploser de rire.

Michael Turnbull, mon mec *presque* parfait, adore vivre dangereusement. Et il aime encore mieux quand je joue le jeu avec lui.

8

« Dakota et Sean ? Je les adore. Pas vous ? » C'est écrit sur les tee-shirts que j'ai offerts aux enfants Turnbull à Noël dernier. Et il se trouve que c'est la pure vérité. J'ai de la peine pour eux, quand je pense que leur saleté de belle-mère se soucie d'eux comme de sa première chemise.

Tandis que l'ascenseur nous descend jusqu'au rez-de-chaussée, Sean, cinq ans, me dévore de ses grands yeux bleus avides. À cet âge, tout – je dis bien *tout* – est un sujet de curiosité pour ce charmant petit garçon.

— Mademoiselle Kristin, t'as quel âge ?

Sa sœur Dakota, sept ans bientôt, dix-sept d'âge mental, intervient aussitôt :

— On ne t'a pas appris qu'il ne faut jamais demander son âge à une femme, abruti ?

— Ça n'a pas d'importance, ma chérie. Sean peut me poser toutes les questions qu'il veut.

Avec un grand sourire pour le rassurer :

— J'ai vingt-six ans.

Il cligne ses mirettes de bébé un instant, comme s'il calculait mentalement.

— C'est pas mal vieux, dis ?

Dakota se frappe le front :

— Mais qu'est-ce que j'ai fait pour mériter un frangin pareil…

Je ris, comme souvent lors de notre expédition matinale vers la Preston Academy. « L'école primaire la plus select de tout l'Upper East Side, encore plus fermée que le camp militaire de Fort Knox », comme dirait le magazine *New York*.

— Mademoiselle Kristin, pourquoi les enfants doivent aller à l'école ? me demande Sean d'une traite.

— Fastoche. Pour apprendre des tas de belles choses et devenir très intelligents comme leurs parents quand ils seront grands. N'ai-je pas raison, Dakota ?

— Possible, me répond-elle d'un haussement d'épaules.

Sean se remet à battre des cils.

— Est-ce que tu es intelligente, mademoiselle ?

— Je veux croire que oui.

En même temps, c'est dans ces moments-là que je me pose vraiment la question. Je tiens énormément à ces enfants, je ne ferais rien au monde qui puisse les blesser. Dans ce cas, pourquoi ai-je une liaison avec leur père ?

Je le sais pertinemment.

Parce que c'est plus fort que moi.

Michael est génial. Il m'aime et je l'aime autant que nous aimons Dakota et Sean.

Belle-maman Penley, elle, se comporte avec eux comme s'il s'agissait de simples accessoires de mode, qu'elle exhibe comme un sac Chanel ou Hermès à son bras. Elle ne leur consacre jamais plus de temps qu'elle n'en a prévu. Ces deux enfants occupent dans son agenda le même espace que ses déjeuners et ses rendez-vous au musée.

Je déteste l'expression « briseuse de ménage ». Si j'avais un seul instant le sentiment d'être en train de détruire une merveilleuse histoire, je sortirais de leur vie sur-le-champ. Mais je passe le plus clair de mon temps dans ce grand appartement. Et je ne suis pas aveugle.

Je veux bien croire que je raisonne trop. Mais mon cœur, lui, sait que Dakota, Sean, Michael et moi sommes tous quatre destinés à vivre ensemble un jour ou l'autre.

Ce jour viendra.

Bientôt.

9

Nous sommes accueillis à la sortie de l'ascenseur par le sourire espiègle de Louis.

— Ma parole, mais voilà les Trois Mousquetaires !

Il porte la main au côté de son habit et brandit un sabre imaginaire. Du tac au tac, Sean saisit son épée. Leur duel quotidien les oppose d'un bout à l'autre du hall.

C'est un spectacle toujours réussi. Je l'apprécie d'autant plus aujourd'hui. Après la matinée éprouvante que je viens de vivre, ce rituel – ce retour à la normalité – est exactement ce dont j'avais besoin.

J'applaudis Sean et l'encourage, tandis que Louis feint d'être fatalement touché. Avec la conviction d'un acteur de série B, le voici qui tombe à genoux et trépasse d'une lente et pénible mort.

Y a-t-il un rapport de cause à effet ?

Ou est-ce le simple fait de me retrouver dehors ?

En tout cas, à peine ai-je posé le pied sur le trottoir que mon esprit retourne aussitôt au Fálcon Hotel et que mon rêve – ce cauchemar atroce – semble reprendre vie.

En une fraction de seconde, je suis de nouveau submergée par un flot d'images insupportables, à la fois très nettes et complètement déroutantes. Les New-Yorkais, plus que quiconque, ont horreur des choses qu'ils ne peuvent expliquer rationnellement. Et cela vaut pour les New-Yorkais d'adoption. Donc pour moi.

— Ça va, mademoiselle Kristin?

Cette fois, ce n'est pas Sean qui m'interroge, mais Dakota. Non seulement elle est assez mûre pour son âge, mais je crois bien qu'elle lit dans les pensées.

— Tout va très bien, ma chérie. Pourquoi?

— Parce que tu serres rudement fort, ce matin.

Je regarde mes doigts. Mes articulations sont blanches autour de sa petite main. Autour de celle de Sean aussi. Je relâche l'étreinte en disant:

— Pardonnez-moi. Je dois tellement aimer vous savoir cramponnés à moi que j'ai du mal à vous lâcher.

— Moi ça va! fait Sean, aux anges.

Tout en marchant, je dois lutter pour refouler toutes les images négatives qui s'y pressent. Lutte inégale, voire impossible. Une ambulance passe dans la rue, sirène hurlante, et c'est comme si je revoyais tout en détail. Les housses mortuaires, la glissière…

La main de femme rouge de sang.

— Mademoiselle Kristin, tu recommences, se plaint Dakota en tortillant ses doigts pour se dégager.

— C'est vrai, emboîte Sean. On dirait le poing de mon GI Joe!

Quelques minutes plus tard, nous voici à l'angle de Madison et de la 74e Rue, devant l'imposant portail en fer forgé de la Preston Academy. Je m'accroupis pour embrasser Sean et Dakota.

— Passez une bonne journée, mes petits anges.

— Toi aussi, mademoiselle Kristin, passe une bonne journée! gazouille Sean.

Dakota me regarde dans les yeux:

— Tu es sûre que tu vas bien?

— Certaine.

Enfin, pas tant que ça.

Dernière œillade aux enfants, qui me la rendent. L'œillade qui tue – la vraie! Eux aussi l'ont pour de bon.

Je reste là à les regarder. Ils filent rejoindre leurs camarades et montent en rang les marches de l'école. Ils ont l'air tellement joyeux et insouciants.

Tellement innocents.

10

Les deux seuls bons côtés de mon job viennent de disparaître derrière la grande porte de la Preston Academy. Je n'ai qu'à revenir sur mes pas pour retrouver le mauvais côté.

Penley.

Et ce qu'elle se plaît à appeler « un brin de ménage », plus rarement « les tâches ménagères ».

Pendant que les enfants sont à l'école, Penley trouve toujours un moyen de m'occuper avec... comment dire... des occupations. Disons que cette femme, à son âge, n'a pas dépassé le stade anal rétentif. La semaine dernière, par exemple, elle m'a demandé de ranger le garde-manger en insistant sur la nécessité de disposer les boîtes de conserve par ordre alphabétique.

Quant au « grand ménage » – changer les draps, lessiver, repasser, briquer les salles de bains, etc. –, c'est le boulot de Maria, qui vient deux fois par semaine. Maria est originaire de Morelia, au Mexique. C'est une fille extraordinaire. Une bosseuse comme on en voit peu, avec un sourire grand comme ça. Quant à savoir comment elle fait pour supporter Penley et sa langue de vipère, je ne vois qu'une explication : sa maîtrise très approximative de la langue anglaise.

Tandis que moi, je perçois parfaitement la mesquinerie des petites vexations quotidiennes que m'inflige Penley.

Dans ces conditions, on comprendra mon peu d'enthousiasme à rentrer ventre à terre à l'appartement après avoir déposé Dakota et Sean. D'où ma tendance à prendre mon temps, et ce n'est pas aujourd'hui que je vais faire une exception. Comme je n'ai toujours pu trouver aucun sens aux événements – ou apparences d'événements – de la matinée, je m'efforce de ne surtout pas y penser.

Je décide de flâner sur Madison Avenue. La lumière est idéale. Le besoin de faire quelques clichés me reprend de plus belle. Je sors mon appareil. Aussitôt, l'excitation me gagne.

Je dévisse le capuchon de l'objectif et ne peux m'empêcher de penser à Michael. Quand il ne s'ingénie pas à vouloir m'installer dans un appartement de meilleur standing, il se propose de faire décoller ma carrière en m'offrant ma propre galerie ou en me décrochant un reportage dans un magazine prestigieux.

Mais je ne veux pas en entendre parler. Pour rien au monde.

Je mets un point d'honneur à y arriver sans son aide, même si cela suppose de prendre des vestes et d'attendre le chèque de Penley en fin de mois. Mais attention, je ne suis pas *complètement* demeurée : j'autorise Michael à me payer des sorties, le restaurant et autres petits plaisirs. Ce que je ne veux pas, c'est me sentir dépendante de lui. Et je crois dur comme fer, qu'il l'admette ou non, que Michael ne le souhaite pas non plus pour moi. Ce qui me donne une raison supplémentaire de l'aimer. Car je l'aime. Oh ! oui, je l'aime.

En attendant, je manque encore de photos exceptionnelles pour parachever mon book. Alors, quand j'ai la chance de renifler une occasion, je déclenche à tout va. Et aujourd'hui – je le sens – est un jour avec.

Plus bas sur Madison, un homme en kippa nettoie la vitrine d'un restaurant. Son air ronchon se reflète dans le sillage de sa raclette aussi nettement que dans le miroir. Extraordinaire illustration, dédoublée, de l'aliénation des classes laborieuses. Je multiplie les angles en compatissant.

Puis j'avise une femme qui grille une cigarette sur le seuil d'une maroquinerie. Selon toute apparence, une vendeuse qui prend sa pause, comme le prouvent amplement sa posture accablée et son regard lointain. Je prends deux clichés, l'un d'elle, l'autre de son ombre.

Je souris derrière l'objectif. *Beau travail!*

Tellement beau que j'en ai perdu le sens de l'orientation.

Avant d'avoir pu m'en rendre compte, me voici à moins d'un bloc du Fálcon.

Il s'en est fallu de peu. Rien ne serait pire que de retourner travailler, si ce n'est me retrouver une nouvelle fois devant cet hôtel. Surtout depuis que le Fálcon et moi avons des atomes crochus, pour user d'une litote.

Dans ce cas, pourquoi mes pieds refusent-ils de marcher?

C'est pourtant simple comme bonjour : je n'ai qu'à faire demi-tour et remonter la 5e Avenue.

Mais non. C'est comme si cette irrésistible lame de fond avait repris possession de moi et s'opposait à mon envie de fuir.

Qu'est-ce qui se passe, Kristin? Tu perds les pédales?

Pas du tout. Je suis même l'une des personnes les plus saines d'esprit que je connaisse. Et c'est bien ce qui rend cette histoire si étrange.

De façon inexplicable, je me sens attirée par le Fálcon et par les événements qui s'y sont déroulés ce matin.

Mais quels événements, au juste?

En ai-je la moindre idée? Pas trop.

Il faut que je regarde les infos. Et que je développe les photos. Mais d'abord, il y a plus urgent.

Me tirer d'ici.

Ce que je fais aussitôt.

Comme quoi, il suffisait de volonté.

11

Il est à peine plus de 17 heures lorsque je déboule chez moi comme une fusée.

Je devrais être sur les rotules. Penley m'a fait briquer sa ménagère en argent seize couverts, qui comprend non pas une, ni deux, mais la bagatelle de trois fourchettes à salade. Vous m'avez bien entendue : *trois !*

Tandis qu'elle m'épiait du coin de l'œil pour s'assurer que je ne faisais pas grâce d'une auréole, je ne nie pas avoir caressé l'idée de la trucider avec tout cet arsenal.

Heureusement qu'il y a Dakota et Sean – *toujours* voir le bon côté des choses. Après avoir récupéré mes petits cœurs à l'école dans l'après-midi, nous nous sommes promenés à Central Park où nous avons joué à chat perché et à « papa, maman et la nounou » sur la prairie pendant plus d'une heure.

Donc, comme je le disais, je devrais être exténuée.

Eh bien, pas du tout. Trop sur les nerfs pour être fatiguée. Trop tendue. Je crève d'envie de savoir ce qui s'est passé au Fálcon ce matin. Il me faut absolument résoudre cette étrange énigme.

Je pose mon sac, fais valdinguer mes mocassins et sors une eau vitaminée du frigo – saveur pêche-mangue, ma préférée. Maintenant, je peux filer devant la télé pour suivre le flash de 17 heures sur la première chaîne d'info venue. Je tombe sur un présentateur à la chevelure soigneusement étudiée :

— Bonjour, voici les informations...

Non, franchement, on dirait qu'il a un casque d'incendie sur le crâne...

Lui et sa copine nous informent à tour de rôle des « faits marquants du jour ». À Brooklyn, une canalisation de ville s'est ouverte dans le quartier Flatbush. Encore un meurtre à l'arme blanche dans le Queens. À Wall Street, un taxi est monté sur un trottoir et a percuté la cantine d'un marchand de hot-dogs écumant de colère.

Mais pas un mot sur le Fálcon.

Comment est-ce possible ?

Comment un tas de saucisses renversé par un taxi fou peut-il faire la une, et pas la mort de quatre personnes dans un hôtel en plein cœur de Manhattan ?

À moins que ce soit déjà du réchauffé ? Si ça se trouve, le drame de ce matin a fait les gros titres du JT de midi. À l'heure qu'il est, il leur faut déjà d'autres faits divers sordides. Après tout, New York est une mégalopole. Pleine de violence et de misère à se mettre sous la dent.

Je zappe.

Apparition d'un autre tandem de présentateurs, même constat : toujours rien sur la « tragédie » du Fálcon Hotel. À moins que je ne vienne de louper les « faits marquants ».

Ou à moins que j'aie tout rêvé de A à Z. *Là, ça devient carrément bizarre.*

Mon rêve était un vrai rêve. Mais ce que j'ai vu dans la rue en allant bosser aurait été un produit de mon imagination ? Une manifestation physiologique de mon stress émotionnel, comme dirait mon ex-psy, le docteur Corey ? *Ben voyons ! Et le reste du temps, je me prends pour Gwyneth Paltrow, c'est ça ?*

Je sais ce que j'ai vu. Et je sais aussi que ça s'est passé ce matin en me rendant au taf. J'y étais ! D'ailleurs, en douterais-je un seul instant, je n'aurais qu'une chose à faire.

J'abandonne la télé et attrape mon sac à bandoulière. J'en sors mon Leica et les rouleaux de pellicule que j'ai réalisés ce matin.

Il est temps de faire parler la chambre noire.

12

Ici, c'est comme mon domicile secondaire – enclavé dans mon appartement, mais qu'importe. Pour être exacte, il s'agit d'un dressing reconverti. Disons le mot : une boîte à chaussures.

J'y pénètre, referme la porte, prend une longue, profonde, déstressante inspiration. *Bonjour pénombre, ma vieille complice...*

Après la journée d'épouvante que je viens de vivre, avouez qu'il est étrange qu'une pièce si petite, pour ne pas dire oppressante, aux cloisons recouvertes de panneaux de liège noirs, sans fenêtre ni autre lumière que les 7 watts de l'ampoule inactinique, me procure un pareil apaisement.

Voilà bien pourquoi c'est la première pièce que j'aie aménagée.

Mon labo photo.

Mon chez moi.

Au-delà du bien-être que me procure le développement de mes propres prises de vue – *considérez-moi vieux jeu si vous voulez, puriste si vous préférez* –, l'obscurité du labo vous donne cette sensation extraordinaire de laisser le monde entier à la porte et tous les soucis qui vont avec. *Dehors, les soucis ! J'ai dit : dehors !* Dans cet antre, il n'y a de place que pour la photo et moi.

OK, à nous deux. Voyons voir ça et finissons-en.

J'éteins l'ampoule rouge et, dans le noir complet, enroule les pellicules sur des spires à développement.

C'est une question de doigté, mais j'ai exécuté ces gestes tant de fois qu'aujourd'hui je les fais sans y penser.

Chaque spire bien à l'abri dans sa petite cuve, je peux rallumer la lanterne. Une pâle lueur rouge se fait aussitôt.

C'est l'heure de la soupe.

L'un après l'autre, je verse les ingrédients magiques dans les cuves. D'abord le révélateur chimique, ensuite le bain d'arrêt – de l'eau et une once d'acide acétique – et pour finir le fixatif.

Si seulement je savais cuisiner comme je sais développer…

Et voici venu l'instant du grand frisson, celui où mon cœur s'emballe le temps d'un battement ou deux. Toutes les bobines me font cet effet-là, je ne vois pas pourquoi celles-ci feraient exception.

Les négatifs commencent à se fixer. Ma première opportunité de voir le produit de ma pêche.

Si produit il y a.

Je me penche légèrement pour profiter au maximum de mes 7 watts de luminosité. La seule perspective de revivre image par image le cauchemar éveillé du Fálcon Hotel me met plus qu'un peu mal à l'aise. Mais il y a pire : l'appréhension qu'aucune des prises de vue n'apparaisse.

À choisir, je préfère de loin la moindre de deux calamités : plutôt une réalité effrayante que pas de réalité du tout.

Les images commencent à se matérialiser. J'en loucherais. Semblables, plan par plan, à la scène que j'ai vue. *Copie conforme !*

Je me redresse, pousse un « ouf ». Je ne m'attendais pas à me sentir aussi soulagée. Tellement soulagée qu'il s'en faut de peu que je ne remarque rien.

Ces clichés ont quelque chose d'anormal.

L'énigme continue. En pire.

Tiens ? On dirait que l'odeur de brûlé est de retour…

13

Mon premier réflexe est de plonger les négatifs dans un bac d'eau froide pour les examiner de si près que mon nez fait quasi trempette.

Difficile de dire exactement quoi, mais quelque chose cloche sur ces clichés. Sans parler de cette odeur manifeste de brûlé. Au fait, mes mains? Ouf, pas encore d'urticaire.

Parmi les blancs livides et les noirs d'encre du négatif, on dirait que quelque chose est en train de se produire – un effet insolite qui se met en place.

Très bien, mais quoi?

J'arrache les négatifs de leur bain pour les scruter sous une forte loupe collée à mon œil.

J'ausculte attentivement chaque vue avant de faire glisser la loupe sur la suivante, au comble de la nervosité. J'examine... *suivante...* j'examine... *suivante...* Toujours plus vite, encore, encore.

Et je finis par entrevoir ce qui se passe. Plus exactement, *où* ça se passe.

Il s'agit des quatre housses.

On dirait qu'elles sont... *translucides.* Est-ce possible? C'est comme si je pouvais à la fois les voir et distinguer plus ou moins au travers – pas dedans, au-delà.

Un négatif est transparent par essence, me direz-vous, mais il ne s'agit pas de ça. Chacune des housses présente une espèce de translucidité : ni tout à fait transparente, ni vraiment opaque.

Entre les deux.

Étrange…

Mais probablement explicable. Mon cerveau passe en revue toutes les causes possibles. Double exposition, reflet des chariots métalliques, matière et texture des housses proprement dites… En quelques secondes, j'ai le choix entre tout un tas d'explications plus ou moins plausibles.

Mais aucune qui soit imparable, aucune qui puisse me tranquilliser un tant soit peu.

Dans le doute, inutile d'y aller par quatre chemins. Voilà ce que je me dis en sautant l'étape planche contact pour passer directement à l'agrandissement.

Le temps de passer une nouvelle fois les clichés en revue, j'arrête mon choix sur le plus détaillé, à cause de l'angle serré.

Quelques secondes passent avant que je m'en rende compte. Comme par hasard, c'est la dernière des quatre housses à sortir de l'hôtel. Celle dont la glissière descendait et d'où – non, je ne préfère même pas y penser.

Sans compter qu'il s'agissait d'un rêve. Tandis que ceci est la réalité. Qui s'accomplit là, maintenant, sous mes yeux.

Je place gauchement la pellicule dans le porte-négatifs puis dans l'agrandisseur en m'assurant que la face émulsionnée est dans le bon sens, afin de ne pas inverser droite et gauche. Assez d'anomalies pour aujourd'hui !

J'opère vite. Rien de plus stimulant que l'impatience. Si ce n'est la peur. En un tournemain, me voici devant un tirage 8 par 10 de la fameuse housse.

On y voit mieux, c'est sûr. Le hic, c'est que je ne suis pas plus avancée. Pas la plus petite intuition quant à ce fichu phénomène. Cet aspect translucide ne ressemble à rien que j'aie déjà vu, et Dieu sait combien de pellicules j'ai développées dans ma vie.

Depuis l'instant où j'ai ouvert l'œil, ce matin, jusqu'à la minute présente, toute cette journée n'a été qu'une sorte d'immense fiesta paranormale. Moi qui déteste faire la bringue !

Un œil à ma montre. Pas loin de 19 h 30. *Mais où file le temps qui passe ?*

Je vais faire d'autres agrandissements. Peut-être aurai-je plus de chance avec une autre prise de vue ? En réalité, je cherche surtout à m'occuper l'esprit pour ne pas repenser aux événements de la journée.

Le stratagème fonctionne un moment. Puis, après une deuxième heure, il finit par m'avoir à l'usure. Je sors de la chambre noire et marche quelques pas dans le living.

Pas encore l'heure de se coucher. D'ailleurs, je suis trop sur les nerfs pour dormir. *J'ai besoin d'air !*

Ça tombe bien, j'ai justement une idée de promenade.

14

Je sors du taxi au niveau du Old Homestead Steak House, le plus vieux grill de New York, en plein cœur du Meatpacking District, les anciennes halles de Manhattan. Comme si ça ne suffisait pas pour dissuader les végétariens, l'entrée du restau est surmontée d'une énorme vache. Tout en finesse.

J'ignore s'il existe un répertoire des impairs à ne surtout pas commettre en cas de liaison amoureuse, mais je suis prête à parier que foutre en l'air le dîner d'affaires de votre jules doit figurer en tête de liste.

J'entre dans le restau et croise le maître d'hôtel, l'air de savoir parfaitement où je vais. Alors que je n'en sais rien.

Je découvre un bar surpeuplé et un salon tout aussi fourni, précédant une salle de restaurant, elle-même pleine à craquer, disposée de telle façon qu'on ne distingue que les premières tables.

Comme je m'approche pour mieux voir, un truc me saute aux yeux. Avec ses boiseries sombres, ses fauteuils club en cuir, ses portions de viande à obstruer le Lincoln Tunnel, cet endroit est sans conteste un repaire de mecs. D'ailleurs, les nanas se comptent sur les doigts d'une main.

— Je peux vous aider?

Sa voix m'a fait sursauter. Je me retourne: le maître d'hôtel. Cette fois, difficile d'y couper.

— Je cherche quelqu'un.

— Je peux peut-être vous aider?

— Merci, je vais me débrouiller.

Il inspecte mes vêtements : jean, sweater Armani Exchange, gilet noir Elie Tahari. Chic, peut-être, mais pas exactement les atours de la « cadre dynamique ».

— J'insiste. Vraiment.

Message reçu cinq sur cinq. Il ne me *demande* pas s'il peut m'aider, il l'exige.

— Dans ce cas... Son nom est Michael Turnbull. C'est un habitué, je crois bien.

— Mais parfaitement. Si vous voulez me suivre. M. Turnbull est au fond de la salle, avec ses invités.

Un moment d'hésitation.

— En fait... si vous pouviez lui dire que je l'attends ici ?

— Je vois. Et vous êtes... ?

À ton avis, sa femme ?

— Kristin.

Un silence gêné. Je complète :

— Son assistante.

Sitôt dit, je m'en mords les lèvres.

Sourire entendu – un peu trop à mon goût – du maître d'hôtel qui disparaît dans la salle de restaurant.

Bien joué, Kris. La prochaine fois, viens carrément avec un portevoix et gueule : « Tout le monde à son poste ! Maîtresse à tribord ! »

Je continue à me torturer en attendant Michael. Mon unique espoir est qu'il soit plus surpris que fâché, et non l'inverse.

Mais ce n'est pas Michael que je vois venir vers moi quelques minutes plus tard.

C'est encore le maître d'hôtel.

15

— Il a dit *quoi*?

— M. Turnbull vous demande de vous joindre à eux, répète le maître d'hôtel.

Je regarde le gars tellement de travers que je manque en perdre la station debout.

— Vous êtes certain?

— Absolument.

Et sans me laisser souffler il m'entraîne tout au fond. J'aurais dû m'en douter. *Ça, c'est tout Michael.*

Tellement sûr de lui. Tellement maître du jeu.

Tellement tout ce pourquoi je l'aime.

Pas étonnant qu'il gère des tels portefeuilles. Pas un risque qu'il ne puisse minimiser. M'apercevant, il lance:

— Ah, la voici!

C'est une grande table ronde, mais pas besoin d'être grand clerc pour deviner qui préside. Michael se lève en dégainant son sourire qui tue. Verre de vin à la main, il vient à ma rencontre et jette au maître d'hôtel un bref clin d'œil, l'air de dire: *Je prends le relais.*

Et de quelle manière.

— Kristin, permettez-moi de vous présenter nos amis de la Royal Queen Bank de Suède.

Puis il regagne la table et, passant carrément son bras autour de moi, déclare à la cantonade:

— Messieurs! *Jag vill att ni alla möter min sekrete-rare, Kristin.*

Toute la tablée – que des hommes, plus blonds les uns que les autres – lève son verre à l'unisson et se fend d'un sourire. Je rosis. Ils n'ont pas l'air de banquiers. On dirait plutôt une équipe d'aviron.

Une équipe d'aviron éméchée.

J'attends que ces Vikings aient repris leurs libations pour me pencher vers Michael et lui murmurer à l'oreille :

— Tu leur as dit quoi ?

— Que tu es mon esclave sexuelle.

— Tu appelles ça un mensonge ?

— Je déconne. Je t'ai présentée comme ma secrétaire. Ce n'est pas ce que tu as dit au garçon ?

— C'était pas crédible, hein ? Désolée. Au fait, j'ai dit « assistante ».

— Pas pire que de te faire passer pour ma nièce, c'est sûr.

— Marrant que tu dises ça, j'y ai pensé, figure-toi.

Ça l'amuse.

— Eh, gamine, j'ai quarante-deux ans, pas soixante-deux…

— Merci, mon Dieu !

Je le regarde, imperturbable, prendre une gorgée de vin rouge. Sa main est aussi ferme qu'un roc. Stupéfiant. Non seulement mon apparition surprise en plein dîner d'affaires ne lui fait ni chaud ni froid, mais il trouve le moyen de m'inviter et de me présenter à ses clients, au nombre de neuf.

C'est ce que j'appelle en avoir.

Michael en a.

— Bien, si vous me disiez ce qui me vaut ce plaisir inattendu, mademoiselle ma secrétaire ?

— J'avais besoin de te voir.

Je ne peux quand même pas entrer dans les détails. Pas ici. Et d'ailleurs, par où commencer ?

— Tu n'as pas oublié que je devais t'appeler ensuite, n'est-ce pas ? me rappelle Michael.

Un demi-sourire.

— Je sais. Il faut croire que je n'ai pas eu la force d'attendre.

Je halète discrètement dans son oreille. Il feule :

— Hmm, j'adore quand tu fais ça...

Tout me le prouve en effet... Avant que j'aie pu ajouter un mot, Michael me délaisse pour frimer encore un peu en suédois. Une fois de plus, je ne comprends pas un traître mot de ce qu'il dit.

Toujours est-il qu'à la fin tous les stylos sortent des poches.

16

— Tu leur as dis quoi, ce coup-là?

Nous sortons du restaurant, lui devant, moi derrière.

— Je te le dirai dans la bagnole, répond Michael sans se retourner.

Dehors, il prend ma main. Puis, sans prévenir, le voilà qui part en vrille et se met à vociférer :

— Espèce de gros dégueulasse, pauvre naze, exhibitionniste de mes deux!

Ces compliments ne sont pas pour moi, mais pour un pékin occupé à pisser contre un mur.

Il le bouscule si brutalement que le visage du type s'écrase contre les briques. Je regarde ailleurs. C'est le côté de Michael que j'aime le moins – son tempérament. En général bien caché – mais quand il ressort, gare.

Je ne l'attends pas. Il me rattrape, reprend ma main, chuchote :

— Pardon, Kris, pardon. Pardon, pardon, pardon.

Un peu plus bas dans la rue, Vincent, son chauffeur, l'attend devant la limousine de fonction. Il nous ouvre la porte arrière. Je n'avais pas remarqué sa présence en arrivant tout à l'heure. Michael lui tend un billet de 100 dollars plié :

— Tiens, vieux. Si tu veux bien m'acheter un paquet de Lucky...

Je précise que Michael est non fumeur.

Vincent est une baraque qui a constamment l'air de tourner un épisode des *Soprano*. Pas besoin de lui répéter. Il ferme la porte derrière nous et se volatilise aussi sec.

Nous nous calons dans les luxueux sièges en cuir. Michael diminue l'éclairage juste comme il faut.

— Enfin seuls, dit-il en passant sa main dans mes cheveux. Je suis profondément désolé pour tout à l'heure…

— Pas grave. Tu es trop protecteur, voilà tout.

Un coup de poing blagueur sur sa poitrine :

— Bon, et maintenant, si tu m'expliquais pourquoi ils t'ont tous tendu leur stylo ?

— Il y a un proverbe qui dit : « Dieu est dans les détails. »

— Traduction ?

Michael déboutonne mon gilet et commence à m'embrasser dans le cou. Il embrasse comme un dieu. Caresse comme un dieu. Chatouille comme un dieu.

— Je leur ai dit que ma secrétaire venait m'apporter des contrats que j'avais oublié de signer au bureau.

Sa main se glisse sous mon gilet, entreprend de dégrafer mon soutien-gorge.

— Après quoi, pour faire bonne mesure, je leur ai dit que je n'avais pas de stylo sur moi. Ils se sont tous empressés de m'en trouver un. Pas un n'a perdu son temps à se demander si je les baratinais.

Sa main englobe mon sein gauche et le caresse lentement. Michael englobe et pelote également comme un dieu. Rien à dire, il a le coup de main.

— C'est toute la différence entre le menteur chevronné et l'arracheur de dents. Un sourire en bonus, la petite nuance qui change tout. Le sens du détail, ma chère…

— Tu sais que tu es complètement dingue ?

— Dingue de toi, oui, je sais.

Sa main aborde les régions australes et s'attaque aux boutons de mon jean. Je me sens gagnée de suées.

Arrête. Stop. Du calme.

— Michael, j'ai un truc important à te dire…

Crois-tu qu'il me laisserait finir ma phrase ? Ses lèvres viennent se coller aux miennes pour un baiser profond, autoritaire, et sur le coup je ne suis pas loin d'y succomber. Ça le rend tellement heureux, et moi je me sens tellement en sécurité dans ses bras. Comme rééquilibrée.

Chute sur toute la longueur de la banquette. Le contact du cuir a quelque chose de frais et d'irrésistible. Michael défait mon jean et je l'aide à se débarrasser de son pantalon. Sa main remonte doucement le long de mes cuisses, sur mon ventre, autour de ma taille. Ses doigts effleurent à peine ma peau.

— Quel corps incroyable tu as. Tu es si douce, si appétissante. Tout le contraire de Penley.

J'enroule étroitement mes jambes autour de lui afin qu'il me pénètre bien, et gare à lui s'il jouit avant moi.

Puis je suis emportée dans un merveilleux vertige et je voudrais que cette sensation n'ait pas de fin.

Jamais.

Car ce n'est pas un rêve que je fais.

17

— Alors, qu'est-ce que tu voulais me dire de si important? demande Michael en rajustant sa chemise. Il s'est passé un truc aujourd'hui? Une bonne nouvelle, j'espère. La galerie t'a appelée?

Mais va comprendre, je n'ai pas trop le cœur à me lancer dans une conférence post-coïtale. Ce n'est ni l'endroit ni le moment de lui raconter cette journée de démence. Ce serait déplacé. Et puis je suis vannée.

— Écoute, on en parle demain. Va rejoindre tes invités.

Il presse ma main.

— Tu es sûre?

J'opine.

— Contrats ou pas contrats, je crains que tes Suédois ne commencent à se poser des questions...

— ... ou à rouler sous la table.

Je ris. Il sourit. *C'est fou comme je me sens sans défense devant ce sourire-là.*

Michael bipe Vincent pour qu'il me raccompagne chez moi. Puis il pose son BlackBerry et commence à se débattre avec sa cravate.

— Attends. Laisse-moi faire.

Il profite que je lui rabats son col et resserre son nœud – double Windsor, toujours – pour me caresser gentiment la joue.

— Je t'aime. Je t'adore. Tu le sais bien.

— Oh? Première nouvelle.

— Tu n'as qu'à mieux t'informer.

C'est le moment de lui décocher « le » regard, ce regard que je lui sers maintenant depuis des mois. La suite, il la connaît. Ses yeux roulent comiquement.

— Va au bout de ta pensée, Kris. Dis-le.

Je vais me gêner.

Je me penche pour lui murmurer les deux mots qui feraient toute la différence – la seule décision qu'il doive impérativement prendre :

— *Largue Penley.*

En guise d'encouragement, je lui lèche doucement l'oreille. Il se retire comme un petit garçon qu'on chatouille. Ça aussi, j'aime bien : sa fragilité, parfois. Il tâche de me tranquilliser :

— Bientôt. J'y travaille.

— Sérieusement ?

— Sérieusement.

Il fouille dans sa poche.

— Pour t'aider à patienter, j'ai trouvé ça.

Ça, c'est un écrin rectangulaire en cuir rouge, noué d'un ruban blanc.

Je sens un grand sourire éclore sur mon visage.

— Ta cote vient de faire un bond spectaculaire, Turnbull !

— Que veux-tu, je ne joue pas pour perdre.

Il dépose l'écrin dans ma main.

— Désolé, ce n'est pas un stylo.

J'espère bien !

J'ouvre délicatement la jolie boîte. La charnière oppose ce qu'il faut de résistance pour aiguiser l'impatience.

Je n'en crois pas mes yeux.

C'est un bracelet. Un bracelet en diamants et saphirs. Tellement étincelant qu'il jette des reflets rouges sur mes mains. J'ai juste assez de souffle pour m'exclamer :

— Il est magnifique !

— Comme toi. Tiens, passe-le. Oh non, laisse-moi le faire.

Il referme doucement le bracelet sur mon poignet. Je n'arrive pas à le quitter des yeux. Parce qu'il me plaît à la folie, mais surtout parce que c'est Michael qui me l'offre.

— Alors ? Comment le trouves-tu ?

Puis, d'une voix plus basse et tendre :

— J'ai toujours peur quand je choisis quelque chose pour toi. Je veux tellement te rendre heureuse.

— Comment je le trouve ? Mais je l'adore ! Je t'adore !

— Bonne réponse.

Je l'embrasse et le serre très fort dans mes bras.

— Merci, merci, merci !

— Montre-moi un peu ta fameuse œillade, pour voir ?...

Mon œillade qui tue. Ça ne se refuse pas. Sourire en coin, il ajoute :

— Promets-moi juste une chose.

— Quoi ?

— Ne le mets pas pour aller travailler.

18

Vincent me raccompagne. Assise à l'arrière, j'ai les yeux rivés sur mon fabuleux bracelet. Il est incroyablement beau.

Quatre diamants... deux saphirs... quatre diamants... deux saphirs... et ainsi de suite tout autour de mon poignet. *Un cercle magique.*

Chapeau, Michael !

Pour un peu, j'en oublierais pourquoi j'ai couru à lui comme une folle tout à l'heure. Enfin, pas tout à fait. Je ne regrette pas d'être venue, en tout cas. Cette journée cauchemardesque me paraît déjà lointaine. Ce n'est pas moi qui m'en plaindrai.

La limousine décélère pour s'arrêter à un feu rouge. Vincent me demande si la température est « OK pour moi ».

Je ne vois que sa nuque épaisse où s'aventure une balafre en dents de scie qui prend sa source sous son col de chemise.

— Ça va. Impeccable ! Merci de vous inquiéter, Vincent.

Ça doit être la centième fois qu'il me raccompagne, et pourtant notre conversation n'a jamais dépassé le stade du factuel, pourrait-on dire, quoiqu'il soit toujours très prévenant avec moi. C'est marrant comme les armoires dans son genre sont rarement portées sur le papotage.

Cela dit, c'est peut-être dû à ce léger sentiment d'inconfort que j'ai vis-à-vis de lui. Car, enfin, Vincent n'est pas aveugle. En un sens, il est même complice.

Michael dit qu'il a plus confiance en lui qu'en n'importe qui. Et il faut reconnaître que les faits lui donnent raison. Vincent est son chauffeur depuis plus de neuf ans. Il était là avant moi. Il était même là avant Penley.

Tout de même, ça me gêne un peu de penser qu'il sait, et donc que n'importe qui d'autre pourrait savoir.

Nous longeons les derniers blocs en silence. Je regarde alternativement le bracelet et le spectacle de la rue. Toutes ces lumières qui brillent, ces gens, ces immeubles... Cette ville, la nuit, a parfois quelque chose d'hypnotique.

— Nous sommes arrivés, mademoiselle Burns.

Fidèle à son habitude, il sort m'ouvrir la portière juste devant l'entrée de l'immeuble. Il me tend son biceps et me guide jusqu'au trottoir.

— Merci, Vincent.

— Pas de quoi.

Il referme la porte derrière moi et s'apprête à remonter dans la limousine. Je sens qu'il faut que je dise quelque chose, sans trop savoir quoi. N'importe quoi, en fait, pour dissiper ce malaise. Il serait grand temps que nous échangions autre chose que des banalités.

— Je peux vous poser une question, Vincent?

Il se retourne.

— Bien sûr, mademoiselle Burns.

Je cherche les mots justes. Voici ceux que je finis par trouver :

— Vous aimez votre métier?

— Oh oui, beaucoup. M. Turnbull est un bon patron.

— Ça ne m'étonne pas. Et je sais qu'il a pleinement confiance en vous.

Il acquiesce.

— Vous lui êtes très dévoué, je crois?

Cette fois, il réfléchit une seconde. Je pense qu'il se demande où je veux en venir. Pour être honnête, je me le demande aussi.

— Très dévoué, me répond-il.

— C'est capital.

— Je le crois aussi, mademoiselle Burns, poursuit-il en croisant ses bras. Pour lui, je ferais tout.

— Excellente réponse.

19

Je sursaute dans mon lit, un hurlement au bord des lèvres, que je parviens à réprimer pour ne pas devoir encore m'en expliquer à Mme Rosencrantz. Trempée de sueur, les joues dégoulinantes de larmes, le cerveau encore cuisant.

Ce rêve... singulièrement réel.

Encore le même cauchemar, copie conforme. *C'est pas vrai !*

Hormis le fait que nous sommes aujourd'hui, tout est pareil qu'hier. Y compris cette musique, cette chanson que j'entends dans ma tête. Je suis sûre de connaître la mélodie, et pourtant impossible de mettre un nom dessus.

Et puis cette odeur de brûlé qui flotte. La même qu'au Fálcon. *D'où vient-elle ?*

Je risque deux pieds hors du lit, sèche en vitesse mes yeux mouillés. Je me sens à la fois pitoyable et brisée. Même la vision rassurante de mon beau bracelet, lové sur la table de nuit, ne parvient pas à me réconforter.

Ce n'est pourtant pas la première fois que je fais un rêve récurrent. Cela m'arrive même souvent, mais ce n'est jamais qu'un de ces rêves d'angoisse que tout le monde a connu, par expérience ou par ouï-dire, comme se retrouver nu en public ou se présenter au grand oral sans avoir rien révisé.

Mon cauchemar est tout à fait différent.

C'est un rêve qui m'appartient en propre, et à nulle autre. Le Fálcon Hotel... Pourquoi lui en particulier ?

Quatre personnes sans vie… Qui étaient-elles? Comment sont-elles mortes?

Un coup d'œil au réveil. Bientôt 6 heures, comme hier matin. Si je voulais, je pourrais très bien me rendormir un peu. *Mais quelle bonne idée… comme si j'avais hâte de retrouver mon cauchemar!*

Je me traîne jusqu'à la salle de bains. Premier faux pas de la journée, je commets l'erreur de me regarder dans le miroir. *Houlà…* C'était mieux hier. J'ai l'air d'une demi-publicité pour un masque de beauté: avant, après. Sauf qu'il n'y a pas d'après.

Au moins, j'ai de l'eau chaude ce matin!

Le jet à pleine puissance, je monte le son de la radio, dans l'espoir qu'une chanson puisse doucher celle que j'ai dans la tête. Avec un peu de chance, je pourrais carrément tomber sur la même, entendre les paroles et la reconnaître.

Mais si j'avais du bol à ce point-là, ça se saurait.

La douche me fait un bien fou. Je vais encore rester un peu dessous. L'eau qui tombe en cascade sur ma tête me procure un début de détente. Le poste est réglé sur WFUV, la fréquence de l'université de Fordham. C'est une chanson d'Elvis Costello, l'une de mes préférées, « Alison ».

Je mets un temps à me rendre compte que cette chanson a fini par balayer celle qui me trottait entre les oreilles. Exactement comme je l'avais espéré.

Cela dure jusqu'à la fin du morceau, suivi du flash d'infos lu par un type.

Je coupe précipitamment le jet d'eau. Je jurerais l'avoir entendu parler d'un fait divers tragique au Fálcon Hotel.

Mais c'est autre chose qui me fait trembler comme une feuille en me séchant dans ma serviette.

Le gars de la radio n'a pas dit que ça s'était passé hier. Il a bien dit: *ce matin.*

Une demi-heure plus tard, sans attendre le coup de fil de Michael, je suis déjà sur le palier et ferme ma porte à double tour.

Quand soudain...

— Mademoiselle Burns ? Mademoiselle Burns !

Pas elle. Pas la fée Carabosse. Pas si tôt. Je me retourne et – horreur, c'est encore pire : Mme Rosencrantz est accompagnée d'un vieux type chauve qui la surplombe de son mètre soixante-cinq, soixante-dix à tout casser. Elle explose :

— Vous avez encore remis ça ! C'est pas humain de hurler aussi fort ! Vous avez réveillé mon Herbert. Il a tout entendu. Tenez, demandez-lui !

Je ne demande rien à son Herbert. Je dévale l'escalier. Pas d'ascenseur ce matin. *Trop pressée !*

20

Les gens marchent vite à Manhattan ? Je marche encore plus vite. De droite, de gauche, les gens s'écartent sur mon passage. Je suis la Moïse des trottoirs.

Prochain arrêt, le Fálcon Hotel. Certainement le dernier endroit au monde que je rêve de visiter. Il le faut pourtant.

Sûr que je serais plus vite arrivée en taxi. Mais, allez comprendre, l'idée de piquer une crise de nerfs, enfermée dans un véhicule en marche, ne me tente pas plus que ça.

Pas étonnant, dans ces circonstances, que le docteur Corey, mon psy, se rappelle à mon souvenir. Que dirait-il en tirant de sa pipe une bouffée prétentieuse ? Un de ses petits mantras autosuggestifs, du genre : « Tiens bon. » Ou : « Domine ta peur. » Ou encore : « Chacun est responsable de sa propre vie. »

À l'époque, ces formules me paraissaient autant de clichés parfaitement ineptes, guère surprenants dans la bouche d'un analyste fumeur de pipe.

Aujourd'hui, elles remontent d'un seul coup à la surface. Impossible de me les ôter du crâne. Et le pire, c'est qu'elles ont l'air de faire un peu d'effet.

J'allonge le pas. Encore quelques blocs et j'y suis.

Je me sens de nouveau aspirée, comme engloutie par cette lame de fond. *Pourquoi suis-je ainsi attirée vers cet hôtel ?* Allons, je connais la réponse à cette question. Mais c'est un secret que j'emporterai dans ma tombe. *Le secret du Fálcon.*

Par réflexe, je tâte mon sac pour m'assurer que mon Leica s'y trouve bien. Je sais pertinemment que oui, puisque j'ai vérifié avant de partir, comme toujours. Mais je ne veux rien laisser au hasard.

Au niveau de la 68e Rue, j'abandonne la marche forcée pour traverser Park Avenue au petit trot. Droit devant, au détour de Madison, le Fálcon.

Mon cœur se met à me baratter la poitrine. Je sens mes veines pulser à mon cou.

Courage, Kris. Tu es la seule à pouvoir résoudre ce mystère.

Encore quelques enjambées. Est-ce la rumeur d'un attroupement que j'entends ? Et ça, une sirène ? Je ne vais pas tarder à le savoir.

Mais mes pieds ont d'autres projets.

Je n'ose pas passer le coin. Soudain livrée à mon appréhension, je tente de résister au courant. J'ai si peur du spectacle qui m'attend.

Espèce de poule mouillée ! Cela n'est pas à proprement parler un mantra du docteur Corey, mais il fait l'affaire.

Après une profonde inspiration, je serre les poings et passe le coin de la rue. Et que vois-je ?

Rien du tout.

Une rue ordinaire de New York, le rouge écarlate d'un auvent d'hôtel, des gens qui vont et qui viennent, des voitures et des taxis qui s'apostrophent. Comme s'il ne s'était rien passé ici.

C'était couru. *Tu espérais quoi ?*

À tous les coups, j'ai mal compris le type à la radio. Après tout, j'étais sous la douche, de l'eau plein les oreilles.

J'aurais dû m'y attendre.

Je saisis mon appareil. Ça ne seront pas mes photos les plus inspirées, mais parmi les plus rassurantes, sans aucun doute. *Tu vois bien que tu n'es pas si givrée que ça...*

Je taquine le déclencheur avant d'entrer au Fálcon demander à la réception ce qui s'est passé *hier*. Ainsi je connaîtrai enfin toute l'histoire. Le scoop. La vérité. Après quoi je pourrai oublier cette histoire de fous et passer à autre chose.

Je porte l'appareil à mon œil, m'apprête à mettre au point.

Je tourne l'objectif dans le sens des aiguilles d'une montre, quand je sens une main me toucher l'épaule.

Je m'immobilise.

Une statue de sel.

Clic !

Puis : *bang !*

L'appareil vient de me glisser des mains et de s'écraser sur le trottoir.

21

Bordel de merde! Je me penche pour ramasser mon Leica. En un seul morceau, mais l'objectif est explosé.

Puis je me retourne – et je ne vois d'abord que ses yeux. Le même regard intense qu'hier. Je reconnais sa silhouette mince et fourbue, son odeur d'after-shave et de tabac froid. Et ce regard qui semble dire : « Si tu crois que je ne t'ai pas reconnue. »

Je reprends ma respiration. Lui, dans son costume anthracite, reste là sans bouger, sans un mot. Même pas : « Désolé de vous avoir fait peur. » On dirait plutôt qu'il s'efforce de réprimer un sourire. *Je ne vois vraiment pas ce que ça a de drôle.*

Et puis zut, je me fous complètement de savoir s'il me croit siphonnée. Je l'agresse :

— Ça vous prend souvent de rôder derrière les gens pour leur flanquer la trouille de leur vie ? Vous ne manquez pas d'air !

— Je ne rôdais pas le moins du monde.

Je le regarde sortir un paquet de Marlboro et, d'une simple secousse, en extraire une tige. Il a des mains noueuses d'étrangleur. Pas le genre de type à se tourner les pouces.

— Alors, qu'est-ce qui vous amène ? Ou plutôt, qu'est-ce qui vous *ramène* ? me demande-t-il en allumant sa cigarette, avant d'absorber une taffe voluptueuse.

C'est une simple question, pas franchement inattendue étant donné les circonstances. Mais cet homme dégage un truc que je flaire immédiatement. Comme si je pouvais le renifler. Ce n'est pas curiosité de sa part : c'est le début d'un interrogatoire en bonne et due forme.

— Je me rendais à mon travail. Je passe par ici tous les jours. Enfin presque tous les jours.

Il expire un fin jet de fumée par une commissure, me tend le paquet en disant :

— Cigarette ?

— Non, merci.

— Vraiment ?

— Je ne fume pas.

— Dites plutôt que vous ne fumez plus.

— Qu'est-ce qui vous fait croire ça ?

— Votre façon de regarder ma cigarette. On lit facilement le désir sur un visage. Surtout le désir des choses défendues. Je suis *inspecteur*, vous vous rappelez ? Brigade criminelle.

Bien vu. Je suis en effet une ex-fumeuse. Plus d'un paquet par jour. J'ai commencé le jour de mon arrivée à New York. Mais qu'il ne compte pas sur moi pour passer aux aveux.

Il tire une interminable bouffée sans cesser de me dévisager.

— Cette ville grouille de dangers mortels. Alors un de plus, un de moins...

L'entrée en matière rêvée pour lui demander ce qui a bien pu se passer dans cet hôtel – qui étaient les victimes, comment sont-elles mortes ? Mais n'est-ce pas justement le terrain où il cherche à m'attirer ? Et si oui, pourquoi ? Je ne sais rien de ces quatre personnes. Je lui retourne sa question en déplaçant l'intonation :

— Et vous, qu'est-ce qui *vous* ramène ici ?

On dirait que ça le fait sourire. Sans moquerie. Il a tout de suite l'air plus humain.

— Il arrive qu'un méchant soit assez stupide pour retourner sur les lieux du crime. Ou une méchante, sait-on jamais...

Quand je disais que je le reniflais !

— Comment avez-vous dit que vous vous appeliez, déjà ?

— Je n'ai rien dit.

Il fouille dans sa veste, en sort un stylo-bille et un calepin.

— Je vous écoute, dit-il, prêt à noter.

— C'est un interrogatoire ?

— Pas du tout. Je vous demande simplement votre nom.

Je jette :

— Kristin Burns. Et le vôtre ?

Il me fixe. *Ce regard...*

— Delmonico. Inspecteur Frank Delmonico.

Nouvelle expédition dans la poche intérieure de sa veste, cette fois pour en extraire un badge qu'il me flanque sous le nez. Mais que je ne regarde pas. Exprès. Je préfère examiner ma montre :

— Désolée, mais je vais devoir vous fausser compagnie. Je suis déjà en retard...

On dirait une réplique de vaudeville. Il y a de ça. D'un autre côté, ce type n'a jamais tâté des foudres de Penley Turnbull, *alias* « la Pénible ». Je n'ai pas seulement envie de me tirer d'ici : je le dois. Faute de quoi, l'inspecteur Frank Delmonico pourra ajouter un cinquième macchabée à son enquête, mais sur la 5e Avenue. Le mien.

— Remettons cette séance à plus tard et je vous promets de répondre à toutes vos questions. Quoique je ne sache rien. Dites-moi seulement où vous retrouver ?

Il referme son calepin.

— N'allez pas encombrer votre jolie petite caboche. Je vous retrouverai bien. Ça ne sera pas une grosse affaire.

Et, portant son index sur sa tempe :

— Moi, inspecteur. Brigade criminelle.

22

Pas de Penley pour m'accueillir à la porte lorsque j'arrive, hors d'haleine, pour commencer ma journée de travail. Ça doit être la récompense du sprint que je viens de piquer sur la 5e pour ne pas être en retard.

Je n'ai pas fait deux pas dans le vestibule que j'entends sa jolie voix m'appeler depuis la cuisine :

— C'est vous, Kristin ? C'est bien vous ?

— Bonjour, Penley.

Façon de parler : ce jour ne vaut pas mieux qu'hier. Le retour du cauchemar, la réapparition de cet horrible inspecteur et, cerise sur le gâteau, un objectif hors de prix en mille morceaux : on peut carrément dire que cette matinée, jusqu'ici, a été calamiteuse. L'une des pires de ma vie.

Je traverse la salle à manger tendue de velours rouge, avec son lustre à pendeloques de cristal, puis pousse la porte battante de la cuisine, tout en blanc et acier inoxydable, pour y découvrir Penley attablée devant une tasse de café.

Mais... ?

Assis à côté d'elle, Michael.

Génial. Rien que du bonheur.

Ce n'est certes pas la première fois que nous nous retrouvons tous les trois dans une même pièce, mais j'aurais préféré un autre moment. Évidemment, je suppose que Michael est en train de prendre un pied monumental.

À moins que non.

À voir le regard qu'il me jette par-dessus son *Wall Street Journal*, on ne peut pas dire qu'il transpire la jovialité. Yeux bouffis, tignasse blond cendré en pétard, enroulé à la diable dans un peignoir : les mots « gueule de bois » seraient plus appropriés.

— Ne parlons pas trop fort, me souffle Penley, sarcastique. Il y a ici quelqu'un qui a passé une partie de la nuit avec des garçons...

— Estime-toi heureuse qu'ils étaient suédois et pas russes, intervient Michael, à la limite du borborygme. Sans quoi je serais encore au plumard.

— Oh, c'est vrai, quelle *chââance* nous avons ! répond Penley en roulant des yeux.

Et de me gratifier d'un sourire entendu, comme pour me faire partager un moment de féminine complicité.

Beurk...

La soirée scandinave de Michael s'est visiblement prolongée longtemps après qu'il m'a souhaité bonne nuit. Voire *très* longtemps, car il est bien rare qu'il arrive en retard au bureau.

La seule et dernière fois où je l'ai vu dans cet état, c'est le jour où Penley est partie chez ses parents pour la nuit, dans le Connecticut, en emmenant les enfants. Michael avait prétexté du boulot pour rester en ville.

Lui et moi avions filé en douce à Brooklyn, pris d'assaut une table à l'écart chez Bonita et éclusé trois pichets de sangria. Le lendemain matin, nous nous réveillions dans une suite sur Central Park South, propriété de Baer Stevens, avec un mal de crâne grand comme Mexico.

Penley le foudroie du regard :

— Eh bien, qu'est-ce que tu attends pour dire bonjour à Kristin ?

Lui, tel un perroquet, sans dévisser les yeux de son journal :

— Bonjour à Kristin.

En récompense, Penley lui assène un grand coup sur le bras. J'ai la plus grande peine à me retenir de sourire.

À force de lui dissimuler le plus petit indice de notre liaison, Michael est passé maître dans l'art de feindre une complète indifférence à mon égard lorsque nous nous trouvons tous les trois en présence. Au point que ce petit jeu en devient comique.

En plus d'être très adroit.

D'ailleurs, il ne faut que quelques secondes à Penley pour nous apporter la preuve que la ruse est bien rodée. Après m'avoir appris que Dakota et Sean sont dans leur chambre en train de s'habiller pour l'école, elle apostrophe soudain Michael comme si une mouche venait de la piquer.

— Mais... et Kristin, alors ?

Puis, se tournant vers moi sans attendre la réponse :

— C'est vrai, je crois ne vous avoir jamais entendue parler d'un petit ami... Ce qui signifie, je suppose, que vous êtes libre ? N'est-ce pas, Kristin ? Vous êtes disponible ?

Qu'est-ce qu'elle raconte ? Disponible pour quoi ?

Explication de texte :

— J'étais justement en train de parler à Michael d'un garçon dont j'ai fait la connaissance à la gym et qui ne se remet pas d'avoir été largué par sa copine. Le mieux pour lui serait de s'en trouver très vite une nouvelle. Ça ne vous tente pas de le rencontrer, Kristin ? Il est charmant, vous savez.

— Comment ça... Un rendez-vous surprise ?

— Si on veut.

Je consulte Michael du coin de l'œil. Il a levé un sourcil. Une fissure dans son masque d'indifférence, à l'idée de me voir convoler avec un type « charmant » qui n'est pas lui. Mais dans la situation présente, que peut-il bien faire ou dire ? Rien, il le sait aussi bien que moi.

Je biaise :

— Vous me prenez de court, Penley !

Elle hausse les épaules.

— Qu'avez-vous à craindre ? À moins, bien entendu, que vous ne soyez lesbienne – ce dont vous n'auriez nulle honte à avoir, croyez-le bien. Mais vous n'êtes pas lesbienne, n'est-ce pas ? Kristin ? Dites-moi.

Je secoue la tête, absolument sans voix. Penley est aux anges :

— Par-fait. L'affaire est dans le sac ! Il s'appelle Stephen. Je lui parle de vous et on organise un rendez-vous. Et puis, vous verrez, il est bien fichu.

Tu parles... Je meurs d'impatience.

23

Penley, c'est un de ses bons côtés, a l'art de filer à l'anglaise.

La voici partie dresser une liste d'invités pour sa prochaine vente de charité, au profit de je ne sais quel institut du savoir-vivre. À vomir. Et Dakota et Sean qui participent, les pauvres gosses...

— Ensuite, je file à la gym.

Michael finit par se lever pour aller à la douche et s'habiller pour le boulot.

Moi, je vais faire déjeuner les enfants. Je passe une tête dans la chambre rose de Dakota :

— Bonjour, ma princesse !

Assise sur le bord de son lit à baldaquin, elle est plongée dans *La Trompette du cygne*, d'Elwyn B. White. Elle lève le nez et me décoche un de ses sourires à vous liquéfier le cœur.

— Bonjour, mademoiselle Kristin.

— Prête ?

Dakota inspecte son uniforme de la Preston Academy en fronçant les sourcils. C'est une adorable jupe à carreaux bleus et verts, complétée d'un simple chemiser blanc, mais une petite fille obligée de s'accoutrer ainsi chaque jour de la semaine finit par ne plus faire la différence avec un sac postal. Elle grogne :

— Oui. Je suis prête.

— Alors je t'attends à la cuisine, d'accord ? Je vais voir si Sean est prêt lui aussi.

Elle reprend sa lecture :

— Je finis ma page et j'arrive.

Je reprends le couloir. Quelle merveille, une petite fille qui aime autant lire ! Bientôt ce sera Sean, dès qu'il aura appris. J'en fais mon affaire. À part se sentir aimé, y a-t-il rien de meilleur que la lecture pour un enfant ? J'en doute.

La porte de sa chambre est ouverte. Assis par terre, il brasse un océan de Lego. Le mois dernier, il ne construisait que des fusées spatiales. Ce mois-ci, il ne jure que par les voitures, mais des voitures dotées de super-extra-méga-pouvoirs. Je m'enquiers :

— Elle a quoi de spécial, celle-ci ?

Sean tourne vers moi sa frimousse radieuse :

— B'jour, mademoiselle !

Sa petite main me tend son dernier prototype.

— Elle tire des lasers et des missiles et elle peut tout casser sur son passage. Et elle va aussi sous l'eau.

— Mais c'est génial, Sean !

Génial petit bonhomme.

— Oh, et elle fait aussi des glaces !

Naturellement.

Je l'inspecte de la tête aux pieds pour m'assurer qu'il est correctement habillé – ou plutôt armuré. Mon regard est stoppé net au spectacle de ses pieds nus. L'école va adorer.

— Où as-tu mis tes chaussettes, Sean ?

— J'aimerais bien le savoir. Je voulais mettre les Jimmy Neutron, mais je ne les retrouve pas.

— Maria a dû les oublier dans la buanderie. Je vais te les chercher, mon cœur.

Direction le point le plus reculé de l'appartement. Derrière un énorme placard, l'interrupteur de la buanderie, que j'allume avant d'entrer. Comme prévu, les chaussettes Jimmy Neutron, à l'effigie du super-héros de dessin animé au crâne surdimensionné et à la houppette pompadour, sont posées sur le sèche-linge.

Comme je tends la main, j'entends une voix polissonne me murmurer par-dessus l'épaule :

— Bienvenue au club Miele...

24

Je me retourne : c'est Michael, le sourire jusqu'aux oreilles. Je lui réponds de l'air le plus parfaitement ahuri :

— Le club quoi ?

— *Miele*. Tu connais le *Mile* High Club ? Ces gens qui s'envoient en l'air dans les toilettes d'avion... C'est pareil, sauf que tu as le choix : cycle court ou cycle long ?

— Morte de rire.

— Je ne rigole pas. J'ai envie de toi ici, maintenant.

Son peignoir n'a pas quitté ses épaules, mais il est maintenant grand ouvert. Je pose sur lui un regard abasourdi.

— Mais quelle bonne idée. Et si Penley débarque à l'improviste, tu sauras sans doute lui expliquer ce que nous fabriquons ?

Il explose de rire.

— Kris, ceci est une buanderie. S'il y a bien un endroit où Penley ne mettra jamais les pieds...

Un point pour Michael. Mais bon.

Je le pousse vers la sortie :

— Va plutôt prendre ta douche, vieux. Et bien froide, hein. Merci quand même d'avoir pensé à moi.

Mais loin de vider les lieux, Michael me prend dans ses bras et commence à m'embrasser très délicatement dans le creux du cou. Il ne lui a pas échappé que j'adore ça. Enfin, en temps normal.

Imperturbable, je refuse de capituler.

— Je croyais que tu avais la gueule de bois ?

— Va savoir pourquoi, je me sens beaucoup mieux.

Mon regard descend d'un étage :

— En effet...

Michael m'attire à lui. Ses lèvres s'approchent des miennes. Lèvres divines, sensuelles à souhait, à vrai dire à peu près irrésistibles.

Mais je tiens bon.

— J'ai compris. C'est à cause de l'idée tordue de Penley de m'accoupler avec son gusse, hein ? Le « charmant » Stephen...

— Rien à voir.

Il se détache pour me regarder dans les yeux :

— Cela dit, rassure-moi, tu n'as pas l'intention de sortir avec ce type ?

— Je m'en doutais. Tu es jaloux.

— Un petit peu, je ne nie pas. Je connais cette salope. Tellement sournoise. Supérieure. Sadique.

Sa main glisse sur mon ventre. S'introduit dans mon pantalon. Je sens ses doigts progresser vers mon entrecuisse.

Merde. Je ne connais rien de plus sexy qu'un homme, habituellement sûr de lui, qui succombe à un moment de faiblesse.

Je me sens céder. Nous n'avons jamais fait ça dans l'appartement. Même pas les trop rares fois où nous n'étions que nous deux. Tout en lui rendant ses baisers, je proteste :

— Michael. Les enfants...

— Ils vont très bien.

Tant qu'ils ne nous voient pas.

Je sais que c'est mal, très mal, et que je devrais arrêter tout de suite.

Mais en même temps, c'est si bon. La probabilité que Penley nous trouve ici est égale à zéro.

Je défais son peignoir et commence à le caresser. C'est comme si je venais d'allumer une mèche.

Michael est très costaud et bien bâti. Avec autorité, il me saisit prestement aux épaules et, comme promis, me retourne comme une toupie. Pantalon et culotte se retrouvent au sol en moins de deux.

Je n'ai que le temps de m'agripper au lave-linge, contre le métal froid duquel viennent s'appuyer mes cuisses nues. Michael me pénètre aussitôt l'arrière-train à grands coups de reins. Quelques bourrades nerveuses suffisent à me conduire à deux doigts de l'explosion.

— Mademoiselle Kristin? T'es où?

La petite voix de Sean, au bout du couloir, nous pétrifie instantanément.

— Dis, tu as retrouvé mes chaussettes Jimmy Neutron?

— Dis-lui que tu arrives dans une minute, chuchote Michael en reprenant plus doucement son va-et-vient.

Mais je suis incapable de dire un mot. Je sens en moi chaque centimètre de Michael. Le danger n'a jamais été aussi proche.

Ni aussi jouissif.

Les petites chaussettes sont toujours dans ma main, qui se crispe à mesure que mon corps se tend, au bord de rompre. Et Sean qui m'appelle:

— Mademoiselle? Tu es là?

Michael s'est emparé de mes hanches. Chacun de ses coups de boutoir se fait plus vif et plus profond. La tête rejetée en arrière, je sens mes orteils se crisper, puis, enfin, tout mon corps s'abandonner.

Je viens!

25

Connie qui me regarde en louchant et fait des grimaces. Pile ce dont j'avais besoin : une bonne tranche de rire.

— Ils devraient fournir des lampes de poche avec les menus, vous ne trouvez pas ?

— Ils viennent peut-être de recevoir la facture d'électricité ? plaisante Beth.

Connie et Beth, mes deux meilleures copines new-yorkaises. Nous partons toutes les trois d'un rire complice. Je n'ignore pas que notre point de chute de ce soir – l'hyper branché et chichement éclairé Bondst – a peu à voir avec nos cantines habituelles, plus modestes. En plein cœur de Downtown, on sert ici une cuisine japonaise ultra-sophistiquée. Et ultra-onéreuse. Le seul verre de saké est à 20 dollars. Santé !

— À propos de facture, dis-je, est-ce que l'une de vous deux peut m'expliquer ce que nous foutons ici ?

— C'est bien toi qui nous as dit que tu avais besoin de te changer les idées, non ? répond Connie. J'ai pensé que, pour une fois, on pourrait flamber un peu. Tu l'as bien mérité, chérie. Et puis la galerie Abbott ne devrait plus tarder à t'appeler. C'est une question de jours, que dis-je, de secondes. Pourquoi attendre de fêter ça ?

J'inspecte le menu. Les prix sont astronomiques. J'interroge muettement Connie, assistante sociale au département « vie familiale » de la municipalité, puis Beth, actrice sur le marché du travail.

Puisqu'il faut flamber... flambons !

— Comment va la Pénible? demande Beth.

— Toujours aussi pingre que maigre.

— Il y a un truc que je ne pige pas. Pourquoi te déteste-t-elle? Comment peut-on ne pas t'aimer?

— En fait, je crois qu'elle n'aime personne. Mais bon, au bout de deux ans, il semblerait au moins qu'elle ait fini par me faire confiance pour les enfants.

— Elle s'imagine peut-être que tu écris la suite du *Journal d'une baby-sitter*? intervient Connie, sourire en coin.

Éclat de rire général.

— Sérieusement, si tu détestes à ce point cette enflure, peux-tu me dire pourquoi tu persistes à bosser pour elle? La belle-doche infernale!...

— Les enfants, Beth. J'aime ses enfants. Et ils ont besoin de moi. Vraiment.

Qui que soit leur père.

Combien de fois ai-je été tentée d'avouer à Beth et à Connie ma liaison avec Michael. Si je ne l'ai pas fait, c'est que je devais me sentir honteuse ou coupable – et c'est le cas. À moins que je sache trop bien ce qu'elles me diraient: « Fais très attention à toi, Kristin. Tu joues avec le feu. » Or je n'ai pas envie d'entendre ça. Pour l'excellente raison qu'elles seraient sans doute dans le vrai, bien plus que je ne tiens à l'admettre.

Voilà pourquoi Michael est mon secret. De temps en temps, je me contente de confesser un rencard avec un jules fabriqué de toutes pièces. Scénario immuable: le mec avait l'air prometteur mais se révèle chaque fois un pauvre type de telle ou telle espèce. Aucun risque que l'une ou l'autre s'étonne de ma totale scoumoune avec le sexe opposé: telle est la vie ordinaire d'une célibataire à Manhattan!

En ce qui me concerne, c'était déjà pareil à Boston...

— Qu'est-ce qui vous ferait plaisir ce soir? nous demande le garçon, vêtu de noir de pied en cap.

À peine si nous l'avons vu approcher.

Nous commandons chacune un mini-festin, qui se révèle absolument délicieux. Ou du moins qui en a tout l'air, la quantité de verres absorbés ayant quelque peu anesthésié nos papilles.

Résultat, je commence à me sentir un peu pompette.

Disparu le cauchemar à répétition, oubliées les photos bizarres dans le bac à développement, effacée ma culpabilité d'avoir fauté avec Michael dans la buanderie ce matin...

— Allez les filles, lance Connie. La nuit ne fait que commencer, et notre jeunesse aussi ! Cette nuit est ta nuit, Kristin !

Et nous voici en route pour le Luna, un bar de Ludlow Street, pour découvrir un groupe baptisé Johnny Cosine and the Tangents, dont Beth a entendu parler dans le dernier *Village Voice*. À se tordre ! Ces quatre garçons ont dû faire connaissance au club de maths de leur lycée. Fagotés comme des premiers de la classe, en chemisette à protège-poche, ils affectionnent un répertoire allant de « Slide Rule Love » à « I Think You're Acute » et autres chefs-d'œuvre de niaiserie.

Nous dansons, rions et nous éclatons toutes les trois comme des hystériques. De vraies folles ! Ce sont des nuits dans ce genre-là qui me rappellent dans quelle ville absolument géniale je vis et quelle veine de cocue j'ai d'être jeune et d'avoir de vraies copines.

— Ne te retourne pas tout de suite, me dit Beth en m'enfonçant un coude dans les côtes, mais je crois bien qu'il y a un type qui veut ta photo.

26

Je n'ai pas besoin de le chercher longtemps. Le type est assis au bar et me dévisage ouvertement.

D'instinct, je détourne le regard. Ce n'est pas qu'il me dérange, mais je repense aux événements des deux derniers jours.

— Alors, qu'est-ce que je te disais ? commente Beth avec un grand sourire, sans cesser de se trémousser et d'agiter les bras. Qu'est-ce que t'attends pour le rejoindre ? Il est pas mignon ? La nuit t'appartient, Kristin !

Je me retourne encore. Nos regards se rencontrent. Il a belle apparence, le visage bien dessiné, encadré de longs cheveux blonds noués en queue de cheval. L'air européen – peut-être français. Mais qui pourrait tout aussi bien sortir de SoHo. Ou de Portland, Oregon. Comment savoir, de nos jours ?

De toute façon, je ne pense pas qu'il soit mon genre, quel que soit le sien.

Mais flirter avec les yeux est un jeu inoffensif. Ce n'est pas comme si je le draguais vraiment.

Je m'attends à ce qu'il réagisse d'une façon ou d'une autre – un sourire, un petit salut de la tête ou de la main, n'importe quoi.

Mais non.

Il se contente de me fixer. Quasiment sans cligner des yeux. À quoi joue-t-il ?

La piste s'obscurcit. Le groupe entame un nouveau titre, un truc rythmé, assez disco. Un projecteur bombarde la boule à facettes suspendue au plafond. La salle se met à tournoyer.

Au milieu du carrousel de lumières, mon regard s'arrête de nouveau sur le type à la queue de cheval. Il me regarde toujours.

Ignore ce mec.

Je lui tourne le dos et me rapproche de Connie et Beth pour former avec elles un triangle, de plus en plus étroit à mesure que les gens s'entassent sur la piste de danse. Ça devient difficile de bouger. Les lames du plancher commencent à vibrer sous mes pieds.

Il me regarde encore?

T'occupe.

Mais c'est plus fort que moi, je veux savoir. Après tout, je suis ivre.

Je me penche et dois hurler pour me faire comprendre de Beth et Connie.

— Au bar... Le type avec une queue de cheval...

— Où ça? fait Connie en se dévissant le cou.

— Il est passé où? demande Beth.

Je me retourne. Le type a disparu. À sa place, un tabouret de bar inoccupé.

Nickel. Tout va bien.

— On s'en fout, les filles, on danse. La nuit est à nous!

27

Environ vingt secondes plus tard, le type à la queue de cheval s'approche de nous en se frayant un passage parmi le tas de fêtards qui se bousculent sur la piste. Il porte un costume sombre sur une chemise blanche, col ouvert.

Mon instinct serait de lui jeter une œillade, rien qu'une petite œillade. Je m'en garde.

— Beth ? Connie ?

Les filles ne m'entendent pas. Noyées dans la musique, elles ne remarquent même pas que j'ai cessé de danser.

Il est tout près. Sans doute à cause des événements récents, je sens ma peau se rétracter.

— Beth ! Connie !

Mais la musique est trop forte.

Un jet de lumière stroboscopique m'atterrit en plein dans l'œil, comme un million de flashs successifs. Du coup, je cesse de le voir, mais c'est encore pire car je sais qu'il est tout près. Et qu'il se rapproche.

Ça y est, je le vois.

À cinq mètres.

À quoi joue-t-il ?

Il s'est immobilisé au beau milieu de la piste. On dirait que toute la boîte s'agite sauf lui et moi.

Au lieu de l'expression figée de tout à l'heure, il arbore maintenant un léger sourire. J'ai l'étrange sensation qu'il me connaît ou, en tout cas, qu'il me situe. Je ne crois plus qu'il puisse s'agir d'une rencontre fortuite. Un flic ?

Peut-être un collègue de l'autre vieux, l'inspecteur Fil-de-fer? Ça paraît plausible, ni plus ni moins que le reste.

Il s'approche encore. Il est à... je ne sais pas, un mètre de moi? J'attaque :

— Pourquoi me regardiez-vous? Vous me dévisagiez.

— Vous m'avez tapé dans l'œil. Vous êtes plutôt jolie, vous savez. Vous savez?

Oui, je sais – plus ou moins. D'habitude, je fais un effort pour m'habiller, mais pas ce soir. Probablement parce qu'avec « mes » filles je me sens en sécurité.

Je veux ajouter quelque chose, mais il lève sa main en signe d'obstruction. Comme s'il avait l'habitude de conduire les opérations.

— Écoutez. Vous m'avez tout l'air d'une chic fille. Je vous conseille d'être très prudente. Faites bien attention à vous, promis?

Il est vraiment tout près. Trop près.

— Ce n'est pas un poisson d'avril. Vous êtes prévenue.

28

Ça ne va pas recommencer !

Pitié, pas encore...

Troisième matin. Je m'éveille et c'est comme si tout se répétait à l'identique.

Enfin, pas exactement.

Cette fois mes yeux ne discernent que l'obscurité totale. Pas l'obscurité d'une chambre plongée dans la nuit, non. Ça ressemble plutôt... au néant. Le noir complet.

Et toujours, en bande-son, cette chanson familière qui me trotte dans la tête.

Après le son, l'image. Encore ce rêve – quatre chariots, la main qui sort de la dernière housse... ensuite, je fais un bond dans mon lit en hurlant, pantelante et trempée de sueur.

J'entends résonner de grands coups, mais ce n'est pas à ma porte.

Cette fois, le bruit vient du plafond, plus exactement de l'appartement du dessus. Manifestement, il n'y a pas que Mme Rosencrantz et son Herbert que je réveille chaque jour à l'aube. Je crie :

— Pardon ! Désolée !

À plus forte raison un samedi matin.

Je souhaite sincèrement à mes voisins de retrouver le sommeil. Car, pour ce qui me concerne, je sais que c'est fichu. Aussi épuisée que je sois d'être sortie toute la nuit avec Beth et Connie, il y a peu de chance que je puisse refermer l'œil. Et pourtant je suis en week-end. Oui, mais mon rêve – mon cauchemar – ne connaît pas les jours chômés, lui.

D'ailleurs, comment penser à dormir avec ce refrain dans la tête ?

Car la chanson mystère n'est pas finie. J'ai même l'impression qu'elle a gagné en volume.

Ou est-ce ma tête qui résonne ? Hier, Michael avait la gueule de bois ; c'est mon tour aujourd'hui.

Sans précipitation, je m'extrais de la couette et rampe jusqu'à la salle de bains pour avaler deux cachets arrosés d'une gorgée de château-New York.

Ensuite, cap sur la cuisine pour préparer du café.

Je ne suis pas vraiment ce qu'on appelle une mokaïnomane. En général, je n'absorbe ce breuvage que pour « raisons médicales ». *Comme ce matin.* Cela dit, je me souviens que lorsque Michael m'a fait goûter du Kona de Hawaii, voilà un certain temps, j'ai littéralement adoré. C'était à l'Oren's Daily Roast, sur la 58e Rue, et je n'en suis pas morte.

Michael est un amateur de café exigeant, sans aller jusqu'au snobisme. S'il a horreur des Starbucks, c'est selon lui pour la simple raison qu'un tas de crétins s'y installent avec leur portable comme s'ils étaient au bureau et squattent toutes les places assises. Je me rappelle l'avoir vu frôler l'incident nucléaire avec un type qui avait besoin de deux chaises pour poser son sac à dos.

Tout en dégustant ma tasse de Kona dans la cuisine, je m'efforce de minimiser l'étrangeté de ces derniers jours. *Étrangeté ?* Le terme est-il seulement approprié ?

Peut-être tout cela a-t-il un sens qui m'échappe... Ou bien, au contraire, est-ce moi qui suis parano... À moins que j'y attache trop d'importance... Si seulement je connaissais le moyen d'arrêter ce barnum...

Je suis en train de soupeser cette dernière hypothèse quand le téléphone retentit.

Il est affreusement tôt pour appeler chez les gens. L'identification affiche le mot « opératrice ». Bizarre.

Je décroche.

— Allô?

L'opératrice en question a tout d'un disque, sauf qu'il s'agit d'une vraie personne.

— J'ai pour vous un appel en PCV de la part de Kristin Burns. L'acceptez-vous?

Il faut croire que le café n'a pas encore produit son effet car je jurerais l'avoir entendue dire « un appel *de* Kristin Burns ».

— Excusez-moi... qui m'appelle?

— L'opératrice.

Ça, j'avais compris.

— Je me suis mal exprimée. Qui cherche à me joindre?

— Un instant, s'il vous plaît.

J'entends un clic, elle disparaît quelques secondes, puis reprend la ligne :

— Elle dit s'appeler Kristin Burns.

C'est quoi, cette blague?

— Michael, c'est toi?

Nouveau clic. J'attends.

Mais il n'y a plus d'opératrice au bout du fil.

Ni personne.

Silence radio.

On dirait qu'en fin de compte Kristin Burns a changé d'avis et n'a rien à me dire.

29

Que penser de cet appel téléphonique ? Je ne suis sûre que d'une chose, c'est que je n'ai *aucune* envie de tourner plus longtemps en rond dans mon appartement comme un ours en cage, pour la simple raison que je tremble comme une feuille sans pouvoir m'en empêcher.

Quant à savoir si le mot « étrangeté » était approprié, il est clair maintenant que ce terme est très loin du compte.

Dans ce genre de situation (*comme si j'avais déjà vécu ça !*), je m'efforce en général d'élargir le champ.

Je m'explique. Il y eut un moment où l'univers entier n'était pas plus gros qu'une tête d'épingle. Une seconde plus tard, il était plusieurs milliards de fois plus vaste que la Terre. C'est ce que j'appelle élargir le champ. Prendre un max de recul, quoi. Quelle leçon suis-je censée en tirer, telle est la question...

Par chance, il se trouve que j'ai une course assez urgente à faire. Les commissions : un autre bon truc quand on sent qu'on est en train de perdre les pédales.

Douchée, habillée, j'attrape un taxi pour Gotham Photo, une boutique spécialisée de Chelsea. Mon appareil a besoin d'un objectif neuf.

Je me dirige droit vers le comptoir en lançant à la cantonade :

— Bonjour tout le monde ! Javier est là aujourd'hui ?

Tiens, mes frissons ont l'air d'avoir disparu. Hé, on dirait que la chanson aussi a mis les bouts !

— Il est dans la réserve, me répond le vendeur. Je peux vous renseigner?

— Si ça ne vous ennuie pas, je préfère l'attendre.

— Sans problème. Je le préviens. Vous êtes Kristin?

— Ouais. C'est moi.

Tout le staff de Gotham Photo est très sympa et super pro, mais j'ai quand même une préférence pour Javier. Il a le don de se lancer dans des explications techniques pointues sur les objectifs et les pellicules sans me faire sentir que je ne suis qu'une amatrice. Vraiment, ce garçon est adorable. Il m'accueille en souriant :

— Kristin, comment vas-tu? Ça fait plaisir de te voir !

Javier est grand, fin, cultivé et dégage quelque chose de très agréable.

Nous bavardons deux secondes de tout et n'importe quoi, du moment qu'il est question de photographie. La photo, c'est plus qu'un gagne-pain pour lui : une véritable vocation. Javier en est fou amoureux. « J'avais six ans quand ma mère m'a offert mon premier appareil, un Rollei 35 », m'a-t-il raconté un jour.

Je le crois sur parole.

— Alors, quand est-ce que je lis un article sur toi dans *Blind Spot*?

Blind Spot est LE magazine spécialisé, qui présente le travail des photographes connus aussi bien que celui des nouveaux talents.

— Dès que tu m'auras trouvé un objectif neuf.

Je lui raconte ma mésaventure et nous commençons à comparer les mérites des objectifs. Après palabre, notre choix se porte sur le dernier Leica, que Javier me recommande chaudement.

— Il est plus léger et la mise au point est nickel. Cerise sur le gâteau : je te le fais pour 100 dollars de moins que l'ancien.

Javier, espèce de bonimenteur !

Pendant qu'il me remplit le bon de réduction, je lui touche un mot du rendu translucide des clichés de l'hôtel. Manque de bol, je n'ai pas pensé à apporter mes tirages. Je tâche de lui décrire l'anomalie du mieux que je peux, mais faute de les avoir sous les yeux, avec la meilleure volonté du monde, Javier ne peut qu'émettre des suppositions. Les mêmes que les miennes, plus quelques-unes auxquelles je n'avais pas pensé.

— Maintenant, si c'était dû à ton vieil objectif, considère que le problème est résolu, conclut-il, narquois.

Impatiente d'en avoir le cœur net, je commence à mitrailler sitôt franchi le seuil de la boutique. Il me faut une pleine bobine à développer avant de rentrer au bercail.

Après quelques clichés d'un Lhassa Apso impeccablement toiletté, tenu en laisse par un sosie de Nancy Reagan, je fais cap au nord et remarque deux déménageurs bâtis comme des armoires à glace, en train de charger dans leur camion… une armoire à glace récalcitrante. Leurs visages contractés et grimaçants sont de toute splendeur.

Clic. Clic. Clic.

Un sourire intérieur. Il n'y a que derrière un viseur que je me sente tout à fait sereine, à ma place. C'est tellement relaxant et, paradoxalement, cela donne un tel sentiment de puissance. On se met à voir les gens d'un œil neuf. On a coutume de dire que le regard est la fenêtre de l'âme ; pourquoi pas, mais l'expérience m'a enseigné que seul l'objectif d'un appareil photo permet d'avoir un bon aperçu sur le for intérieur d'autrui.

Il me reste encore quelques prises. Je vise le flot de passants qui traversent au passage piéton. Ils ont l'air de marcher à l'unisson et pourtant ils s'ignorent cordialement, trop occupés qu'ils sont à regarder devant eux, les yeux braqués sur le trottoir opposé.

Tous, sauf un.

Un homme, imperturbable, posté à l'angle de la rue. Je ne vois plus que lui.

Je zoome sur son visage en observant dans le viseur ses traits qui émergent progressivement du brouillard.

Bon Dieu de merde.

Ce que je vois, et qui me regarde, est au-delà du croyable. Même après les épisodes des derniers jours.

Une chose impossible.

Un truc qui me donne à penser que je suis vraiment bonne à enfermer.

À ceci près, ce qui est pire, que je suis parfaitement saine d'esprit.

C'est ce que je vois qui est complètement dingue.

30

Je crois bien que je vais tomber dans les pommes. Et cette odeur de brûlé dans l'air! Mais je le tiens en joue dans mon viseur. *Lui.*

Il est là, debout, à l'angle opposé, vêtu d'un long manteau gris à bouton unique, l'air de sortir d'une friperie *vintage* de Bleecker Street.

Mais moi, je sais que ce manteau ne sort pas d'une boutique new-yorkaise. Non, il vient de Concord, Massachusetts.

Par superstition, j'abaisse mon appareil, comme si cet objet de métal et de plastique moulé, inexplicablement, pouvait être le coupable, la cause de cette vision.

Mais non.

Mes yeux ne me trahissent pas. Cette mâchoire carrée, ce crâne acuminé, ces verres épais, et jusqu'aux épaules étroites et voûtées. C'est bien lui.

C'est bien mon père, debout au coin de cette rue.

Réfléchis pas. Déclenche.

Vite, je mitraille, malgré la danse de Saint-Guy qui s'empare de mes mains. Ensuite, j'appelle.

Mon père me voit. Je *sais* qu'il me voit. Mais il ne me répond pas.

Je fais quelques pas. J'appelle encore, plus fort.

— Papa!

Cette fois il regarde droit vers moi. *Pourquoi ne dit-il rien? Pas même un geste, un signe, n'importe quoi...*

Je m'approche encore. Ça y est, il réagit enfin.

En tournant les talons! Il s'éloigne à grands pas. Comme si je lui faisais peur...

— Papa! Attends! T'en va pas comme ça! Il faut que je te parle!

Il disparaît au coin. Je pique un sprint pour le rattraper. En traversant, je l'aperçois à distance. Il s'est mis à courir.

Qu'est-ce qui se passe? À quoi tout ça rime-t-il?

Mes cris l'implorent de m'attendre.

— Laisse-moi te parler! Papa! Papaaaaa!

Nous étions si proches, avant. Quasi inséparables. Quant j'étais petite et qu'on faisait la course, je voyais très bien qu'il me laissait gagner. Car il m'aimait très fort.

Il faut croire qu'il n'est pas d'humeur aujourd'hui.

31

Je cours comme une folle. Sur le trottoir bondé, je dois lutter pour me frayer un passage, sous les regards outrés des passants. Ne pas perdre de vue le manteau gris et la coupe en brosse qui tressautent à quelques enjambées. Je percute une femme de l'épaule. Elle aboie, furieuse :

— Pourriez faire attention !

— Pardon.

Mon père vient de disparaître au coin d'une autre rue. Je le vois détaler à l'intersection, juste avant que le feu ne passe au vert. Aussitôt, taxis, voitures et camions mettent les gaz.

Tant pis. Je ne prends même pas la peine de regarder à gauche et à droite. Je dois le rattraper. Rien d'autre ne m'importe. Je suis bizarrement convaincue qu'il est la réponse à cet enchaînement d'incohérences.

Je bondis du trottoir, dans un concert de crissements. Le souffle chaud des véhicules en attente de collision me frôle les jambes. L'énorme calandre chromée d'un autobus manque de me percuter d'un cheveu. Le conducteur hurle à sa fenêtre :

— C'est quoi, son problème ?

S'il savait !

— Papa ! S'il te plaît, attends-moi ! Arrête !

Papa... Je t'en prie...

Comme par enchantement, le manteau gris s'immobilise. Mon père se retourne sur le trottoir. Nos regards se rencontrent. Quinze mètres environ nous séparent.

— Je voudrais bien t'aider, me dit-il. Mais c'est à toi de le faire.

— Papa, dis-moi ce qui m'arrive ?

— Fais très attention, Kristin.

J'ouvre la bouche pour lui demander pourquoi, comment, et quelle est cette chose que je dois faire ? Mais le voilà qui décampe avant qu'aucun mot ait pu se former sur mes lèvres.

Sous le coup de l'émotion, je m'effondre sur le pavé et m'écorche les paumes en amortissant ma chute. Un dernier regard, désespéré, me permet d'apercevoir sa tête qui disparaît au coin de la rue.

Un attroupement s'est déjà formé autour de moi, des gens qui me regardent en se demandant ce qui ne tourne pas rond. Je connais leur regard. Moi aussi j'ai déjà regardé comme ça.

Ils me croient folle.

— Vous ne pouvez pas comprendre !

Je le répéterai à tous ceux qui me toiseront avec ce dédain :

— Vous ne comprenez rien !

Mon père est mort il y a douze ans.

32

D'avoir vu mon père, mon père qui est mort, je n'ai soudain rien de plus pressé que de rentrer chez moi à toutes jambes, alors qu'il y a moins d'une heure j'en partais effrayé en claquant la porte.

Hébétée dans le taxi qui me ramène, je ne me sens capable que de fixer mon appareil en m'interrogeant sur le contenu de la pellicule. Je pense avoir réalisé trois clichés de mon père. Ou quatre, je ne me rappelle pas.

Un seul suffirait.

Qu'est-ce qui serait le moins rassurant ? Que ce soit réellement lui – ou que ce soit moi qui débloque ?

J'entre comme un boulet de canon et trace direct jusqu'au labo. Je veux des réponses à mes questions. J'implore la pelloche qui mijote dans sa petite cuve :

— Allez, magne-toi ! Plus vite que ça !

C'est bien la première fois que je me surprends à regretter de ne pas avoir de Polaroid.

Je suis à ce point polarisée sur le développement des pellicules que je ne prête pas attention à ce qui m'entoure. Punaisées aux panneaux de liège, mes photos du Fálcon forment l'exposition la plus macabre qui se puisse concevoir.

Maintenant que je les ai remarquées, impossible d'en détacher le regard.

Mauvaise idée.

Sur un des panneaux, il y a aussi d'anciennes photos datant de mes années d'enfance et d'adolescence à Concord, dans le Massachusetts. Ma mère, mon père, mes deux sœurs. Et puis une photo décapitée de mon copain d'études, Matthew – ce qui n'est que justice, disons-le.

Je continue d'engueuler la malheureuse pelloche. *Alleeeez !*

Enfin, j'obtiens quelque chose à me mettre sous les yeux.

Manteau gris, dos voûté : cet homme est bien celui dont j'ai vu le cercueil porté en terre. *Cet homme est mon père.*

Les yeux rougis, j'inspecte en détail chacune des prises suivantes.

Et soudain, j'ai l'impression de revivre la course-poursuite de tout à l'heure. J'ai le souffle coupé, les poumons qui me brûlent. On dirait que le labo est en train de se réduire en cendres. Je prends appui sur un des murs pour me calmer. *C'est donc ça, une crise d'angoisse ?*

Besoin d'air. Je sors du labo comme une noyée. Comme ça ne suffit pas, je cours ouvrir toutes les fenêtres.

Je m'efforce de respirer normalement, mais impossible.

Reprends tes esprits, Kristin. Il faut bien que tout ça rime à quelque chose, n'importe quoi. Tu dois trouver l'inconnue de cette équation.

Hypothèse : cet homme n'était pas mon père, mais quelqu'un qui lui ressemble. Quelqu'un qui chercherait à semer le trouble dans mon esprit. C'est forcément quelque chose dans ce genre-là.

Mon Dieu, comment puis-je être parano à ce point ? Quelqu'un qui jouerait à me rendre folle ? Mais qui ?

Venue de nulle part, une douleur aiguë monte de mes pieds comme un éclair et tétanise mes cuisses et mes fesses. C'en est trop. Est-ce que ça ne va jamais s'arrêter ?

Je me mets à bourrer mes jambes de coups de poings, un vrai passage à tabac.

— Assez ! Assez ! Assez !

Les yeux serrés, je m'autorise un bon vieux cri primal. Mais c'est une pensée on ne peut plus raisonnable qui me vient à l'esprit.

Ce n'est pas le moment de rester seule.

33

J'appelle Michael.

Ou plutôt je lui passe un appel, comme convenu entre nous le week-end. C'est notre arrangement.

Je suis censée jouer le seul gros client pour qui il soit disponible sept jours sur sept, vingt-quatre heures sur vingt-quatre, de telle sorte que les sourcils épilés de Penley ne sursautent pas lorsqu'il s'enfermera dans son bureau pour me rappeler sur sa ligne privée. Pour l'occasion, je me suis forgé un nom de financier. Du sur-mesure : Carter Whitmore. Ça jette, non ?

Après deux minutes d'attente, mon téléphone sonne. Sans m'embarrasser de formules, je vais droit au but :

— Michael, j'ai besoin de toi.

Avant même qu'il me réponde, je mesure la portée de ma phrase, du moins l'interprétation déplacée que Michael sera tenté de lui donner. Je rectifie :

— J'ai besoin de te *parler*.

Étrangement, je me sens déjà mieux. Plus calme.

— Vas-y. Je t'écoute.

— Où peut-on se voir ?

— Euh… tu ne veux pas m'en parler au téléphone ?

— J'aime autant pas.

Pour te dire quoi ? Que je suis en train de péter les plombs, et qu'ils sont au nombre d'un million ?

— Tu m'as l'air tendue. Tout va bien ?

— Non. Où peut-on se voir ?

101

— Pas simple. Je suis censé emmener les enfants au zoo, à Central Park.

— Parfait ! Je t'y retrouve dans dix minutes.

Silence.

— Un problème, Michael ?

— Qu'est-ce que tu fais des enfants ?

— Eh bien ? Tu as peur qu'ils soient déçus de me voir ?

— Bien sûr que non, Kristin. C'est tout le contraire. Ils seront si heureux que c'est la première chose qu'ils iront raconter à leur mère en rentrant de promenade.

— Et si je vous tombais dessus par hasard ?

Je l'entends glousser d'une façon qui me déplaît souverainement. Presque condescendante. Je sais qu'il peut avoir quelquefois cette attitude. Mais pas avec moi. Et il enfonce le clou :

— Cherche encore, tu y es presque !

Là, il commence à m'énerver. Eh bien oui, je suis tendue, OK ?

— Exactement, Michael. Je cherche. Je *te* cherche. Mais tu es aux abonnés absents.

— Arrête ton mélo, Kris... Et redescends d'un cran, tu veux ?

J'insiste :

— Qu'est-ce que tu fais après le zoo ?

Nouveau silence, lourd de signification.

— Impossible. Je ne demande qu'à me libérer, mais Penley nous a prévu une sortie avec un autre couple...

Je suis sur le point de lui balancer le trop-plein de frustrations accumulées depuis des jours et toute l'eau du bain avec, quand je l'entends soudain s'éclaircir la voix :

— J'ai les chiffres sous les yeux, Carter, fait-il du ton le plus professionnel. Le temps de vérifier...

Et merde.

— Penley vient d'entrer, c'est ça ?

— Mais oui, Carter, tout à fait... Votre flair est admirable !

Je l'écoute m'embobiner à coups de taux d'endettement et de chiffres du chômage. *La transition était imperceptible, il faut au moins lui accorder ça.*

Après quelques secondes, il reprend :

— Ça y est, elle est partie.

— Qu'est-ce qu'elle voulait ?

— Les enfants m'attendent. Elle m'a montré l'heure en tirant une tronche de trois kilomètres. Bref, la routine.

Je ne peux m'empêcher de sourire. Je me sens déjà plus calme. Et puis, j'adore quand il se paie sa femme. Toujours ça de gagné pour ma campagne anti-Penley.

— Qu'est-ce que tu me disais, déjà ?

— Que tu n'es jamais là quand j'ai besoin de toi.

Soupir de Michael.

— Je suis désolé, mon amour. Voilà ce qu'on va faire. Demain, nous sommes censés rendre visite à ses parents dans le Connecticut. Comme la dernière fois, je dirai à Penley que j'ai un empêchement de dernière minute, un boulot imprévu. Encore mieux : je dirai que c'est à cause de *vous*, Carter. Qu'est-ce que tu en dis ?

— Tu vas vraiment dire ça ?

— Mais oui. Comme ça nous pourrons passer la journée ensemble. Pourquoi ne pas aller pique-niquer au vert ? Et tu pourras me raconter tout ce que tu voudras.

Le seul problème, c'est que j'ai besoin de lui parler maintenant. *Immédiatement.* Tant pis, je me lance. Ce qui soulève une intéressante question : jusqu'à quel point ai-je confiance en lui ? Jusqu'à ce point-là ?

— Michael, je...

Il m'interrompt d'une voix précipitée :

— Merde, la voilà qui rapplique. Je te rappelle demain matin, ça marche ?

Pas le temps de répondre.

Il a déjà raccroché.

Je repose l'appareil comme dans un film au ralenti. Quel mot pour exprimer l'état dans lequel je me sens : vidée ? sur le flanc ?

Encore seule ?

Habituellement, la pensée de retrouver Michael me fait voir la vie en rose. Plus maintenant. En tout cas, pas aujourd'hui. Car demain sera peut-être trop tard.

Sans attendre, je reprends le téléphone.

J'ai quelqu'un d'autre à appeler.

Quelqu'un à qui j'aurais dû penser en tout premier lieu.

34

— Merci de me recevoir si vite sans rendez-vous, docteur.

J'observe mon ex-analyste bourrer lentement sa pipe d'un tabac qu'il extrait d'un sac en plastique. Et quand je dis « lentement », je mets ma main au feu que même la dérive des continents est plus rapide.

Mais peu importe. Au moins, lui va m'aider.

— Je veux être honnête avec vous, Kristin, dit-il en lorgnant son fourneau. Ce rendez-vous n'est pas pour me réjouir. Néanmoins, au son de votre voix, tout à l'heure, au téléphone, cet imperceptible accent de détresse, je me suis senti le devoir professionnel de vous recevoir. D'où votre présence. Foin de préambule, que puis-je pour vous ?

Eh bien, c'est ce qui s'appelle mettre en confiance !

Passons. Trop heureuse qu'il ait trouvé cinq minutes à m'accorder.

Peu de psychiatres consultent le week-end à Manhattan. Le docteur Michael Roy Corey ne fait pas exception. Sauf l'hiver. Le reste de l'année, il ferme boutique pour aller s'entraîner au golf à Briarcliff Manor. Ainsi qu'il me l'a expliqué un jour : « Il y a moins de monde, j'ai le choix des tees. »

C'était il y a environ un an, un an et demi, quand j'ai commencé à le consulter. Six mois plus tard, je cessais de le voir. Je pensais avoir résolu mes problèmes.

J'étais loin de prévoir ceux qui allaient me tomber dessus.

Je m'allonge sur la banquette en cuir gris, si familière, et commence à lui raconter quelques-uns des événements des jours passés, jusqu'au point culminant de mon récit, les photos de mon père mort, pas plus tard que ce matin. Le docteur Corey m'écoute sans un mot en tirant sur sa bouffarde.

J'ai fini. Je le regarde d'un air implorant. *Que le traitement commence !*

— Vous êtes absolument certaine que c'est votre père sur ces photos ? me demande-t-il en tirant sur un pli de son veston poivre et sel, presque parfaitement assorti à ses cheveux.

— On ne peut plus sûre.

— Qu'êtes-vous en train de me dire, Kristin ?

Sa voix semble s'être aiguisée. Agacement ? Scepticisme ?

— Que je suis sûre à 99 % que c'était lui.

— À 99 %… Donc c'était peut-être quelqu'un d'autre, mais qui lui ressemble beaucoup.

— J'y ai bien pensé. Mais il m'a parlé. Et pourquoi se serait-il enfui ?

— Tant d'explications possibles. Peut-être cet homme ne voulait-il pas être photographié ? Allez savoir… peut-être est-il recherché par la police ? Ou bien il a des problèmes…

Je secoue la tête.

— Non… Il portait exactement le même manteau que celui de Papa. Je suis certaine que c'était lui. Et encore une fois : il m'a parlé. Il m'a appelée par mon nom.

— Je résume : votre père, qui est mort et enterré depuis douze ans, ressurgit à Manhattan et vous adresse la parole. C'est bien ce que vous êtes en train de me dire ?

— Oui, je sais, ça paraît dingue. Je n'y comprends rien. C'est bien pour ça que je suis ici.

— Je crois que je commence à comprendre : c'est pour *cela* que vous êtes ici, me répond-il d'une voix plus forte, tranchante. Vous êtes venue me demander de vous *aider*.

106

Qu'est-ce qui lui prend ? Comme si la situation n'était pas assez compliquée !

— Évidemment que je vous demande de m'aider ! Je ne me suis jamais sentie aussi déboussolée.

Je sens ma voix lâcher sur ces derniers mots. Je dois faire un effort pour me contenir, ne serait-ce que pour conserver ma dignité.

Le docteur Corey délaisse sa pipe et me sonde du regard.

— Écoutez bien ce que je vais vous dire, Kristin, car je ne le répéterai pas. Votre père s'est suicidé et rien de ce que vous puissiez dire ou faire ne vous le rendra. Il faut vous mettre cela dans la tête une fois pour toutes.

— Mais je le sais très bien.

Il croise ses bras.

— Vraiment ? Si vous aviez suivi votre thérapie jusqu'au bout, tout cela ne serait peut-être pas arrivé.

— Mais ce n'est pas simplement mon père. Que faites-vous du rêve récurrent ?

— Nous en faisons tous.

— Peut-être, mais le mien s'est *réalisé*.

— C'est vous qui le dites. Ça n'en fait pas un rêve prémonitoire, que je sache. Écoutez-vous parler. Vous écoutez-vous seulement, Kristin ?

Je le considère avec, comment dire… incrédulité. Le docteur Corey qui me proposait en souriant ses mantras autosuggestifs n'est plus. Une sorte de docteur Douche-Écossaise a pris sa succession. À moins qu'il ait quelque chose à me reprocher. *Est-il vexé que j'aie cessé de le consulter ?*

— Vous ne comprenez donc pas ce que je vous dis, docteur ? Toutes ces choses incompréhensibles et bizarres m'arrivent pour de vrai. Elles se produisent réellement. J'en viens à me demander si je ne suis pas en train de devenir folle.

— Qui sait ? réplique-t-il sans émoi. Il ne m'appartient pas de le dire. Tout ce que je peux vous garantir, c'est que je n'ai pas l'intention de perdre un temps précieux avec quelqu'un qui n'envisage le traitement que comme accessoire de confort.

Je m'en doutais !

— Nous en avons déjà parlé, docteur. Je *croyais* que j'allais mieux.

Il renifle.

— Vous vous portez à merveille, ça crève les yeux...

Je suis choquée. Pourquoi est-il soudain si ironique et méprisant ? Comment peut-il se comporter de la sorte avec moi, une ancienne patiente ?

— Je ne suis pas venue pour entendre ça.

— Je m'en doute. Aussi, sentez-vous libre de partir quand bon vous semblera. Vous connaissez le chemin.

Mes yeux s'emplissent de larmes. Impossible de les contenir. Je me remets à trembler. Je dois pourtant me contrôler. Je ne veux pas de sa pitié. Et lui qui se met à geindre :

— Oh, épargnez-moi les grandes eaux, voulez-vous ? Et ne me regardez pas ainsi, avec votre air de chien battu...

— Mais vous, docteur, que vous est-il arrivé ?

— Mais rien. Rien du tout.

— Si, forcément. On ne devient pas un pareil fumier...

— Ça vaut toujours mieux qu'une petite grue ingrate, vous ne trouvez pas ?

Là, c'est trop.

Je bondis du divan et me précipite vers la sortie, non sans hurler une dernière réplique sur le seuil :

— Espèce d'ordure !

— Allez au diable !

Juste au moment de claquer la porte de son cabinet, je l'entends crier encore :

— Quand finirez-vous par me dire ce qui vous est arrivé au Fálcon, Kristin ? Kristin ?

35

Ça ne va pas en s'arrangeant.

Ce matin le cauchemar était encore plus net que les autres jours. Encore plus atroce, en fait.

Je m'éveille et suis aussitôt assaillie par cette épouvantable odeur de brûlé. Que je ne supporte plus.

Puis, les démangeaisons. Plus vives que jamais, sur les mains, les bras, le visage. Je soulève mon tee-shirt et je découvre des plaques rouges sur ma poitrine, sur mon ventre, sur mes jambes. Partout. Et une envie de me gratter à m'en arracher la peau.

J'avais oublié la musique – cette foutue rengaine, qui revient elle aussi me bousiller la tête.

Unique soulagement : c'est dimanche. Aujourd'hui, je suis supposée passer la journée avec Michael.

Le téléphone sonne peu après 8 heures. C'est lui, m'apprend le mouchard. *Je parie qu'il va me faire le coup de l'horloge sexuelle.*

— Allô ?

— Salut.

Un mot, un seul, deux misérables syllabes, mais je perçois immédiatement un ton inhabituel. Quelque chose ne se passe pas comme prévu. *Quelque chose d'autre.*

— Je sens que ça ne va pas me faire plaisir...

— C'est cette chienne de Penley. Quand je lui ai dit que je ne l'accompagnerais pas chez ses parents, elle s'est transformée en arme de destruction massive. D'ailleurs, elle est toujours en orbite. Sean lui a même trouvé un surnom : Penley Neutron. Tu sais, à cause du...

— Du dessin animé, oui, je sais.

Et de ses chaussettes préférées, que je ne risque pas d'oublier.

Je me sens soudain très conne, vêtue d'une paire de socquettes, à me gratter des pieds à la tête.

— Tu lui as bien dit que tu avais un impératif professionnel, Michael ?

— Oui. Mais elle ne veut rien entendre, vu que c'est le même mensonge que je lui ai déjà servi la dernière fois pour ne pas l'accompagner dans le Connecticut.

— Pourquoi tient-elle autant à ta présence ?

— Est-ce que je sais ! Elle ne cesse de me répéter que je vais cruellement décevoir ses parents.

— Eh bien, voilà ! C'est à cause de son père.

— Inutile de prendre ce ton !

— Quel besoin as-tu de lui faire des courbettes ?

— Les choses ne sont pas si simples, Kristin.

C'est le moins qu'on puisse dire. Michael et Penley forment un couple plein de non-dits et d'accords secrets. Michael gagne énormément d'argent. Des millions. Mais des cacahuètes en comparaison du tas d'or sur lequel Conrad Bishop, le père de Penley, est assis. C'est lui qui a dirigé la Trans-American Steel pendant vingt-cinq ans. Il pèse dans les 200 millions de dollars. Et pour être tout à fait complète, un grand nombre de ses relations sont désormais clientes de Michael. Et quand je dis un grand nombre...

— Si quelqu'un peut comprendre que tu aies du pain sur la planche, c'est bien le père de Penley, il me semble.

— Certes. Mais deux fois de suite, c'est comme si je cherchais à l'éviter. Ce serait lui manquer de respect.

— Bon, où veux-tu en venir ?

Une profonde inspiration, puis l'aveu :

— Je vais dans le Connecticut.

Ces mots m'éperonnent comme un million de dards. J'implore :

— Mais j'ai absolument besoin de te voir !

— Je sais, je sais... Je te promets que je te revaudrai ça.

La colère, la déception, la *blessure* : c'est plus que je ne puis en supporter. Le téléphone claque. Pour la première fois de ma vie, je viens de raccrocher au nez de Michael. Et je me sens aussitôt anéantie.

Comme si j'allais mourir.

Mais il y a quelque chose de nouveau. Les rougeurs, l'odeur de brûlé, la musique... Tout a disparu.

Voilà encore autre chose...

36

L'ascenseur met une éternité à descendre jusqu'au hall. Dans l'intervalle, j'essaie toutes les techniques pour garder la bride sur mes émotions.

Je tâche de m'autosuggestionner. *Concentre-toi sur des pensées paisibles. Visualise des choses agréables.*

Je saute les visions de ruisseaux gargouillants et de bébés endormis pour passer directement au seul truc infaillible. L'un après l'autre, j'invoque mes photographes préférés.

Les nus d'Edward Weston.

Le nombril de Truman Capote dévoilé par Richard Avedon.

Sans oublier, évidemment, l'incroyable cliché de Yoko Ono et John Lennon enlacés, nus, par Annie Leibovitz.

Il n'y a que les êtres qui me fassent cet effet. De la chair et des os. Je suis capable d'apprécier le travail d'un Galen Rowell ou d'un Ansel Adams, mais une montagne, un paysage n'auront jamais pour moi le même impact qu'un être vivant.

Ma séance de projection mentale commence à produire son effet. Je sens que je me détends progressivement. Jusqu'au moment où je sors de l'ascenseur et aperçois ma voisine, Mme Rosencrantz, debout devant sa boîte aux lettres, en tunique hawaïenne bleu et orange saison 1973. Elle lève le nez et me décoche un sourire assassin. *C'est quoi, son problème ?*

Son problème, c'est moi.

Je me dirige vers la porte en tâchant de l'ignorer, mais je sens son regard me transpercer derrière ses lunettes bon marché à grosses montures. Un regard terriblement insistant, braqué sur moi comme un fusil. Et quoique déterminée à poursuivre tout droit comme si de rien n'était, je ne peux m'empêcher de faire un petit crochet. Et de me planter bien en face d'elle.

Là, je dégaine mon appareil et colle l'objectif à trois centimètres de son vilain nez pointu.

— Tu veux ma photo, vieille sorcière ? Ça te fera un souvenir !

Clic.

Puis je disparais sans ajouter un mot ni attendre sa réaction. Direction la sortie, en regardant droit devant moi.

Qu'est-ce qui te prend, Kristin ?

Ça me ressemble si peu. Insulter les gens et leur hurler au visage, ce sont des choses que je ne fais jamais.

Inquiétant.

Plus inquiétant encore : ça ne m'a pas déplu.

Après tout ce qui s'est passé récemment, j'ai de plus en plus tendance à réagir de manière impulsive, à dire, à penser ou à faire des choses qui ne sont pas dans mes habitudes. Par un inexplicable hasard, les petits feux rouges plantés aux carrefours de mon cerveau sont tous tombés en panne. Je suis déjà à un bloc de mon immeuble, marchant tête baissée, fermée à tout et à tous.

— Eh, tu peux pas regarder où tu mets les pieds ?

Je ne comprends pas immédiatement que c'est à moi que s'adresse le guitariste pouilleux qui gratte au coin de la rue pour quelques sous. J'ai failli m'écraser sur lui. Je bredouille :

— Pardon.

Ce type a raison : je devrais regarder où je vais. Ce qui soulève au passage une excellente question : où est-ce que je vais ? Je m'immobilise un instant pour réfléchir à ce qui aurait pu être. La journée avec Michael, le pique-nique dont il m'a parlé… Nous aurions parlé, marché l'un contre l'autre, bu du vin… et je me serais sentie tellement mieux.

Au lieu de ça, c'est comme si cette journée était en loques avant même d'avoir commencé. Le cauchemar, l'odeur de cramé, les plaques rouges…

Mais j'ai une idée. Tombée du ciel.

Un truc assez dingue, en fait.

Pas du tout dans mon genre – je veux dire, le genre qui était le mien jusqu'à une date récente.

— Eh, tu veux pas circuler ? Tu vois pas que tu me pourris le business ?

Je me retourne vers le type aux dreadlocks qui pince de misérables accords, tous faux, sur sa vieille guitare. Un étui disloqué gît à ses pieds, grand ouvert. La doublure de soie noire, complètement lacérée, est constellée de menue monnaie – « menue » est le mot. Un demi-dollar, c'est le bout du monde pour ce musicien de rue. Il se met à vociférer :

— Je déconne pas ! Casse-toi ! Du balai !

Mon sang ne fait qu'un tour. Je lui saute littéralement à la gorge :

— Écoute-moi bien, pauvre trou du cul de Kurt Cobain de mes deux. Tu ne vois pas que c'est ton jeu merdique qui te « pourrit le business » ?

Il en reste sans voix – sans musique, aussi. Moi, je suis déjà à un demi-bloc.

En fin de compte, je crois avoir trouvé où aller.

37

L'année où j'ai quitté Boston et troqué les Red Sox pour les Yankees, j'ai apporté trois choses avec moi à Manhattan. Une valise. Un copain.

Et Bob.

Je suis la première convaincue qu'il doit y avoir moyen de trouver un surnom plus inspiré pour désigner un vieux pick-up, mais j'ai toujours aimé la simplicité de celui-là. Car il faut savoir que Bob est un Ford F-100 millésime 1980, avec près de 300 000 kilomètres au compteur. Même la rouille a rouillé. Un surnom trop chic ne lui irait pas au teint.

Me voici donc dévalant First Avenue comme une furie, jusqu'au box que je loue pour Bob. À Manhattan, un garage à domicile revient parfois plus cher que certains appartements – plus cher que le mien, en tout cas. Cela dit, le box que je loue n'est pas donné non plus : 350 tickets par mois, pour être exacte. Ce qui fait de cette vieille épave de Bob, avec son moteur incontinent et ses défunts enjoliveurs, mon principal luxe dans cette ville. Une folie, je sais.

Sauf que je ne regrette pas un centime de ce placement. Car Bob est plus qu'un pick-up : c'est ma liberté. Aujourd'hui, il pourrait même devenir mon salut.

Toujours autant de circulation en ville. Je ne veux être en retard sous aucun prétexte. Un camion de livraison Macy's qui met plus d'un millième de seconde à démarrer au feu vert ? Je klaxonne d'un air courroucé. Il n'en faut pas beaucoup pour réveiller le chauffeur de taxi qui sommeille en moi.

Impossible de me garer trop près. Bob ferait tache.

Après quelques tours de bloc, je finis par trouver une place à distance raisonnable. Je compose le numéro de l'appartement sur mon mobile, en ayant bien soin de taper d'abord *67 pour masquer mon identité.

C'est Michael qui répond.

Ouf, encore là.

Pour la deuxième fois de la journée, je lui raccroche au nez. Puis j'ajuste mes lunettes de soleil, me tasse au fond du siège avant, et c'est parti.

J'attends.

Très vite, j'aperçois Michael qui sort de l'immeuble. Mon premier réflexe est de me précipiter vers lui, de lui flanquer un coup de pied dans le tibia et de l'insulter copieusement. Puis de l'embrasser si fort qu'il en étouffe. Ensuite, je l'entraînerai dans l'allée la plus proche pour nous rabibocher en faisant l'amour passionnément – que dis-je, pour *forniquer* comme des lapins... ou comme des visons, enfin, n'importe quelle créature à fourrure réputée avoir le feu au cul. Cela fait, il me restera juste à lui dire :

— Bonne journée chez tes beaux-parents !

Faute de quoi, à l'affût, je reste bien planquée avec Bob.

Michael disparaît au coin de la rue. Quelques minutes plus tard, je le vois ressurgir au volant de la « familiale », une Mercedes noire rutilante, classe G.

Au même instant, réglés comme des coucous, Penley, Dakota et Sean jaillissent sur le trottoir, tandis que Louis, dégoulinant dans son uniforme de portier, charriant les sacs à dos des enfants ainsi qu'un sac de plage bourré à craquer, ferme la marche.

Michael sort de voiture, sangle Sean sur le siège enfant, laissant Dakota s'installer seule à l'arrière. Penley en profite pour ouvrir un poudrier et se mettre du rouge tout en faisant signe à Louis, sans le regarder, de ranger les affaires dans le coffre.

C'est moi qui devrais m'asseoir à cette place, pas elle. Voilà tout ce que m'inspire le spectacle de cette famille. Je devrais être la quatrième de ce quatuor.

Ils ont beau ressembler à l'image harmonieuse de la famille idéale, tout sourires, en route pour une journée à la campagne, je suis la seule à connaître l'envers du décor.

Toujours se méfier des images.

38

Michael conduit comme un fou, ce qui n'est pas pour me surprendre. Même si je prends soudainement conscience que je ne l'avais encore jamais vu derrière un volant, puisque nous prenons toujours le taxi ou sa limousine. Hormis une fois où je l'ai conduit quelque part avec Bob.

De toute évidence, il conduit un peu dangereusement. Il oublie les enfants. Par deux fois, il s'en faut d'un cheveu que je ne le perde de vue, d'abord sur le George Washington Bridge, ensuite sur la I-95, à hauteur de Stamford, où l'une des voies est fermée pour travaux.

Je m'efforce de rester collée aux autres véhicules, de peur que Michael ne remarque ma présence dans son rétroviseur. C'est la première fois que je prends une voiture en chasse et, ma foi, je trouve que je me débrouille comme un chef.

Prochaine sortie, Westport.

Une heure de route de Manhattan, mais à des années-lumière. Des arbres partout, de l'espace à foison, une autre planète. Et au milieu coulent des rivières de fric.

Et plus on se rapproche de la mer, plus il y en a.

Toutes les maisons avec vue sur Long Island ont cette même carrure majestueuse, quasiment hors du monde. Derrière les pelouses manucurées et les volets dessinés au tire-ligne, on devine une grandeur hors de proportion. Le mot « fortune » est trop faible. C'est de munificence qu'il faut parler.

Michael s'engage dans une allée.

Comme de juste, elle mène à la plus colossale de toutes ces propriétés, une demeure de style colonial à parements de cèdre. On dirait une page de la revue *Architectural Digest*. Ou plutôt une double page, à la réflexion. C'est une immense bâtisse qui se prélasse sur son domaine, et dont on ne voit pas le bout.

C'est donc ici que Penley a grandi.

Je gare Bob à l'extrémité la plus lointaine de la maison, derrière une haie basse. Une planque plutôt discrète, en même temps qu'un poste d'observation très convenable, y compris sur la piscine de taille olympique et sur le court de tennis. Quant à savoir ce que je guette, je n'en sais rien moi-même.

Question plus pertinente encore : pourquoi suis-je venue jusqu'ici ? Je finirai sans doute par l'apprendre…

Observons. Michael et toute la tribu Turnbull s'égaillent hors de la Mercedes familiale.

Aussitôt, un couple âgé – les parents de Penley, de toute évidence – se met à distribuer des accolades et des baisers, surtout à Dakota et Sean. Le père de Penley, avec ses bretelles et son col blanc, me fait penser à Michael Douglas dans *Wall Street*, mais parvenu à l'âge de la retraite.

Bien installée sur mon siège, je tâche d'imaginer leur conversation, sans perdre une miette du spectacle. Michael va-t-il entreprendre illico de lécher les bottes au vieux, ou aura-t-il la décence de patienter un moment ?

Je les vois tous s'engouffrer dans la maison, mais pas pour longtemps. L'instant d'après, Dakota et Sean jaillissent des portes-fenêtres latérales pour aller piquer une tête dans la piscine. Une femme les suit de près, harnachée d'une livrée de domestique. Visiblement chargée de surveiller la baignade. Ma copie conforme, version week-end au vert, en quelque sorte.

Entre-temps, Michael, Penley et ses parents se sont installés sous la véranda, sur un mobilier en osier plus blanc que blanc. Une deuxième soubrette apparaît avec un plateau en argent. Tout est en place pour un tableau de Norman Rockwell, à ceci près que la limonade est remplacée par une bouteille de Martini.

Il me vient des idées diaboliques. Et si je faisais une entrée théâtrale ? L'apprentie salope qui végète en moi se prend à rêver de succès. J'entends d'ici Penley bondir en me voyant surgir sous la véranda :

— Kristin ? Mais que faites-vous ici ?

— Demandez donc à Michael, lui répondrais-je sans ciller.

À toi de jouer, gros malin ! Curieuse de voir comment tu vas retomber sur tes pattes, cette fois.

Retour à la raison. Je saisis mon appareil. Je commence par prendre des clichés des enfants qui s'ébattent dans la piscine. L'été dernier encore, Sean ne pouvait se jeter à l'eau sans flotteurs. Dakota, quant à elle, nage très gracieusement ; un vrai petit cygne.

Surgie de nulle part, Penley entre dans le champ. Je l'entends aboyer quelque chose aux enfants, à propos du déjeuner probablement car, à peine a-t-elle tourné les talons, Dakota et Sean sortent de l'eau à contrecœur et s'enveloppent de serviettes. Comme ils sont choux ! Et cette Penley, quelle mégère !

Les enfants trottent vers la maison, leur bonne sur les talons, et mon attention commence à se relâcher. Je contemple rêveusement le voisinage. Tout est si propre, si net... Une bise souffle de la mer. On voit passer quelques voitures, toutes décapotables. Sauf une. Dommage : l'air est si délicieux.

Une femme tout de Nike vêtue fait son jogging. Plus loin, j'aperçois un homme qui vient dans ma direction, d'un pas décontracté. Il porte un léger coupe-vent et une casquette de base-ball grise. Il n'a pas l'air pressé. Tout ici paraît si paisible.

Je m'apprête à détourner le regard, quand soudain quelque chose m'arrête.

Ce type a quelque chose de bizarre.
Quelque chose de familier.
Ma parole... l'inspecteur du Fálcon.
Frank Delmonico. Ici, dans le Connecticut.
Parfaitement improbable. Et pourtant *il est là*.

39

Vite, me planquer sous le volant. Cet inspecteur m'a bien dit qu'il me retrouverait. Il m'a prévenue. *Mais ici ?*

Comment a-t-il su ? M'aurait-il pris en filature depuis New York, tandis que moi-même je filais Michael ? Pas impossible. Une chose est sûre, je ne peux pas prendre le risque de le laisser m'interroger. Pas ici, à proximité immédiate de la propriété des parents de Penley.

J'entends ses pas, de plus en plus sonores. Lourds, décidés. N'est-il pas en mission, après tout ? Seulement, je ne sais strictement rien au sujet de ce quadruple meurtre. Qu'est-ce qui lui permet de penser le contraire ?

Très lentement, je pointe mon nez derrière le vinyle décoloré du tableau de bord.

La visière de sa casquette est baissée sur ses yeux. Et si ce n'était pas lui ? Qui qu'il soit, j'ai tout intérêt à me tirer d'ici dare-dare.

J'attrape les clés et donne un vigoureux coup de poignet. Le contact crachote paresseusement et le moteur se met à gémir. Non ! Tu ne vas quand même pas refuser de démarrer !

Bob, tu ne vas pas me faire ce coup-là, vieux frère ? L'heure est grave. Si jamais Penley m'aperçoit…

Pied au plancher, j'écrase l'accélérateur.

Ne va pas noyer le moteur, Kris. Quant à toi, vieux Bob, ce n'est vraiment pas le moment de me lâcher !

J'aperçois le petit bouton chromé près de la vitre, côté passager. Il n'est pas enfoncé. La portière n'est pas fermée !

Ses pas sont tout près.

Je me jette sur le verrou. Mes doigts sont à quelques centimètres.

Trop tard !

Je l'entends saisir la poignée. Le cri grinçant des vieilles charnières métalliques couvre mon propre cri.

Il ouvre la portière !

40

— Mais qu'est-ce que tu fous ici ? T'es tombée sur la tête ou quoi ?

Je me redresse. Son regard me fusille.

Pas celui de Frank Delmonico. Le regard de Michael.

Je n'ai jamais été aussi soulagée de voir quelqu'un de toute ma vie. Je n'en dirai pas autant de lui. Il a l'air ulcéré.

Livide, même. Je ne l'ai jamais vu comme ça. Il a la tête d'un type de quarante-deux ans frappé d'une congestion cérébrale.

J'aimerais lui répondre. Je ne peux pas. Le temps de retrouver ma respiration, je tâche de me confectionner une excuse pas trop abracadabrante.

Michael, debout devant la porte ouverte, secoue la tête.

— Attends, ne me dis pas que tu nous as suivis jusqu'ici ?

Pour moi, il y a une question bien plus importante. Que je pose sitôt retrouvée la faculté de parole :

— Il est parti ?

— *Qui* est parti ? Qu'est-ce que tu racontes, à la fin ? Il n'y a personne ici, à part toi !

Je m'assieds et inspecte les alentours, façon périscope. Personne en vue. Nulle âme qui vive dans cette rue. *Envolé, Frank Delmonico.*

Je ne sais plus quoi dire. Je me sens si conne. Michael doit me croire folle. Par où commencer ? Par le cauchemar ? Par le Fálcon Hotel ? Par Delmonico ? Par le type à la queue de cheval ? Par mon père ? Comment y comprendrait-il quoi que ce soit, alors que je n'arrive pas moi-même à assembler ce puzzle ?

Toujours rouge d'indignation, il ne sait que répéter :

— Qu'est-ce que tu fous ici ? J'attends une réponse, Kristin.

Et il se croise les bras. Je reste interdite. *Ce que je fous ici ?* Je ne cesse de me poser la question.

— Je... euh... Je ne sais pas, Michael... Enfin... c'est assez compliqué.

— Qu'est-ce que c'est que ce charabia ?

J'ouvre la bouche, mais je ne trouve plus un mot à ajouter. Par-dessus son épaule, Michael jette des regards inquiets vers la véranda, où Penley et ses parents sont en train de siroter des Martini.

— Laisse tomber. Le plus important, maintenant, est que tu déguerpisses. Et fissa. Tu viens de faire une sacrée connerie, Kris. Une énorme, même.

Pas faux.

Mais avant de filer, il y a un truc que je voudrais savoir.

— Comment m'as-tu remarquée ?

— Même caché par des buissons, Bob n'est pas très discret. Une sacrée chance que personne d'autre que moi ne t'ait repérée.

C'est alors qu'une voix se fait entendre :

— Mademoiselle Kristin !

J'ouvre des yeux ronds – presque autant que Michael. La petite voix de Dakota vient de nous enfoncer un poignard dans le cœur.

Pour la première fois, le sourire forcé que j'adresse à la fillette est dénué de toute sincérité.

— Bonjour, mon ange.

Michael se retourne. Près de la haie, enroulée dans une serviette à rayures rouges et blanches, ses boucles mouillées par l'eau de la piscine, Dakota s'enquiert :

— Qu'est-ce que vous faites ici, mademoiselle Kristin ?

La question à 64 000 dollars. Et je n'ai aucune réponse acceptable à fournir. Ni à elle, ni à son père.

Michael se retourne vers moi. Je sais que nous pensons exactement la même chose.

Est-elle aussi mûre pour son âge qu'elle en a l'air ?

Est-ce qu'elle se doute de quelque chose ? A-t-elle seulement idée de ce qu'il faudrait soupçonner ? Michael prend les devants :

— Viens voir papa, ma chérie.

Puis, lui passant gentiment un bras sur les épaules, il murmure :

— Veux-tu que je te raconte un secret ?

41

Je ne suis pas du tout en état de reprendre le volant jusqu'à Manhattan, ni où que ce soit d'autre. J'ai beau loucher sur la route, je ne vois que le visage innocent de Dakota en train d'écouter son père.

Saura-t-elle garder le secret ?

Il faut l'espérer.

En tout cas, je dois reconnaître que Michael a bien joué. Raconter à Dakota que j'étais venue préparer une fête pour Penley au country club de Papy et Mamy, c'est ce qu'on peut appeler un coup de maître, digne de la Ligue d'improvisation. Le tout d'une voix parfaitement calme, sans l'ombre d'un trouble.

— C'est pour ça que c'est très, très important que tu ne dises rien à maman, sinon ce n'est plus une surprise. Tu comprends, ma chérie ?

Du grand art. Jamais tant d'espoir n'avait reposé sur la moue d'acquiescement d'une petite fille.

N'empêche que ça me met terriblement mal à l'aise. Je déteste l'idée de mentir à Dakota et de l'impliquer dans cette spirale. C'est encore une enfant !

Le Connecticut dans le rétroviseur, je parviens tant bien que mal à remonter la voie express Franklin-Roosevelt le long de l'East River, toujours plus étroite, sans provoquer de carambolage monstre. Par miracle, je finis par rendre Bob à son box sur First Avenue, mais c'est comme s'il avait retrouvé le chemin tout seul.

Et maintenant ?

Il fait peut-être un temps superbe, mais je n'ai plus envie de rester dehors. Pas plus, d'ailleurs, que de rentrer chez moi. Le mieux est d'attraper un taxi et de filer à l'Angelika Film Center, où l'on projette le montage original de *Flirter avec les embrouilles*. On ne peut plus approprié.

Je n'ai jamais eu autant besoin de rire et de légèreté. Ben Stiller m'en apporte sur un plateau. Comme annoncé sur l'affiche dans le hall, je suis même gratifiée de six minutes de scènes inédites. Question : a-t-on déjà vu un « montage original » plus court que la version commerciale ?

Après le film, je m'oblige à chiner des fringues à SoHo, où se trouvent la plupart de mes boutiques préférées. J'arpente les rayons de Jenne Maag, Kirna Zabête et French Corner – où je me rappelle avoir vu Gwen Stefani essayer un jean –, mais j'ai l'esprit ailleurs. En fait, je regrette amèrement ma virée absurde à Westport.

Je sais bien que Dakota ne nous a pas vraiment surpris, mais les faits sont là : j'ai commis une grosse boulette. Et Michael avait tous les motifs d'être en colère. Mais peut-être n'est-il pas si fâché, après tout ?

Qu'est-ce qui a bien pu me passer par la tête ?

Pour la dixième fois ou presque, j'attrape mon mobile pour l'appeler. Je lui dois vraiment des excuses.

Et pour la dixième fois ou presque, je repose le téléphone sans composer son numéro. *N'en remets pas une couche.* Je le connais. Il suffit que je lui foute la paix un jour ou deux pour qu'il n'y pense plus.

Pour que *nous* n'y pensions plus.

42

Le soleil commence à décliner. Au coin de Prince et Greene Street, le nez en l'air, j'attends que le signal passe au vert. Légèrement stressée, mais pas trop. Enfin, tout est relatif.

Y a-t-il meilleur observatoire de l'humanité au monde que le cœur de SoHo ? Si oui, qu'on me le dise. Paris ? Ça reste à voir. Punks, artistes, et même quelques travestis : il n'y a qu'à demander, tous battent le trottoir.

Y compris le dingo que j'aperçois de l'autre côté de la rue, exactement en face de moi.

C'est un vieux bonhomme caché derrière des lunettes de soleil, avec une barbe grise qui lui descend jusqu'à la ceinture. Il reste là à faire les cent pas en exhibant un écriteau comme dans les vieux dessins animés. Mais au lieu de « La fin est proche », le sien indique : « La fin n'est que le début. » Un point de vue comme un autre sur la résurrection des morts.

Encore un qui va me dire qu'on m'aura prévenue.

Je ne peux m'empêcher de hocher la tête d'un air consterné en passant près de lui. Comment peut-on être à ce point à l'ouest ?

— Tremble, Kristin.

Hein ?

Je m'arrête net, comme frappée par la foudre.

— Comment savez-vous mon nom ? dis-je en me retournant.

— Je le sais, c'est tout.

Je m'approche à un pas.

Ce n'est pas un mirage. Cet homme est bien réel.

— Je vous repose la question : comment savez-vous mon nom ?

— Il n'est pas trop tard, Kristin.

Sa voix rude, raboteuse, n'est pas pour rassurer.

Comme il fait mine de s'en aller, je l'attrape par l'épaule :

— Eh, minute. De quoi parlez-vous ?

Silence radio.

Aurais-je gravement offensé monsieur ZZ Top ? Je m'obstine :

— Dites quelque chose !

Il sourit, découvrant les dents les plus avariées que j'aie vues de ma vie. Mais il en faudra plus pour me faire fuir. Je change d'épaule :

— Je vous connais ?

Il choisit ce moment pour ôter ses lunettes noires. Horreur. Cette fois je recule d'un pas. Il lui manque un œil. À la place, rien du tout. Un simple trou noir qui s'enfonce jusqu'au milieu du crâne. Comment est-ce possible ? Pour un peu, on s'attendrait à en voir sortir de la vermine ou des asticots grouillants.

— Pas encore, me répond-il. Mais bientôt. Quand vous aurez compris le sens de votre vie.

Sur ces mots, il remet ses lunettes, me salue et disparaît.

43

Le farceur borgne et barbu s'éloigne. Je demeure immobile, tremblant de tous mes membres. Pour changer. *Où est-ce le plus insensé ? Chez moi ou dehors ?* Les paris sont ouverts.

Je hèle un taxi. Finalement, rester à l'appartement n'est pas la pire solution, du moins je préfère le penser. Une soirée bien tranquille à la maison, voilà qui me calmerait peut-être les nerfs. Et qui m'aiderait à recoller les morceaux, quoique j'en doute fort.

J'y suis en quinze minutes.

Je commence par me faire couler un bain brûlant, un de ces bains où l'on ne pénètre que par tranches d'un centimètre. Ne reculant devant aucun sacrifice, j'ajoute quelques sels aux plantes offerts par Connie pour mon anniversaire. « Agrumes apaisants », dit l'étiquette. Laisser mariner.

Une fois transformée en pruneau d'Agen, je sors de la baignoire, me sèche et saute dans mon douillet peignoir en tissu éponge. Puis je m'oblige à commander un plat chinois – poulet au sésame et riz frit aux légumes, pour ne pas changer. Sans glutamate de sodium, merci. On ne pourra pas dire que je n'ai pas tout essayé pour passer une soirée normale à la maison. Efforts ridicules, j'en suis consciente, mais si vous avez une autre suggestion...

L'estomac plein, la logique voudrait, après la journée que je viens de vivre, que je tombe de sommeil. Tout au contraire, je suis fraîche comme un gardon. Surexcitée. Sous tension.

Je m'efforce de ne pas penser au borgne de SoHo – *comment savait-il mon nom ?* Mais quand ce n'est pas lui que je revois, c'est le visage de Dakota.

— *Mademoiselle Kristin !*

L'écho de sa petite voix dans ma tête. Ça me rappelle que j'ai dans mon appareil une pleine pellicule de Sean et Dakota en train de barboter.

Voilà au moins une activité qui devrait me détendre. Mon labo.

Je remonte littéralement les manches de mon peignoir et me mets au boulot.

Presque instantanément, mon esprit et mon corps se relâchent. Je me surprends même à sourire en imaginant un titre d'exposition : « En embuscade. » Elle ne serait composée que de photos prises en planque, cachée quelque part.

Non, encore mieux : « Bob et moi. » C'est plus vrai.

Je plonge les négas dans le bac de rinçage et, ce faisant, jette un œil sur les premiers clichés.

— Qu'ils sont mignons !

Je prononce ces mots à haute voix. Les deux enfants que j'aime le plus au monde s'ébattent sous mes yeux et s'amusent comme des fous. Même en négatif, leur sourire est magnifique.

Quelque chose me gêne quand même. D'habitude, je me fais un devoir de montrer à Sean et Dakota toutes les photos que je prends d'eux. Mais celles-ci, ils ne les verront jamais.

J'en arrive au cliché où Penley est entrée dans le champ. Une intruse qui déboule pour aboyer des ordres : ça lui ressemble bien. Ça, une mère ? On dirait plutôt une surveillante.

Je suis sur le point de passer au suivant quand un détail m'arrête, qui m'oblige à y regarder à deux fois. Je sens mon estomac tomber du vingtième étage. Vite, la loupe. Jamais je n'ai regardé Penley d'aussi près.

C'est invraisemblable.

Dément. Aberrant. Ahurissant.

44

Je vérifie rapidement les photos précédentes, où Sean et Dakota sont seuls. Sont-ils victimes du même effet?

Non. Absolument pas.

Tout a l'air normal. Mieux que normal, même.

Je réexamine le cliché avec Penley, si près que j'en louche, en passant mon doigt sur la pellicule. Le négatif ne m'a pas l'air défectueux.

Cette image, pourtant… *Pas claire. Pas normale. Pas possible.*

C'est le même effet qu'avec les housses, devant le Fálcon. Quasi imperceptible, mais bien présent. Ou, devrais-je dire, absent.

Penley est transparente. Comme si je pouvais voir au travers d'elle. Comme si elle était là sans être là.

Cette femme est maigre, d'accord, mais pas à ce point! Que signifie de nouveau ce phénomène? Pourquoi?

Je rallume en vitesse et me retourne vers les panneaux de liège noirs, derrière moi. Les autres photos, celles de mon père… je n'ai pas vérifié si elles étaient affectées du même défaut. Aurais-je manqué d'attention?

Je parcours à triple vitesse les photos épinglées au mur. Pas une ne présente cette anomalie. *Des clichés d'un homme mort depuis douze ans – rien que de très normal, en somme!*

Ce n'était donc pas un problème d'objectif, puisque le nouveau donne le même résultat que l'ancien. Peut-être est-ce dû à l'appareil lui-même? C'est à espérer.

Je crois me rappeler que Javier, le vendeur de Gotham Photo, m'a donné un jour sa carte professionnelle en ayant soin d'inscrire son numéro de mobile au verso. Je suppose que c'était un appel du pied. Il a ajouté que je pouvais l'appeler à tout moment si je rencontrais le moindre problème de matos.

On peut le voir comme ça.

Il ne me reste plus qu'à retrouver où j'ai fourré cette carte. Je commence par mon portefeuille. Je retourne les reçus de retrait bancaire, cartes AmEx, Visa et autres Discover, mon permis de conduire, une carte de fidélité de l'amateur de café Java Joint.

Nulle trace de la carte de Javier.

J'ouvre tous les tiroirs de ma chambre, y compris celui de ma table de nuit. Inouï le nombre de trucs inutiles que j'accumule… Quel besoin ai-je de rapporter un étui d'allumettes de chaque restaurant où je dîne?

Montre-toi, maudite carte!

J'essaie de me souvenir du moment où Javier me l'a tendue. Quand était-ce? À quelle période de l'année?

Je décide que c'était l'hiver.

La carte est peut-être restée dans une poche de manteau? Mais oui, je suis même presque sûre de savoir lequel. Un mouton retourné qui me tendait les bras dans la vitrine de Saks, les yeux de la tête, et pour lequel j'avais littéralement craqué. Je m'étais nourrie de sandwiches au thon ce mois-là…

Et je me rappelle aussi que Javier l'avait trouvé très beau… *et que c'est à ce moment-là qu'il m'a tendu sa carte.*

Vite, le placard de l'entrée. Vraiment, ma mémoire m'impressionne. Mon cerveau n'est donc pas complètement en vrac?

Avec un peu de chance, Javier va décrocher et nous pourrons nous donner rendez-vous. Je lui montrerai mes photos, il démontera mon appareil et m'expliquera ce qui cloche. Pas plus compliqué que ça. Fin de l'énigme!

Mais ne vendons pas la peau du mouton retourné ! D'abord, sa carte.

J'ouvre le placard.

Enfin, j'essaye. Coincé. La poignée se laisse manœuvrer, mais la porte a l'air bloquée. *C'est pas vrai...* Tout bien réfléchi, je ne suis plus trop sûre de vouloir ouvrir ce placard.

Il le faut pourtant. J'insiste énergiquement. Je dois m'y prendre à deux mains. Ma parole, on dirait que cette maudite porte est bouclée de l'intérieur. Ce qui n'a aucun sens, nous sommes d'accord. D'ailleurs, ce placard n'est jamais fermé à clé. Pourquoi le serait-il ?

Allez, je change de prise et j'y mets toute ma force. Je tire si violemment que je manque de me démettre l'épaule.

Enfin, je sens la porte qui commence à céder. Puis qui s'ouvre tout d'un coup.

Et je...

Ah non ! Pas ça ! Mon Dieu, au secours !

La suite : un cri strident, à m'en vider les poumons.

45

— Réveille-toi, Kristin. Mais réveille-toi !

Mes yeux s'ouvrent d'un coup. J'observe autour de moi, complètement déphasée. Et, faut-il le dire, pétrifiée. Tout est flou.

— Où suis-je ?

— Chez moi, répond la voix de Connie. Sur la planète Terre.

Elle a l'air préoccupé. Épouvanté, même. Je m'inquiète :

— Tout va bien ?

Connie prend une mine stupéfaite :

— Tu *me* demandes si tout va bien ? Mon Dieu, tu te serais entendue crier, j'ai cru que quelqu'un essayait de t'égorger !

La lumière du jour filtre par les stores. C'est le matin. Je suis allongée sur un canapé-lit, dans le séjour de l'appartement de Connie, dans l'Upper East Side. Voilà tout ce que je sais pour l'instant. Le reste n'est encore qu'une esquisse.

— Je... je ne me souviens de rien.

— Quand tu es arrivée hier soir, tu étais *hystérique*. Tu n'arrêtais pas de parler d'un cauchemar que tu as fait, de photos que tu as prises et... ah oui, d'une histoire de placard. Celui qui est dans l'entrée, sans doute. Est-ce que ça te rappelle quelque chose ?

— Les cafards !...

— Exactement : tu disais qu'il y en avait des milliards. Rien que de t'écouter, j'en avais la chair de poule.

C'est en effet la dernière chose dont je me souvienne. Le placard grouillait de cancrelats. Peut-être pas des milliards, mais un bon millier. Moi qui ai une peur panique des cafards. J'en avais dans les cheveux, sur le visage. Ensuite, le trou noir.

Connie me prend la main.

— Ma pauvre chérie, tu étais méconnaissable. Je t'ai fait avaler deux Xanax et au lit. Tu as pioncé d'une traite, sans ouvrir l'œil.

Jusqu'à ce matin.

L'hôtel, les quatre housses, la main... Toujours le même cauchemar, mais dans un autre lit. *Donc, ça vient de moi.*

— Qu'est-ce que je peux faire pour toi, Kris ? Comment te sens-tu ?

Ben... comme une merde.

Mais une merde avec bande-son. *Finira-t-on par me dire ce que c'est que cette chanson dans ma tête ?* Si seulement Connie pouvait l'entendre... elle la reconnaîtrait peut-être ?

Mais il n'y a rien à entendre. Je préfère ne même pas lui en parler, de ça ni de tout le reste. Si je ne suis même pas foutue de comprendre ce qui m'arrive, comment le pourrait-elle ? Qui plus est, je ne souhaite pas la terroriser davantage avec mes histoires.

Donc, officiellement, je vais beaucoup mieux. Un sursaut :

— Au fait, quelle heure est-il ? Je vais être en retard au travail !

Je repousse les couvertures. Connie m'arrête.

— Doucement ! Je crois que tu ne te rends pas bien compte, Kris. Tu ne t'es pas entendue hier soir ? Tu m'as sorti de ces trucs... Quelque chose ne tourne pas rond du tout. Crois-moi, tu devrais retourner voir ton analyste.

Merci du conseil.

— Je suis désolée de t'avoir fait peur, Connie. C'est à cause de ce rêve récurrent, il est si réaliste. J'ai dû accumuler trop de stress ces temps derniers...

— Qu'est-ce que tu fais des photos? Tes images de fantômes translucides? Tu en faisais tout un plat...

— C'est aussi dans le cauchemar.

Aurais-je honte de devenir dingue? Pourquoi suis-je incapable de me confier à l'une de mes meilleures amies?

Connie me considère un moment.

— Tu n'as qu'à appeler pour dire que tu es malade. Tu dois te reposer.

— Je ne peux pas, Connie. Les enfants ont besoin de moi.

— Laisse la Pénible s'occuper d'eux, pour une fois. C'est quand même son rôle, après tout.

— Je t'assure que je vais mieux.

Un joli sourire de composition et me voilà debout. Petit clin d'œil à Connie :

— Je peux t'emprunter quelques fringues?

46

Il ne m'a pas fallu dix minutes pour quitter l'appartement, vêtue d'un pantalon noir et d'un col roulé mastic prélevés dans la penderie de Connie. Moins de temps qu'il ne m'en faut habituellement pour me préparer. Il est également vrai que, d'ordinaire, il n'y a personne pour me surveiller du coin de l'œil, de peur que je ne saute à chaque instant sur une chaise pour entonner « Stars and Stripes Forever ».

Me voici dans le hall de l'immeuble des Turnbull. J'appelle l'ascenseur et m'apprête à vivre une expérience inédite : arriver en avance.

Au moins, Penley ne risque pas de m'attendre derrière la porte.

C'est Sean que je vois d'abord, assis par terre dans le vestibule, concentré sur son jeu de Lego multicolore éparpillé autour de lui. C'est à peine s'il m'a entendue entrer.

— Bonjour, bonhomme !

Une frimousse radieuse me répond :

— Bonjour, mademoiselle Kristin !

Je m'accroupis près de lui.

— On est dans les grands travaux, à ce que je vois ? Qu'est-ce que c'est ?

— Un lance-roquette super-galactique pour sauver le monde des méchants aliens de la planète Tonnerre !

— Pourquoi, ils cherchent à nous envahir ?

— Peut-être bien, me répond Sean avec une petite moue.

Machinalement, je vérifie qu'il est correctement habillé pour l'école. C'est bon, il est paré de la tête aux pieds, lesquels arborent la fameuse paire de chaussettes Jimmy (ou Penley ?) Neutron.

— Où est Dakota ?

— Dans sa chambre.

Je me redresse, mais avant que j'aie pu faire un pas, Sean ajoute :

— On n'a pas le droit de la déranger.

— Comment ça ?

— Elle ne va pas à l'école aujourd'hui.

Il n'a plus d'yeux que pour ses Lego.

— Elle ne se sent pas bien ?

— J'sais pas trop. En tout cas, maman est très fâchée.

Ce dernier mot transforme mon estomac en corde à nœuds. De deux choses l'une : ou bien Dakota a pris froid hier. *Ou bien elle ne sait pas garder un secret.*

Je me rassois sur mes talons.

— Est-ce que tu peux te rappeler ce que maman a dit, mon ange ?

Sean ajuste un dernier Lego.

— Hé, mademoiselle, regarde ! *Whooosh !*

Je viens d'assister à la mise à feu du lance-roquette. Garder patience me coûte un gros effort.

— Génial, Sean ! Alors, qu'est-ce qu'elle a dit, maman ? Tu t'en souviens ?

Ma tête explose à l'idée que Dakota ait pu vendre la mèche à Penley : « J'ai vu Mlle Kristin près de la maison de Papy et Mamie, et Papa était avec elle ! »

C'est donc ça, la fin de l'histoire ? Le moment où s'effondre cet abracadabrant château de cartes ?

Un instinct irrépressible me prend soudain en traître. Cours.

Ne reste pas ici une seconde de plus !

Tu as peur de l'affronter ?

Mais je n'aurai pas le temps de me jeter vers la porte d'entrée. J'entends déjà le pas saccadé de Penley au détour du vestibule. Le temps de me retourner, elle est devant moi. Ses yeux me foudroient. Et tout ce qu'elle trouve à dire :

— Quand on parle du loup...

47

— Sean, veux-tu rentrer dans ta chambre, mon grand ?

La voix de Penley est curieusement douce et caressante. Un peu trop, à mon avis. Sans doute une façon de compenser la violence de l'assaut : une sanglante confrontation, entre quatre yeux.

Il n'est peut-être pas trop tard pour filer ?

Sean ramasse son lance-roquette et traîne les pieds jusqu'à sa chambre. Je suis presque tentée de le supplier de rester. Penley n'oserait quand même pas m'exécuter devant le propre fils de son mari.

Ne sachant trop que faire, je me mets à ramper pour ramasser les Lego. Penley m'interrompt :

— Ce n'est pas pressé. Venez, nous avons des choses à nous dire.

Vêtue de son jogging habituel – *mais a-t-elle d'autres tenues ?* –, elle m'entraîne au salon où elle me fait signe de prendre place sur un sofa couvert de satin vert, collé contre un des murs. Elle choisit un des deux fauteuils en face et nous nous asseyons.

— Eh bien, si vous me disiez comment s'est passé votre week-end ?

Je n'en reviens pas. *Elle joue avec moi.* Le ton se veut amical, le sourire avenant. C'est bien la première fois qu'elle s'intéresse à ce que je fais de mes week-ends !

— Tout à fait normalement.

— Rien de particulier ?

— Non, pas vraiment.

Ah si, j'oubliais : j'ai taillé une bavette avec mon défunt père.

Elle cherche à me confesser, ou quoi ? C'est ça, son jeu ? Elle perd son temps. Je m'en tiendrai à ce que Michael a dit à Dakota : nous lui préparions une petite fête. *C'est notre scénario, il n'y en a pas d'autre !*

— Et vous-même, dis-je en lui rendant son sourire dent pour dent. Avez-vous passé un agréable week-end ?

— Très. Nous avons passé la journée d'hier chez mes parents, loin de la ville.

— Formidable.

— Je vous en avais parlé, n'est-ce pas ?

— Sans doute.

En fait, pas le moins du monde : c'est Michael qui me l'a appris.

— D'ailleurs, pourquoi ne nous accompagneriez-vous pas, à l'occasion ? C'est sur la côte. Il y a une piscine et un court de tennis. On oublie la ville, c'est merveilleux.

Oh, comment vous remercier, Penley ?

Mais je crois avoir compris ton petit jeu. Sois tranquille, je vais te faciliter la partie.

— Les enfants doivent adorer ?

— Ça ! Connaissez-vous un enfant qui n'aime pas l'eau ?

Elle croise ses jambes.

— Cependant… une chose me tracasse.

— Quoi donc ?

— Dakota.

Enfin. Nous y voilà.

— Oui, Sean m'a dit qu'elle ne se sentait pas bien ce matin.

— En fait, je n'arrive pas à comprendre ce qu'elle a. Sur le trajet du retour, hier, elle avait l'air ailleurs. Elle n'a pas de fièvre, ni mal au ventre. Et pourtant quelque chose semble la contrarier. Comment expliquez-vous ça ?

J'en reste muette. Tous mes muscles se raidissent avant l'assaut final. Dans un instant, Penley va abattre ses atouts.

Mais non. Elle se contente de hausser les épaules.

— Oh, je ne crois pas que ce soit très sérieux... Elle est solide, dirait Michael. Mais comme on n'est jamais sûr de rien, je préfère qu'elle garde la chambre aujourd'hui. Enfin, peu importe, ajoute-t-elle en se tâtant le poignet. Ce n'est pas de cela que je voulais vous parler.

J'avale ma salive de travers.

— Ah non?

— Devinez avec qui j'ai parlé hier soir?

Tant qu'il ne s'agit pas de Dakota, je me fiche pas mal de le savoir. Je nage dans le soulagement :

— Je ne sais pas... qui donc?

— Mon ami Stephen.

Je mets un moment à rebrancher les fils.

— Oh, le type de la gym... le beau gosse?

— Lui-même. Le *très* beau gosse. Alors, je me demandais... vous n'avez rien de prévu ce soir?

— Euh...

— Ça tombe très bien.

48

— Vous saviez que certains cafards femelles ne s'ac-
couplent qu'une fois et sont fécondés pour le restant de
leur vie?

— Vraiment?

Gros effort pour avoir l'air plus étonné que dégoûté.

Le type essuie son nez sur sa manche avec un bruit de
gorge bizarre, comme je n'en avais encore jamais entendu.

— Pas étonnant que ces vermines soient aussi nom-
breuses, pas vrai?

— Euh... oui. Forcément.

Ne nous plaignons pas, ça pourrait être pire. Ce type
pourrait être mon rendez-vous de ce soir. Sauf qu'il est
midi.

Le désinsectiseur! Je lui ai donné rendez-vous chez moi
à l'heure du déjeuner. Disons plutôt *devant* chez moi. Pas
question que j'entre seule.

Le type a vraiment le physique de l'emploi: hideux,
une paire de doubles foyers à grosses montures noires.
Je ne sais pas pourquoi, il me rappelle Stephen King.
Même si je ne l'ai jamais vu qu'en photo. Or les photos
mentent.

— En fait, les cafards sont conçus pour résister à peu
près à tout. Saviez-vous qu'ils peuvent retenir leur respiration pendant quarante minutes?

— Passionnant. Vous êtes un vrai puits de science,
dites-moi!

Il ajuste l'embout de pulvérisation.

— Bon. C'est dans ce placard qu'il y en avait, alors?
J'acquiesce. *Oui. Oh, pas plus de quelques milliers.*
— Eh bien, on va commencer par là.
— Stratégique.
Et d'empoigner le bouton de porte. Je fais un pas en arrière. Je ne veux pas voir. Je voudrais être ailleurs. Il regarde partout. Je l'entends marmonner :
— Hmm... Mmm-hmm, hmm, hmm.
— Qu'est-ce qu'il y a?
— Je ne vois pas une seule crotte par terre. Ce qui ne veut pas dire que je ne vous crois pas, hein? corrige-t-il aussitôt, avec un geste de défense.
Je risque un œil. Il éclaire de sa lampe-torche les parois du placard.
— Et les voisins, sinon?
— Quoi, les voisins?
— Vous vous entendez bien?
Et que je me remouche dans ma manche...
— Il n'est pas rare que ce soit les voisins qui vous envoient leurs cafards : ils les laissent filer dans les conduits d'aération, quand ils ne percent pas des trous pour leur montrer la voie, vous voyez le genre... C'est plus fréquent qu'on ne croit.
J'essaie de me représenter Mme Rosencrantz ou son Herbert s'abaissant à de tels procédés. Ça ne m'étonnerait pas d'eux.
Inspection du reste de l'appartement. Les moindres coins et recoins ont droit à une double pulvérisation. Une ou deux fois, je me permets de lui signaler qu'il a oublié de traiter une zone. Le voici devant la dernière porte au fond du couloir :
— Et là-dedans, c'est quoi?
— Mon labo photo.
Je lui ouvre et j'allume.
Il entre, observe, l'air intrigué.
— Mmm-hmm, mmm-hmm...

Après quelques brèves pulvérisations, il remarque les photos épinglées aux murs et semble tomber en arrêt devant un portrait de mon père.

— Cet homme ne vous est pas inconnu, je me trompe ?

— À quoi voyez-vous ça ?

— Son expression. Sa façon de vous regarder, vous, et non l'appareil. J'irai jusqu'à dire que vous le connaissez intimement.

— Bien observé. C'est mon père.

Le voilà qui se penche pour mieux examiner le cliché.

— Quel genre d'homme était-ce ?

— Pardon ?

— Eh bien, quel genre d...

— Attendez, je ne suis pas sourde. Votre question est plutôt... inattendue, vous ne croyez pas ?

— En vérité, je n'en vois pas d'autre... je veux dire, pour chacun d'entre nous. Si on y réfléchit, on n'est jamais que le produit de nos choix, pas vrai ?

Un désinsectiseur existentialiste ! Quelle veine...

Ce type commence à me faire froid dans le dos. Ça ne lui suffit pas d'avoir une tête à coucher dehors, il faut en plus qu'il sorte des trucs bizarres. Je sens que l'eczéma ne va pas tarder.

— Et d'abord, comment savez-vous que mon père est mort ? Vous avez dit « était-ce »...

Il hausse les épaules.

— J'sais pas. Une intuition.

Comme ça, en regardant une photo tout juste développée ?

Maintenant, c'est sûr, ce mec fait peur. Je n'ai plus qu'une hâte, le flanquer à la porte. Tout compte fait, il est aussi effrayant à lui tout seul qu'une armée entière de cafards. Je m'impatiente :

— Bon, je crois qu'on a fait le tour ?

— Oh, pardon. Je vous ai froissée ?

— Ça va aller... C'est moi qui suis un peu à cran. À cause des cafards.

Entre autres.

— Heureusement, on en est débarrassés pour un bon moment ! déclare-t-il en tapotant fièrement sa bonbonne.

— C'est efficace longtemps ?

— Environ un mois.

— C'est tout ? Ils n'ont pas été fichus d'inventer un produit plus performant, de nos jours ?

— Vous voulez dire, un truc qui dure pour toujours ?

— Par exemple.

Il secoue la tête.

— Hélas, je crains qu'il n'y ait qu'une seule chose qui soit éternelle ici-bas...

— Laissez-moi deviner. L'amour ?

— Non, lâche-t-il en s'inclinant vers moi. Ce serait plutôt votre âme.

49

20 h 30. Grande affluence chez Elio's, sur la 2ᵉ Avenue, près de la 84ᵉ Rue. Je scanne le bar en tâchant de me rappeler le portrait-robot : *grand, cheveux noirs, très beau, répondant au nom de Stephen.*

Si tu le dis, Penley…

C'est toi la patronne. Sans ça, tu peux me croire, jamais je n'aurais accepté ce rendez-vous mystère ! Encore moins ce soir.

— Excusez-moi… vous êtes Kristin ?

Je me retourne. Une paire de pommettes extraordinairement haut perchées me surplombe. Je passe rapidement en vue le reste de sa personne.

Cochons les cases. Grand : oui. Cheveux noirs : oui. Très beau : oui.

— Et vous, vous êtes Stephen.

Impossible de réprimer un discret sourire.

Une minute plus tard, nous voici confortablement installés à une table, contre le mur. La tête de Michael s'il nous voyait !

Je me sens bien coupable, mais pas pour ça. Stephen et moi faisons connaissance. Lui dirige une boîte de prod et adore l'escalade. Et tout indique que c'est un mec bien. Je m'en veux de lui faire perdre son temps. Mon cœur appartient à Michael.

Après quelques minutes de bavardage, voici mon Stephen qui passe la première.

— Et sinon, il y a quelqu'un dans votre vie ?

Bien obligée de mentir, ce qui me met encore plus mal à l'aise.

— Non. Personne.

— Penley me l'avait dit, mais on n'est jamais trop sûr! sourit-il.

Joli sourire. Il poursuit :

— À mon tour, hein? Je suppose que vous êtes au courant de ma situation?

— Je sais juste que vous sortez d'une histoire...

— On peut le voir comme ça, en effet. En ce qui me concerne, je préfère le mot « lourdé ».

— Comment est-ce arrivé, si je puis me permettre?

— Un faux pas. Une aventure avec une femme mariée.

Oh.

Silence pesant. Que brise, par bonheur, un serveur venu nous déclamer les plats du jour. Tout en l'écoutant nous vanter les mérites de l'osso buco, du filet de bar et d'un « enchanteur » risotto aux fruits de mer, je me dis qu'il serait peut-être plus prudent de trouver d'autres sujets de conversation.

Réfléchissons...

Comme le garçon lève l'ancre, je hasarde :

— Si vous me racontiez un peu en quoi consiste votre société de production?

Comme s'il était devenu sourd, il me répond :

— Mais je ne vous ai pas dit le pire. Elle me répétait qu'elle allait quitter son mari et, moi, je la croyais. Si j'avais été moins naïf... Aucune femme ne quitte son mari.

Vite, un verre d'eau. J'ai la gorge sèche. Comme si j'avais mangé des crackers en plein Sahara.

— Ça n'a pas l'air d'aller. Quelque chose qui ne passe pas?

— Non, ça va...

Il soupire.

— C'est moi qui vous bassine avec mes histoires d'ex... Je vous demande pardon.

— Mais non. Je peux comprendre.

— Vraiment?

— Bien sûr. Ça n'est jamais facile de tourner la page.

Je sais, je suis passée par-là. Avec Matthew, de Boston. Pas une mince affaire.

— C'est vrai. Mais je ne vous ai pas tout dit. Il y a un truc qui me tue.

— Quoi?

— La culpabilité. Ça ne m'avait jamais effleuré. Du moins, pas avant la fin de notre histoire. Pouvez-vous me dire ce que ça m'aurait apporté de briser un couple marié?

Je dois me convaincre, en l'écoutant prononcer ces mots, que ce n'est pas de moi qu'il parle. C'est son histoire, pas la mienne. Mais, curieusement, je ne peux m'empêcher d'être sur la défensive. Impossible de ne pas faire le rapprochement avec Michael. Plus que déstabilisant.

— Je ne vois qu'une chose, lui fais-je observer, c'est que cette femme n'était pas heureuse dans son couple.

— Peut-être. Mais, heureux ou pas, un couple marié est un couple marié. Je n'aurais pas dû chercher à le détruire. Ils ont des enfants, tout de même!

— Mais qui vous dit qu'elle les aime vraiment?

Oups. Ça m'a échappé. Il me regarde de travers.

— Comment?

Hum. Dis quelque chose, Kristin. *N'importe quoi. On dirait que tu as une pierre sur la langue.*

Je m'éclaircis la gorge, comme si je voulais rembobiner mes paroles. Puis, posant mes mains sur les siennes :

— Je crois que vous êtes trop sévère avec vous-même, Stephen. Vous savez ce qu'on dit : il faut être deux pour danser le tango.

— Je sais. Mais vous oubliez une chose, dit-il en se penchant vers moi.

— Oui, quoi?

— On ne peut forcer personne à danser.

50

De l'air !

Voilà à quoi se résume mon état mental lorsque je prends congé de Stephen. C'est ici que notre soirée se termine, sur ce trottoir, devant Elio's, par un bécot sur la joue et un échange de sourires embarrassés. Et la certitude inexprimable que ce premier rendez-vous était aussi le dernier.

— Je vous appelle un taxi ?

— Pas la peine. Je crois que je vais marcher un peu.

N'importe où. Une heure durant, je déambule sans prêter attention aux plaques. Je marche au hasard. Ce n'est qu'en éprouvant une étrange sensation à l'estomac que je lève enfin le nez pour savoir où je suis.

Madison Avenue, 68ᵉ Rue. Pile en face du Fálcon Hotel.
Coïncidence ?
Souhaitons-le.

À ce stade, je commence à croire que tout ce qui m'arrive n'est pas dû au hasard. Si seulement j'en comprenais la raison. Il faut bien que quelque chose fasse le lien entre tout ça et lui donne sens.

Mais le plus extraordinaire, c'est que le Fálcon et moi ne sommes pas tout à fait des étrangers. Nous avons une histoire en commun. Quelque chose dont je n'ai jamais parlé, même pas à Michael. C'était lors de ma première semaine à New York, juste avant que je ne quitte Matthew, de Boston. Depuis, je m'efforce de ne plus y penser. *Et où faut-il que je me trouve ?*

Immobile en face de l'hôtel, je regarde quelques clients aisés entrer et sortir sous l'auvent rouge, celui-là même où j'ai vu rouler les quatre chariots. Je ne puis m'empêcher de repenser à une autre de ces troublantes « coïncidences ».

Mes photos.

En particulier, ce curieux effet de transparence sur les housses mortuaires. Puis sur Penley.

Je sens qu'il doit y avoir une explication logique... mais laquelle ? Et, d'ailleurs, depuis quand tout doit-il être logique dans l'existence ?

D'ici à penser que ce cauchemar que je ne cesse de faire est un rêve prémonitoire, il n'y a qu'un pas. Je n'ai jamais vraiment cru à tous ces machins paranormaux, mais cette fois je suis prête à envisager une exception. *À la seule différence que ce rêve-là s'est déjà réalisé.* Je l'ai vu de mes propres yeux. Et pas ailleurs qu'ici, très exactement.

Les corps contenus dans ces housses, autant que je puisse supposer, sont aujourd'hui morts et enterrés. Or Penley, ai-je besoin de le dire, est en parfaite santé.

Pour résoudre ce paradoxe, il y aurait bien une solution. Ce n'est pas la première fois que cette idée me passe par la tête. Je sais que c'est mal. Que le simple fait d'y penser est abominable.

Mais j'y pense quand même. C'est plus fort que moi.

Penley. C'est elle qui se met en travers de tout. Sans elle, j'aurais Michael pour moi. Et j'aurais Dakota et Sean. Bref, j'aurais tout ce que je peux souhaiter.

Si seulement elle n'était pas toujours dans le cadre.

51

N'y va pas.

À chaque enjambée, j'essaie de me raisonner, mais une autre voix, plus forte – que j'ai bien du mal à croire mienne –, me propulse.

J'allonge le pas, plus vite, parcourue d'adrénaline de la tête aux pieds. La nuit est fraîche, plus fraîche qu'elle ne l'est habituellement au mois de mai. Mes joues picotent.

Je regarde le ciel. Je l'aurais parié. *La pleine lune, comme par hasard !*

Ça ne m'a pris que cinq minutes au lieu de dix. En deux temps trois mouvements, me voici exactement en face de l'immeuble de Michael.

Je regarde ma montre. Minuit passé de quelques minutes.

Toi qui croyais l'avoir sorti de ses gonds dans le Connecticut. Tu n'as encore rien vu.

À travers les grandes baies de part et d'autre de l'entrée, j'aperçois le portier de nuit qui compte les heures à la réception. Comment s'appelle-t-il, déjà ? Je ne l'ai croisé qu'une ou deux fois, lorsqu'il prenait son service. Adam ? Oui, j'en suis presque sûre à 100 %.

Peu importe, après tout.

Je compose le numéro de l'immeuble sur mon mobile et le regarde décrocher. Comme font tous les réceptionnistes, il récite l'adresse au lieu de dire « allô ».

— Adam ?

— Oui ?

— Bonsoir, c'est Kristin, la nounou des Turnbull. Voilà, je me demandais si vous pourriez me rendre un petit service... Louis m'a laissé me servir de la salle d'eau du personnel ce matin, et je crois bien que j'ai oublié mon sac à l'intérieur. Ça vous ennuierait de vérifier ? Je suis désolée...

— Pas du tout. Une seconde.

Je le vois reposer le téléphone et disparaître par la porte de service. C'est comme si un pistolet de starter venait de me tirer en pleine tête.

Feu !

Je traverse la 5e Avenue comme une flèche, fais irruption dans le hall et file le plus discrètement possible vers la cage d'escalier avant qu'Adam ne reprenne son poste.

Me voici dans la place.

Je raccroche mon mobile et grimpe cinq étages pour être hors de portée de voix. Puis je rappelle Adam :

— Pardon d'avoir raccroché. J'avais un autre appel. Bonne pêche ?

— Désolé, je n'ai pas vu votre sac. Et il n'est pas non plus à la réception.

— Mince, j'aurais pourtant juré l'avoir oublié là... Merci quand même, encore désolée.

— Y a pas de quoi.

C'est toi qui le dis !

On finit par savoir un tas de choses sur un immeuble, quand on y travaille depuis deux ans. Celui des Turnbull, par exemple, n'est pas équipé de caméras de surveillance dans l'escalier. *Une veine pour moi.*

Et maintenant, le plus difficile.

Ça porte un nom. *Violation de domicile avec effraction.*

52

J'escalade les treize étages restants jusqu'au penthouse, à bout de souffle. Je vérifie l'heure à ma montre. Réflexe nerveux, je sais.

L'extinction des feux, chez les Turnbull, intervient rarement après 22 heures. Michael se lève au chant du coq. Quant à Penley, le profit d'une bonne nuit de sommeil n'a pour elle de sens que du point de vue cosmétique. Elle ne doit, par décret divin, jamais avoir de valises sous les yeux.

Malgré tout, je ronge mon frein un quart d'heure supplémentaire. Ma dernière chance, qui sait, pour revenir à la raison.

Chance que je laisse passer.

Où ai-je mis cette clé, celle que Penley m'a confiée la première fois que je suis venue travailler chez elle ? La voici. Je me souviens comme si c'était hier de Penley m'expliquant, d'un ton puant de supériorité, quel symbole de confiance représentait cette clé. *Comme si j'allais m'en servir pour m'introduire chez elle en pleine nuit !*

La clé dans mon poing serré, je m'approche de la porte à pas de loup, l'engage dans la solide serrure en laiton, puis, tournant mon poignet aussi lentement que possible, je m'efforce de retenir l'inévitable claquement du verrou. Tout est tellement calme sur le palier. Trop calme. Le plus petit bruit les réveillerait tous.

Le dieu des serrures est avec moi. À peine un son. J'entre. D'abord je n'y vois rien. Noir comme dans un tunnel. Heureusement, je connais l'appartement comme ma poche. Je pourrais m'y déplacer les yeux bandés.

Mais qu'est-ce que je fous ? C'est de la folie furieuse.

Je passe l'entrée, descends le couloir jusqu'aux chambres à coucher. Une moitié de moi est dopée à l'adrénaline ; l'autre est à demi tétanisée de peur. J'ai l'impression d'avancer sans filet sur une corde raide. Je n'ai aucune raison valable de me trouver ici, aucun motif légitime, sauf à mes yeux.

Je ne suis qu'à quelques pas de la chambre de Dakota. Je ne suis certes pas venue pour y entrer. C'est pourtant ce que je fais. J'ai besoin de la regarder dormir paisiblement, ce que me permet – quelle chance ! – la lueur d'une petite veilleuse en forme de cœur posée sur sa table de nuit. Elle a vraiment l'air d'un ange, ainsi blottie sous sa couverture rose.

Dieu, que j'aime ces enfants. Qui ne les aimerait ?

Un peu plus au fond du couloir, la chambre de Sean. Je m'y faufile. Ici, pas de veilleuse : Sean a horreur de ça. Dommage.

En plissant les yeux, je parviens tant bien que mal à discerner sa petite silhouette dans l'obscurité. Je m'approche doucement, tout doucement, quand soudain je percute quelque chose. *Catastrophe.* Ses Lego !

Un bruit de plastique démantibulé fracasse le silence, tandis qu'un de ses fantastiques prototypes termine sa course contre le mur.

Il s'agite. Glacée, je retiens ma respiration. Mon cœur bat sans retenue.

— Maman ? marmonne Sean.

Et merde.

Je fais quoi ?

La panique commence à me gagner, quand un réflexe me sauve. Je chuchote :

— C'est un rêve, mon chéri… Et maintenant rendors-toi, mon ange… d'accord ?

Sean paraît réfléchir à ma suggestion pendant d'interminables secondes, puis finit par dire :

— D'accord.

Ouf.

S'il s'était vraiment réveillé, je suppose qu'il aurait reconnu ma voix. Pas rassurée pour autant : j'étais vraiment à deux doigts de me trahir.

La sagesse voudrait que j'en prenne de la graine et que je me tire d'ici en vitesse. Je n'ai qu'une chose à faire : sortir de cette chambre d'enfant et filer à gauche sans me retourner.

En conséquence de quoi, je tourne à **droite** et poursuis jusqu'au fond du couloir.

Jusqu'à la chambre conjugale.

53

La porte n'est pas entièrement refermée, mais suffisamment pour m'interdire de m'y glisser. *C'est le moment de prier pour que les gonds soient bien huilés.*

Je pousse en douceur. Aucun grincement. On n'entend que la respiration de Michael. Pas vraiment un ronflement, plutôt une sorte de lourde soufflerie qui m'est immédiatement familière, pour l'avoir entendue les quelques fois où le sommeil était aussi au programme de nos rares « nuits ensemble ».

Je m'approche en silence, mes pas étouffés par le lourd tapis persan. Un maigre clair de lune filtre par les rideaux. Tandis que mon regard s'accommode à l'obscurité, je prends conscience de ce que cette situation me rappelle.

Ma chambre noire.

Me voici en face de leur lit double, yeux grands ouverts, à fleur de nerfs. Penley dort à gauche, côté salle de bains. Loin d'être blottis l'un contre l'autre ou de dormir en cuillers, ils sont aussi éloignés que la largeur du matelas le leur permet ; Michael est même à deux doigts de tomber du lit. Néanmoins, le simple spectacle de leurs corps sous les mêmes draps a le don de me hérisser.

Je sais bien qu'ils sont mari et femme. Qu'il n'y a là rien que de parfaitement normal, quand bien même leur mariage ne l'est pas. Je n'avais jamais envisagé leur relation sous cet angle, voilà tout. Pour la simple et bonne raison que je n'ai jamais pu surprendre une once d'intimité entre ces deux-là.

Or me voici témoin qu'ils dorment dans le même lit.

Quelle étrange, déroutante, déplaisante sensation. Ce n'est pas tellement de la jalousie, non... Plutôt une forme de fureur.

Je ne crois pas qu'on puisse haïr Penley plus que je ne la hais à l'instant présent. Elle ne fait pourtant rien de mal, qu'on sache.

Ce n'est plus leur couple que je regarde. C'est elle. Ses épaules osseuses pointent hors de la couette, sans oublier ce petit nez retroussé qui se fronce quand elle est contrariée – c'est-à-dire tout le temps. Même endormie, elle a l'air antipathique. Elle pourrait tout à fait jouer dans *Wicked* – sans maquillage, évidemment.

J'observe.

Il y a sur ce lit, jetés en tous sens, plus d'oreillers qu'il n'en faut pour deux dormeurs. L'un d'eux, plus spécialement, attire mon attention : intact, calé contre la tête de lit. Mon cerveau s'enflamme. Comme des étincelles, les idées jaillissent. Toutes diaboliques.

Comme il serait simple de me pencher au-dessus de Penley, de m'emparer de cet oreiller, de l'écraser sur son visage en le coinçant avec mes coudes et de l'étouffer. Pourvu que je sois assez rapide, il me semble qu'elle n'aurait pas le temps de se débattre. Pas de lutte violente, pas de cris étranglés. Une mort expéditive et silencieuse, 100 % plumes d'oie.

Mais en suis-je capable ?

Le seul fait d'y *penser* me paraît insensé.

Une brusque intuition : et si c'était ça, le lien ? La raison pour laquelle Penley a l'air d'un spectre sur les photos, comme les housses du Fálcon. Serait-ce le signe qu'elle est *en danger* ?

Suis-je ce danger ?

J'en ai le vertige. Un souffle froid s'enroule sur mes chevilles. À la vue des rideaux qui se gonflent d'air, je manque m'évanouir. La fenêtre qui donne sur la terrasse est restée ouverte.

Un petit frisson me parcourt l'échine, remonte jusqu'au cerveau et me retourne les idées dans un sens complètement différent.

Cette fois, je sais exactement ce qu'il me reste à faire.
Viser Michael.

54

Sortir le Leica tout en douceur de mon sac à bandoulière. Revérifier qu'il est bien chargé. Les mains solidement arrimées au boîtier, cadrer le visage de Michael.

Réfléchis pas. Déclenche.

— Maman!

Je tourne la tête. Nom de Dieu : c'est Sean qui appelle. Et qui se met à hurler :

— Maaaman!

Michael et Penley. Ils se réveillent. *Vite, me cacher!*

Et mon Leica ? *Attends. D'abord, une photo. Après, cache-toi.*

Troisième braiment de Sean. Sa voix d'enfant a la stridence d'une sirène. Ou bien il crie plus fort, ou bien il est plus près. Serait-il sorti de son lit?

Prise de panique, je me jette au sol. À trois mètres, passée la salle de bains, il y a un petit recoin avec une banquette pour s'asseoir.

Je me mets à ramper dans cette direction sur les genoux et les coudes.

Du coup, je suis à découvert. Si Penley met pied à terre maintenant, elle ne peut pas me manquer – sauf à trébucher sur moi.

C'est alors que je l'entends marmonner dans un semi-sommeil. Tout compte fait, on dirait qu'elle a décidé de ne pas bouger.

— Va voir ce qu'il veut.

— C'est pas son *père* qu'il appelle, grommelle Michael en guise de réponse.

— Eh bien, qu'il s'égosille tant qu'il voudra !

Michael repousse les couvertures en grognant.

Au secours, ne me dites pas qu'il sort du lit ! Encore deux secondes et il me voit.

La banquette est à moins de deux mètres. Je me carapate pour me planquer derrière. Le plancher craque sous le tapis.

— C'était quoi ? demande Michael.

— Quoi ? baille Penley.

— Ce bruit. Tu n'as rien entendu ? On aurait dit que c'était dans la chambre.

Mes yeux se ferment. *Je suis foutue.*

— Maman ?

Toujours cachée derrière ma banquette, je risque un œil. Sean vient d'apparaître à la porte. Sa voix n'est plus que murmure.

Michael semble se désintéresser du mystérieux craquement.

Sauvée ! Du moins, provisoirement.

— Eh bien, qu'est-ce qui se passe, mon bonhomme ?

— J'ai fait un cauchemar. Dumba est revenu me voir. Je peux dormir dans votre lit ?

Dumba est le monstre qui s'invite régulièrement dans les rêves de Sean. *Et qui sait, peut-être dans les miens ?*

— Mais bien sûr, répond Michael. Viens vite.

Une crème d'homme.

— Non ! tranche hargneusement Penley.

— Enfin, chérie, essaie de le comprendre. Il est terrorisé.

— Je ne veux pas le savoir. Il doit apprendre qu'il ne pourra pas toujours venir nous trouver en pleurnichant.

Michael se redresse.

— Ben voyons. Il lui reste aussi à apprendre l'algèbre, figure-toi, mais à cinq ans c'est encore un peu tôt.

Terrifiée derrière mon abri de fortune, je ne peux m'empêcher de penser : *Bien envoyé, Michael !*

Mais Penley n'est pas du genre à céder le dernier mot.

— Très bien, souffle-t-elle. Je te laisse le choix. Soit il retourne dans sa chambre, soit tu vas dormir ailleurs.

— C'est une plaisanterie ?

— Je n'ai jamais été aussi sérieuse. Toi, Sean et Dumba pouvez aller chercher le sommeil ailleurs.

— Faut te la farcir, je te jure...

J'entends les pieds de Michael prendre lourdement contact avec le plancher. Sa voix se radoucit pour rassurer Sean :

— Allez, bonhomme ! On va dormir tous les deux dans la chambre d'amis.

Ils sortent.

Me voici seule avec Penley.

55

Pour une fois je ne risque pas de me réveiller en sur-saut, trempée de sueur, en hurlant de terreur. Et pour une raison simple. *Je ne suis pas près de dormir cette nuit.*

Eh non, désolée, je ne ferai aucun mal à Penley, même pas une frayeur en jouant au fantôme dans sa chambre. Cachée derrière la banquette, j'attends encore une heure sans bouger le plus petit muscle, le temps de me persua-der que je peux enfin me glisser dehors sans danger. Dehors, c'est-à-dire hors de l'appartement.

Quant à sortir de l'immeuble, c'est une autre histoire.

Il est bien plus facile de s'insinuer à l'intérieur que de se faufiler à l'extérieur. *Euh, Adam, sans vouloir vous déranger, vous voulez bien jeter encore un œil dans la salle d'eau, pour mon sac à main ?* Je ne le sens pas...

Je choisis donc de poireauter jusqu'au matin dans la cage d'escalier du penthouse. Nouvelle journée, nouveau portier. À supposer que Louis suspende son combat sin-gulier avec Sean pour me demander par quel mystère il ne m'a pas vue entrer, je m'en tirerai en lui disant qu'il a besoin d'un ophtalmo ou qu'Alzheimer le guette.

D'abord, *tâcher* de dormir un peu. Dieu sait pourtant si je suis rétamée, mais on a vu plus moelleux qu'une marche en béton en guise d'oreiller. Après une heure environ, j'abandonne tout espoir de piquer un roupillon et, pour tuer le temps, j'entreprends de planifier dans le moindre détail ma lune de miel avec Michael.

Les Antilles ? Tiens, pourquoi pas le One & One Ocean Club aux Bahamas ? Plutôt Venise, le Gritti Palace ? La Côte d'Azur ?

Tout ce que je sais, c'est qu'après notre retour Sean aura l'autorisation de dormir quand il veut dans notre lit.

Tout bien réfléchi, si nous emmenions les enfants à Disney World en guise de lune de miel ? Qu'est-ce qui nous en empêche ?

Sur le coup de 5 h 30, premiers signes de vie de l'autre côté de la porte de service. C'est Michael qui part au travail. *À 5 h 30 ?* Il est plus matinal que jamais. Je suppose que c'est l'effet d'une nuit passée dans la chambre d'amis.

7 h 45 : c'est mon tour. Pour la deuxième matinée consécutive, je suis en avance. Si je continue comme ça, je vais finir par me faire augmenter !

Me voici dans l'appartement. De nouveau.

Je trouve Penley dans la cuisine. Elle m'accueille avec un sourire haïssable :

— Mais qui voilà... Grosse fatigue, on dirait ! La soirée a été longue ?

Regard entendu. Bonjour la finesse.

Il me faut tout de même une seconde pour comprendre l'allusion. Mon rendez-vous avec Stephen paraît remonter à la semaine dernière. À vrai dire, c'est comme s'il n'avait jamais eu lieu. Elle insiste :

— Je veux *tout* savoir.

Je ne suis pas d'humeur et trop fatiguée pour lui raconter. Raconter quoi, d'ailleurs ? Je concède :

— Très gentil garçon.

Penley sourcille, hoche la tête.

— C'est tout ? Faites un effort, Kristin.

Pour lui être agréable, je lui fournis quelques détails insignifiants sur le dîner et, pour ne pas la faire languir plus longtemps, je lui laisse bien entendre que son camarade de gym n'est pas exactement « mon type ». Car je ne veux surtout pas qu'elle nous arrange un second rendez-vous.

Mais elle me prend de court :

— Je crois bien que Stephen en est à peu près au même point.

— Quoi, il vous a déjà raconté ?

— Ça ne vous ennuie pas, j'espère ? lâche-t-elle avec un haussement d'épaules. Stephen est un ami. J'étais curieuse, voilà tout...

Je vois ça !

Elle se retourne pour se servir une autre tasse de café fumant – fort tentant, par ailleurs. Peut-être l'idée lui viendra-t-elle un jour de m'en proposer ?

— En fait, Stephen a le sentiment qu'il y a déjà quelqu'un dans votre vie.

Merci, l'ami !

— Je lui ai pourtant dit le contraire. Et puis je ne vois pas en quoi ça l'intéresse, vu que, pour ce qui le concerne, il a l'air toujours mordu de son ex-copine.

— Vous croyez ?

— Je veux. Une femme mariée. Vous le saviez ?

Elle ouvre des yeux comme des soucoupes. *Visiblement pas.*

— Il n'a pas cru bon d'en faire mention, me répond-elle, sourire en coin. Je suis sincèrement désolée.

Penley, désolée ?

— De quoi ?

— Eh bien, d'avoir cru que Stephen vous conviendrait. Je n'approuve pas son comportement. J'ai l'impression qu'il file un mauvais coton. Je n'ai pas raison ?

Si ce n'est pas de l'ironie.

56

Je dois lutter contre le sommeil pour ne pas m'endormir en conduisant les enfants à l'école. Un œil aux trois quarts fermé, l'autre braqué sur Dakota, toujours inquiète de savoir ce qui peut bien lui passer par la tête.

Elle n'était manifestement pas dans son état normal hier, pour être ainsi restée presque toute la journée dans sa chambre. Son papa et moi n'avons rien fait d'autre à Westport que discuter à l'abri d'une haie, mais il est à craindre que ça ne respirait pas complètement l'innocence. Je prends la main de Dakota dans la mienne. Elle me laisse faire.

Nous traversons au croisement de Madison et de la 76e Rue. Sean se met à pépier :

— Eh, mademoiselle Kristin, tu sais quoi ? J'ai rêvé de toi la nuit dernière !

Manquait plus que ça. *De plus en plus fort.*

Encore deux blocs jusqu'à la Preston Academy, le temps d'écouter Sean me raconter son rêve dans les moindres détails. Si je comprends bien, lui et moi piqueniquions sur la Lune.

— Ou sur Mars, je ne sais plus...

Le reste est assez confus, mais pour moi le principal est qu'il n'ait aucun souvenir de m'avoir vue dans sa chambre. *Alléluia. Un souci de moins.*

Cela étant, il m'en reste au moins douze autres. Mais ce qui me contrarie le plus, je crois, est d'avoir survécu à la nuit dernière sans avoir été fichue de prendre un simple cliché de Michael dans son sommeil. J'étais tellement terrorisée à l'idée de me faire pincer que je ne pensais qu'à une chose : prendre mes jambes à mon cou.

Nous voici devant le portail de l'école. Je m'accroupis pour embrasser les enfants.

— Allez, mes amours. Passez une très belle journée, écoutez bien vos professeurs, je viendrai vous rechercher cet après-midi.

— Au revoir, dit Sean en m'administrant un gros bisou sur la joue.

— Merci d'être aussi gentille, me répond simplement Dakota.

Comme d'habitude, je les regarde se ruer vers leurs camarades et se diriger vers les salles de classe. Comme Sean est un peu à la traîne, Dakota lui tend la main et l'attend patiemment. Mon cœur soupire.

C'est décidé. Pour notre lune de miel, on emmènera les enfants à Disney World !

Demi-tour, direction la 5e Avenue. Une nouvelle chanson me trotte dans la tête. Pas trop tôt. « Un jour mon prince viendra… »

Moins d'un bloc plus loin, mon portable sonne. Michael.

Comment appelle-t-on ça ? Un hasard objectif ! Je savais qu'il allait me téléphoner. Simple question de temps. Je décroche :

— Je pensais justement à toi.

— Pas autant que moi, Kris. J'ai conscience de t'avoir manqué.

Avant que j'aie pu en dire autant, il me présente des excuses. Je l'arrête :

— T'excuser de quoi ? C'est moi qui devrais m'excuser. J'ai tellement honte de mon attitude. Je ne sais pas comment me faire pardonner.

— Non. J'ai eu tort d'annuler ce week-end avec toi. C'est à cause de cette salope de Penley. Je n'aurais jamais dû aller à Westport.

— Et moi non plus.

Nous rions. Je l'adore quand il rit. Je fais vite le lien avec la nuit de merde qu'il vient de passer dans la chambre d'amis, avec Sean et Dumba. S'il savait que j'étais aux premières loges…

Vraiment, c'est à peine croyable. J'ai beau mettre toute mon énergie au service de ma campagne anti-Penley, mes efforts ne sont rien en comparaison de Penley elle-même. Au train où vont les choses, Michael l'aura larguée avant le 4 Juillet.

La fête de l'Indépendance.

Quel feu d'artifice ce sera !

— J'ai encore un dîner d'affaires ce soir, ajoute Michael, mais je tiens absolument à ce que nous soyons ensemble demain soir. On fera ce que tu voudras. OK ?

— Ça ressemble à un rendez-vous, on dirait.

— Oh, je suis si heureux de t'avoir !

— Tâche de ne pas l'oublier.

Quelques « je t'aime » plus tard en guise d'au revoir, mon mobile rejoint mon sac à bandoulière. En ouvrant celui-ci, je m'aperçois que mon appareil photo a perdu son capuchon. En le remettant, je constate autre chose.

Avant de m'introduire dans l'appartement de Michael et Penley la nuit dernière, j'ai engagé une pellicule neuve dans l'appareil. Et comme je n'ai pris aucune photo, le compteur devrait logiquement indiquer « 0 ».

Mais il est à « 1 ».

57

Peut-être que l'appareil s'est déclenché tout seul dans mon sac, à cause des chocs ? Ce ne serait pas impossible. En particulier ces jours-ci.

Mais il y a une autre hypothèse...

À cette pensée je me retourne d'un bond et m'en vais dans la direction opposée.

Mon mobile ressort du sac. J'appelle Penley. Plus exactement son répondeur, puisque à cette heure-ci elle est encore à la gym. Je ne tiens pas spécialement à ce qu'elle décroche.

Un plombage qui vient de lâcher : voilà mon explication. Heureusement, mon dentiste accepte de me prendre sans rendez-vous.

— Mais ne vous inquiétez pas, il n'y en a pas pour longtemps. J'aurai tout le temps de récupérer les enfants à 15 heures.

Une bonne chose de faite. Prochain arrêt : mon labo photo.

Jamais je n'ai gâché une pellicule entière pour un seul cliché. Mais il faut une première fois à tout.

Je veux voir la n° 1.

Au moment exact où Sean s'est mis à chouiner hier soir, j'avais Michael en ligne de mire. Peut-être ai-je appuyé sur le déclencheur sans même m'en rendre compte — je dis bien « peut-être »...

Happée par l'envie de résoudre ce mystère, je m'empresse de héler un taxi. Portés par une salve d'adrénaline, mon cerveau et mon corps ont l'air d'oublier que je n'ai pas dormi depuis plus de vingt-quatre heures. Et ce n'est pas fini.

Le taxi s'arrête devant mon immeuble. Je tends 7 dollars au chauffeur en disant :

— Gardez la monnaie.

Moins d'une minute après, me voici seule dans la chambre noire, lumière éteinte, porte fermée. Dans la petite pièce, tout prend un aspect étrange sous l'éclairage rougeoyant de l'ampoule inactinique.

J'ai fait de fameux progrès en développement rapide ces temps derniers. Avec cette pellicule, je sens même que je vais battre mon record. Prendre, verser, déplacer, replacer : mes yeux et mes mains travaillent en parfaite synchronisation, enchaînant les gestes qui donneront vie à cette photo unique.

Et si ce n'était pas Michael ?

Ça pourrait être n'importe quoi, en fait. Penley, par exemple. Ou même rien du tout.

Un truc informe, le flou, voire le noir total. Si ça se trouve, il s'agit simplement d'un défaut du compteur de photos et le cliché numéro 1 n'a tout bonnement jamais existé.

Dans ce cas, il ne me restera qu'à m'armer de patience. J'attendrai de retrouver Michael demain soir pour le prendre en photo subrepticement. Une journée de plus à attendre, ce n'est pas la mort.

Je scrute le bain de révélateur.

— Magne-toi le cul, feignasse !

Pas certaine que ce soit mon jour de patience, en fait.

Je pianote nerveusement des doigts, guettant l'indice d'une photo. Peu à peu, quelque chose apparaît.

Aussitôt, je transporte le négatif dans le bain de fixatif en me penchant pour mieux voir. C'est un visage, mais impossible de dire qui. Vite, le seul moyen de savoir : un tirage. Et je serai fixée.

C'est bien Michael, pas de doute. Donc je l'ai pris en photo, dont acte.

En regardant le cliché de plus près, je vois ce que je ne souhaitais pas voir : le même effet fantomatique que sur la photo de Penley.

— Merde. Pas ça.

Mais il y a autre chose. Quelque chose de plus bizarre encore.

Disons plutôt : effrayant. Non, terrifiant !

Je plonge ma main dans l'eau froide du bain d'arrêt, saisis le tirage tout en cherchant la loupe de la main gauche.

Mon Dieu, Michael. Qu'ai-je fait ?

Il n'est pas du tout allongé dans son lit près de Penley. Il est étendu sur le sol d'une chambre que je n'ai jamais vue. Et où je crois bien n'avoir jamais mis les pieds.

Et il a tout l'air d'être *décédé*.

58

Cette photo m'assène un choc d'une douleur inouïe, au sens propre du mot. Sur le coup, une décharge de 1 000 volts m'électrocute le bout des doigts. Le tirage me tombe des mains et s'écrase face contre terre.

Comme Michael.

Je recule d'un pas, épouvantée. Quoi? Comment? Où? Quand? Je n'ai pas la moindre réponse à apporter à nulle de ces questions. *Qu'y a-t-il de réel? Que dois-je croire ou ne pas croire?* Il doit y avoir une explication rationnelle. C'est ce que je n'arrête pas de me répéter depuis le début, depuis ce maudit cauchemar. Mais cette photo de Michael met un comble à ma perplexité. *Comment expliquer l'inexplicable?*

J'y renonce.

Provisoirement.

Je commence à faire les cent pas, si tant est que l'expression soit adaptée à l'exiguïté de mon labo, en me répétant mentalement les mêmes trois mots, comme un refrain :

Tâchons de raisonner!

Je ne vois que deux possibilités. Me faire interner dans un asile de dingues ou continuer de me casser les dents sur cette charade. Je m'immobilise à la pensée soudaine d'une cellule capitonnée, avec moi dedans, vêtue d'une camisole de force dernier cri.

Ma décision est prise.

Je me précipite dans la cuisine pour passer un coup de fil. La photo de Michael est absolument inexplicable, mais l'effet de transparence ne l'est peut-être pas. Compte tenu de tout le reste, j'ai tendance à croire que mon appareil n'y est vraiment pour rien. Mais autant en avoir le cœur net.

Une voix d'homme :

— Gotham Photo, bonjour.

— Bonjour. Je voudrais parler à Javier, s'il vous plaît. C'est plutôt important.

Genre : une question de vie ou de mort.

— Il n'est pas au magasin aujourd'hui.

Zut.

— Savez-vous où je peux le joindre ?

— Non, désolé.

Le ton n'est pas catégorique. Je le soupçonne de savoir parfaitement où est Javier. J'insiste :

— C'est *très* important.

— Je ne suis pas censé vous donner ce genre d'infos. Mais je peux lui transmettre un message, si vous voulez. D'accord ?

Non, pas d'accord !

Je suis sur le point de lui déclamer la grande scène de l'acte I, celle de la « pauvre femme en détresse », à faire s'étrangler une féministe, quand je repense tout d'un coup à mon placard. Par la faute d'une poignée de cancrelats – à mille près, au diable la précision –, je n'ai pas pu vérifier les poches de ma veste en mouton où je pensais avoir laissé le numéro de mobile de Javier.

— Un instant, je vous prie.

Je lâche le téléphone et cours vers le placard en priant Dieu que mon désinsectiseur sartrien connût son boulot.

J'ouvre lentement la porte. Je ne vois que des manteaux, parmi lesquels ma veste en mouton. On applaudit bien fort ma mémoire : la carte de Javier est exactement là où je le pensais. Retour au téléphone :

— Laissez tomber.

Tonalité. J'appelle Javier sans perdre une seconde. Quel soulagement de l'entendre au bout du fil.

— Javier ! Je suis affreusement désolée de te déranger...

— Allons, tu ne me déranges jamais.

Je sens bien que je ne lui suis pas indifférente. J'en ai même un peu honte.

— Tu te souviens du rendu translucide dont je t'ai parlé lorsque je t'ai acheté ce nouvel objectif?

— Tu veux dire que le problème ne venait pas de l'ancien, c'est ça?

— J'en ai bien peur. Je sais que c'est ton jour de congé, mais... je me demandais si tu accepterais de jeter un œil sur mes photos? J'ai absolument besoin d'un avis professionnel.

— Ça dépend...

— De quoi?

— Tu sais te diriger dans Brooklyn?

59

Pour être honnête, pas vraiment.

En fait, ma connaissance de Brooklyn se limite en gros aux rediffusions de la série *Welcome Back, Kotter* sur Nick at Nite, au milieu des années 1990.

Après avoir récupéré les enfants à l'école et feint tout l'après-midi d'avoir la bouche engourdie par l'intervention dentaire, je saute dans un train de la ligne F en croisant les doigts et prends congé de Manhattan.

En règle générale, je n'ai rien contre le métro. Sauf aux heures de pointe, quand les wagons ressemblent à des boîtes d'anchois.

Comme de juste, c'est exactement l'heure que je choisis pour le prendre.

Pressurisée au milieu d'un milliard d'autres personnes, – au nombre desquelles le gaillard qui me surplombe et dont le déodorant « 24 heures » joue manifestement les prolongations –, je commence à me dire que, contrairement à la légende, se rendre à Brooklyn n'est pas du tout une partie de plaisir.

Mais j'y suis, j'y reste. Et grâce aux précieuses et précises indications de Javier, je ne mets pas longtemps à trouver le bâtiment de grès brun où il habite, à proximité de la station 15th Street-Prospect Park.

Quartier plus qu'agréable. Je m'en veux un peu de l'idée négative que je m'en faisais, même si je ne peux pas parler d'enthousiasme démesuré. J'ai horreur de ces gens qui pensent qu'on ne peut mener une vie normale sans avoir un numéro de téléphone qui commence par 212. À ceci près que je réagis exactement comme eux.

L'appartement de Javier est un rez-de-chaussée. Il m'ouvre avec ce sourire chaleureux qui est le sien. Vêtu de la même façon ou presque que lorsqu'il est à la boutique : pantalon de toile clair et chemise boutonnée – celle qu'il porte aujourd'hui est rayée bleu et blanc. En fait, il ne lui manque que le badge avec son nom.

— Je t'offre quelque chose à boire ?

— Un Diet Coke, si tu as.

Il a. Je le suis dans la cuisine, jetant au passage des coups d'œil furtifs dans les différentes pièces.

Ce que je vois là ressemble à une tanière magnifiquement meublée. Il y a un immense écran plat, une jolie bibliothèque garnie de livres reliés en cuir. Je ne m'attendais pas du tout à ça. Je me fais de nouveau l'impression d'un de ces snobinards tatoués 212. Ceux-là mêmes à qui Javier vend son matériel photo. N'est-il pas tout naturel, si j'en crois mes yeux, que cela lui rapporte de l'argent ?

Javier verse le soda dans un verre rempli de glaçons, qu'il me tend.

— Bien. Voyons voir ces fameuses photos. Et tâchons de comprendre d'où vient le problème.

— Excellente idée.

Je sors les photos du sac. Mais avant d'avoir pu lui montrer la première, je me rends compte brusquement que nous ne sommes pas seuls.

60

— Javier?

La voix vient d'une autre pièce.

— Javier? Il y a quelqu'un avec toi?

C'est la voix d'une femme. Âgée, étrangère, vaguement inquiète. Javier lui répond par-dessus l'épaule :

— *Sí, Mamá.*

Puis, se retournant vers moi :

— Ma mère vit ici depuis la mort de mon père, l'an dernier. Malheureusement, elle n'est pas en très bonne santé.

Elle l'appelle de nouveau :

— Javier? Je te parle ! Javier?

Clin d'œil.

— En plus elle est un peu sourde.

Plus fort :

— *¡ Sí, Mamá !*

— *¿ Con quién estás hablando ?*

Javier traduit pour moi :

— Elle veut savoir à qui je parle.

Il lui répond :

— *Ella es mi amiga.*

— *¿ La he visto antes ?*

Javier lève les yeux au ciel.

— Elle veut savoir si elle t'a déjà vue. Je vais devoir te présenter, sinon elle va se sentir offensée. Si ça ne te dérange pas. Désolé.

— Mais non. Ça me fera très plaisir de la connaître, au contraire.

Nous sortons de la cuisine et Javier me guide jusqu'à l'autre bout de l'appartement. À mi-chemin de l'étroit couloir, il marque une brève halte pour me chuchoter quelque chose :

— Au fait, ne sois pas surprise : ma mère est très croyante et son sens de la décoration est un peu... exubérant.

Je ne comprends pas bien le sens de cet avertissement. Jusqu'au moment où nous entrons dans sa chambre.

Mon Dieu !

C'est le cas de le dire. Il doit y avoir au moins une centaine de crucifix cloués au mur – des petits, des grands, en bois, en porcelaine, sans compter une cinquantaine d'autres disposés dans une étagère ainsi que sur sa table de nuit.

— *Mamá, ella es mi amiga Kristin.*

Assise dans un rocking-chair près de la fenêtre, sa mère porte une tunique modèle super-éco – de couleur gris ciment, s'il faut absolument citer une teinte. Mais ce qui me frappe le plus est sa maigreur extrême. Elle est si frêle qu'elle donnerait à Penley un complexe d'obésité.

Comme elle me dévisage du creux de ses profonds orbites, je m'approche pour lui tendre la main. C'est une chose qui se fait, n'est-ce pas.

Erreur.

Erreur sur toute la ligne !

Je n'ai pas fait deux pas vers elle que ses yeux caves explosent de terreur. Je la vois s'agripper à un chapelet de perles bleues qu'elle porte sur la poitrine et se mettre à hurler comme une folle. Comme si tous les diables de l'enfer venaient de pénétrer dans cette chambre pleine de croix, un vrai cauchemar pour claustrophobe.

— *¡ Espíritus malos ! Espíritus malos ! Mantengase lejos de mí ! Ella está poseída por espíritus malos !*

Javier manque de s'étouffer.

— *¡ Mamá !* Qu'est-ce que tu racontes !

J'aimerais bien le savoir, justement, mais cette fois je n'ai pas le droit à la traduction simultanée.

Javier s'est jeté sur elle pour tenter de la tranquilliser. Peine perdue.

C'est même pire. La vieille femme paraît possédée par la peur. Et de hurler de plus belle, son corps filiforme secoué de spasmes incontrôlables :

— ¡ *Ella está rodeada por espíritus malos !*

Javier l'a saisie aux épaules et lui crie quelque chose en espagnol, mais on dirait qu'elle ne l'entend pas, qu'elle ne le voit même pas. Elle continue de vociférer en pointant son index.

Vers moi.

— ¡ *Espíritus malos ! Espíritus malos !*

Le visage liquéfié de Javier est suffisamment éloquent pour comprendre que sa mère ne l'a pas habitué à ce genre de scène.

— Kristin, ne m'en veux surtout pas, mais je crois qu'il vaut mieux que tu sortes.

Et cette vieille femme qui continue à brailler :

— ¡ *Espíritus malos ! Espíritus malos !*

Et la voilà même qui se met à tambouriner des pieds ! Tout en sortant de la chambre à reculons, je demande :

— Mais qu'est-ce qu'elle dit ?

— Ça n'a ni queue ni tête. Pas de quoi t'inquiéter.

— Non, Javier. Je veux savoir. *Traduis.*

Mais voilà que sa mère est carrément prise de convulsions, comme si son rocking-chair s'était transformé en chaise électrique. Elle mord si fort sa lèvre inférieure que du sang commence à perler. Mon Dieu !

— ¡ *Mamá !* hurle Javier.

La vieille femme a son index braqué sur moi.

— ¡ *Espíritus malos ! Espíritus malos !*

— Apporte-moi tes photos un autre jour, Kristin. Je les regarderai à la boutique. Il faut vraiment que tu t'en ailles. Maintenant !

Non, pas maintenant.

— Quand tu m'auras traduit ce qu'elle dit. Je dois savoir.

Il me dévisage, manifestement gêné par mon insistance. Si ce n'est par ma présence. Je le supplie :

— Enfin, Javier! Dis-moi!

Il finit par me répondre :

— *Espíritus malos.* Ma mère pense que tu es possédée par les démons. En fait, elle pense que tu es un démon.

61

Je suis tellement sonnée en sortant de chez Javier que je manque de me casser la figure sur le trottoir, tête la première. Je titube encore un bloc ou deux en secouant la tête.

Mais qu'est-ce que ça signifie ? Un démon ? Moi ?

Je ne cesse de revoir sa mère en pensée, d'entendre ses cris qui me résonnent dans le crâne. *¡ Espíritus malos ! Espíritus malos !*

Et mon premier réflexe est encore de trouver un sens à tout ça.

Mais pour la première fois je doute d'y parvenir.

Espíritus malos... Suis-je un démon ?

À toutes les questions qui m'angoissent s'en ajoute soudain une autre. *Où suis-je ?*

J'ai marché sans savoir, au hasard de rues inconnues, sans même suivre une direction. Et la nuit qui commence à tomber...

Je m'arrête pour retourner le contenu de mon sac, où je n'ai eu que le temps de fourrer mes photos en partant. Puis j'ausculte mes poches, mais je n'y trouve pas les indications fournies par Javier. Impossible de remettre la main dessus.

Perdue dans Brooklyn ! Le rêve...

J'apostrophe la première personne que je viens à croiser, une jeune femme avec un sac à dos, vingt ans maximum.

— Excusez-moi. Pouvez-vous m'indiquer la station de métro la plus proche ?

C'est à peine si elle lève le pied :

— Désolée, je ne suis pas du coin.

Bienvenue au club.

Un peu plus loin, j'aperçois un homme âgé, à vue de nez soixante-dix ans passés, assis sur les marches d'un perron, plongé dans la lecture du *Daily News.* Il me rappelle vaguement Ernest Borgnine.

— La ligne F, hein? Pour commencer, il va falloir qu'elle fasse demi-tour, dit-il en joignant le geste à la parole.

Je n'ai pas fait un pas qu'il m'indique un plan de route détaillé. Je tâche d'être attentive et de mémoriser ses indications. *Qu'est-ce qu'il a dit déjà? Deux fois à gauche, puis première à droite?*

Je suis à deux doigts de lui demander de tout me répéter lorsque j'aperçois quelque chose que j'aurais préféré ne pas voir.

Ou plutôt quelqu'un. Un homme.

La nuit a beau tomber, je le reconnais comme en plein jour. Ce que c'est d'avoir l'habitude des chambres noires.

J'attends une seconde. C'est bien sa tête que je vois pointer derrière un camion de livraison blanc, garé en double file au coin de la rue. Même pas besoin de voir son visage.

Sa queue de cheval me suffit.

62

— Hé, mam'zelle ! Elle se trompe de chemin ! grogne le vieux bonhomme assis sur son perron.

Façon de voir. Se perdre dans Brooklyn est une chose. S'y faire *assassiner*, une autre.

Je ne cours pas vraiment. Ça s'apparente davantage à de la marche sportive. Quelques coups d'œil anxieux en arrière pour balayer la rue du regard.

Je ne vois plus Queue-de-cheval, ce qui n'est pas pour me rassurer car je suis certaine – *catégoriquement* certaine – que c'était lui. Que veut-il cette fois ? Me mettre encore en garde ? *Ou la saison des avertissements est-elle passée ?*

Après le croisement, je reprends de la vitesse. Ce qu'il me faut maintenant, c'est tomber sur un flic ou un gars assez costaud pour me protéger. Une sorte de gilet pare-balles, quoi. Hélas, aucun secours à l'horizon. Je ne vois devant moi qu'une rue déserte, bordée d'entrepôts et de tas d'ordures.

Queue-de-cheval m'a-t-il suivie ? Je me retourne et guette le coin de la rue.

Personne à mes trousses. Du moins, pas encore.

Sans compter que les ombres commencent à s'effacer. Mauvais augure. Chaque seconde qui passe profite à l'obscurité.

Je continue d'épier tout en marchant. Le carrefour suivant est à mi-distance. J'attends. Longtemps. *Où est-il passé ? Que me veut-il, à la fin ?*

Peut-être qu'il a décampé. Si ça se trouve, il ne souhaitait pas être vu ce coup-ci.

Une minute s'écoule. Suivie d'une autre. Cette fois c'est la nuit. Presque impossible de discerner le coin de la rue. L'éclairage public le plus proche est un réverbère à la prochaine intersection. Je regarde une dernière fois dans mon dos avant de mettre les voiles. Mais toujours sans boussole. Je suis perdue dans Brooklyn, dois-je le rappeler ?

Et puis j'aperçois mon sauveur.

Un taxi !

Il s'approche lentement du feu rouge suspendu au-dessus du carrefour. À quoi, sept mètres ? Dix, pas plus. J'entends le ronflement du moteur.

Grouille ! Le feu va passer au vert !

Et que je te pique un sprint, les yeux rivés sur la voiture jaune, en priant de toute mon âme qu'il ne file pas à l'anglaise.

Encore quelques enjambées. Je gesticule en hurlant :

— Taxi ! Taxi !

Je ne vois vraiment pas comment il pourrait me manquer.

Et pourtant.

Le feu passe au vert, et je le vois qui s'élance d'un bond. Je braille :

— Non ! Stop ! Eh, attendez-moi !

Rien à faire. Dans une seconde, il me passera littéralement sous le nez.

Plutôt sur le corps !

Je me jette sur la chaussée. Le chauffeur écrase le frein. Le crissement des pneus lisses déchire la nuit. L'énorme pare-chocs chromé s'immobilise... à quelques centimètres de mes rotules.

Ignorant le regard haineux du chauffeur, je contourne le véhicule pour grimper à l'arrière. Je suis sur le point d'ouvrir la portière quand une main venue de nulle part se pose sur la poignée, et j'entends une voix me dire :

— Permettez.

63

Pas le temps de m'enfuir. Queue-de-cheval a refermé une main de fer sur mon bras. Puis il ouvre la portière à la volée et m'envoie valdinguer à l'intérieur. Tandis que je bascule sur le siège, il vient se coller juste à côté de moi. Prise au piège !

Il porte une veste de sport dont il rabat aussitôt le revers en me faisant « chuuuut ! ». Il fait noir comme dans un tunnel, mais mes yeux ne me trompent pas. *Un revolver.*

Par la cloison en Plexiglas, je regarde à quoi ressemble le chauffeur – un malabar chauve qui me rappelle cet acteur de la série *The Shield.* Il me dévisage dans le rétroviseur.

— Vous savez que j'aurais pu vous rouler dessus ? Une seconde de plus et je vous renversais.

— Je vous demande pardon. C'est l'enfer pour trouver un taxi dans le quartier.

Je regarde Queue-de-cheval du coin de l'œil. Il m'a de nouveau saisi le bras, qu'il serre encore plus fort. *Ouille !* Il se penche vers moi et me murmure dans l'oreille :

— T'as tort de le prendre à la légère. Y a vraiment pas de quoi, tu peux me croire.

— Où vous allez ? intervient le chauffeur. Je suis taxi, pas extralucide…

C'est Queue-de-cheval qui répond :

— Roulez. Dans le secteur. Mais roulez.

Le chauffeur appuie sur le compteur et hausse les épaules, façon de dire : « Après tout, c'est ton fric. »

Et en voiture.

J'examine mon compagnon de route. Je ne veux surtout pas lui montrer que j'ai peur. Ce qui ne m'empêche pas de frissonner. Son visage émacié, tranchant, me surplombe d'un air menaçant. Sous une barbe de trois jours, une balafre traverse sa joue. Pas le genre d'écorchure que l'on se fait par accident, j'en ai peur. Pourquoi me file-t-il? Un flic, vraiment? Est-ce à cause des morts du Fálcon?

Le chauffeur tripote le bouton de la radio, trouve une station de jazz, augmente le volume.

Je suis tellement terrifiée qu'une partie de moi-même se sent presque réconfortée de savoir que mon destin est entre les mains d'autrui. Je finis par lui demander:

— Qui êtes-vous?

— Ton pire cauchemar, me répond Queue-de-cheval d'une voix d'outre-tombe.

Aucun accent identifiable.

— S'il n'y avait que vous dans cette catégorie...

— C'est ton problème, pas le mien. Tu es seule responsable.

— Qu'est-ce que ça veut dire?

— Tu t'es mal conduite, Kristin. Il serait temps que tu le comprennes. Tu n'as que ce que tu mérites. Et tu n'as encore rien vu.

Je suis traversée d'un nouveau frisson.

— Comment connaissez-vous mon nom?

— J'en connais un rayon sur ton compte, figure-toi. Je sais quand tu es partie de Boston pour venir ici et je sais aussi pourquoi. Je sais où tu habites et je sais où tu travailles.

Notre conversation semble obéir au rythme du morceau de jazz à la radio. Rapide, syncopée. Voire sans queue ni tête. *Mais où veut-il en venir, à la fin?*

Je ne tarde pas à l'apprendre.

— Ces deux enfants, tu les aimes bien? Ces deux adorables petits enfants...

189

C'est un direct au cœur. *Sean et Dakota ?*

— Qu'ont-ils à voir là-dedans ?

— Tout, je le crains. Ces enfants sont la clé de tout.

Mon sang ne fait qu'un tour. Poing dressé, je menace :

— Je vous préviens, si vous leur fais le moindre mal…

— Non. Si *tu* leur fais le moindre mal…

— Alors on vous a mal renseigné. Vous ne me connaissez vraiment pas.

Le volume de la radio chute brusquement.

— Tout se passe bien derrière ? s'enquiert le chauffeur.

Ce n'est pas de la courtoisie. Il y a dans sa voix une nuance de suspicion, voire d'inquiétude. Il semble avoir compris que quelque chose ne tourne pas rond.

Je ne souhaite pas du tout la mort par balle de ce chauffeur de taxi. Mais je sais qu'il dispose d'un signal d'alarme. Quel New-Yorkais l'ignore, d'ailleurs ? Un voyant s'allume à l'arrière du véhicule, indiquant à la police qu'il se passe quelque chose d'anormal, braquage ou autre.

Maintenant, comment faire comprendre au chauffeur, tout en restant discrète, que le moment est venu d'appuyer sur ce bouton ?

Queue-de-cheval n'est pas disposé à me lâcher la bride. Il s'éclaircit la gorge et déclare :

— Tout va très bien.

Le chauffeur n'en reste pas là. Cherchant mon regard dans le rétro, il insiste :

— Madame ? Vous êtes sûre que tout va bien ?

Queue-de-cheval me serre le bras de façon à me faire vraiment mal. Je sens son souffle rauque me susurrer à l'oreille :

— Dis-lui de s'occuper de ses oignons.

Je prends une grande inspiration et soupire :

— Ça va. Surtout pas de *panique*.

Je ne sais pas si le chauffeur a saisi la perche. Queue-de-cheval, lui, n'est pas dupe.

— Je croyais t'avoir dit de ne pas jouer avec moi, dit-il en plongeant une main dans sa veste. Combien de fois faudra-t-il te mettre en garde?

Très mal joué, Kris !

64

Nous y voilà. Queue-de-cheval va me tuer. Là, mainte-nant. C'est plié. Donc, tout convergeait vers ma mort. Mon assassinat.

Toutes les terminaisons nerveuses de mon corps sem-blent le percevoir au même instant. J'en suis comme élec-trocutée.

Mais ce n'est pas un revolver qu'il sort de sa veste. C'est un portefeuille.

— Arrêtez-vous ! aboie-t-il au conducteur.

Puis il prend 20 dollars qu'il introduit dans la fente de la cloison vitrée, tandis que le taxi se range contre le trot-toir. Tout se passe très vite.

— Dis-toi que c'était un dernier avertissement, Kristin. Rentre chez toi et fais tes valises. Quitte cette ville. Et dis-parais de la vie des Turnbull avant qu'il soit trop tard.

— Comment ça, trop tard ?

— Tu as besoin que je te fasse un dessin ? Quatre per-sonnes sont concernées, Kristin. Ne leur fais aucun mal.

Il descend et claque violemment la portière derrière lui. Me regarde une dernière fois par la vitre. Murmure encore quelque chose. Le dernier mot, j'en jurerais, est « prévenue ».

— Un ami à vous ? ironise le conducteur.

Je hurle :

— Démarrez ! Je vous en prie, démarrez !

Il appuie sur l'accélérateur. Les pneus lisses couinent de nouveau et nous partons enfin.

Je me retourne. Par la vitre arrière, j'aperçois Queue-de-cheval qui me regarde lui aussi, immobile. Puis je le vois se fondre dans la nuit. Bientôt je ne distingue plus que le blanc de ses dents. Un rictus malsain lui sert de sourire.

Quatre personnes... Ne leur fais aucun mal.

65

Dis-toi que c'était un dernier avertissement, Kristin.
Mais pourquoi ?
Est-il de la police ? L'inspecteur Delmonico serait-il dans le coup ?

— Bon, je vous emmène quelque part ou quoi ? finit par me demander le conducteur, interrompant ma parano.

— Manhattan. S'il vous plaît.

Par miracle, j'arrive à lui donner l'adresse avant de m'effondrer sur la banquette. Je n'ai pas dormi depuis trente-six heures. Pour un peu j'en rirais, si j'en avais l'énergie.

— Euh, vous êtes sûre que vous vous sentez bien, madame ?

— Mais oui... Comme une fleur.

En fait, la moindre tentative de repos est battue en brèche par la peur qui me tenaille. *Comme s'il était encore assis à côté, avec ses mises en garde au sujet des Turnbull.*

Je tremble de tous mes membres, la tête me tourne. Et mon corps entier n'est que démangeaison. Urticaire, le retour ? Tout ce que je vois, c'est que je ne peux m'empêcher de me gratter comme une lépreuse.

À vrai dire, c'est pire que de l'urticaire. Comme si quelque chose grouillait sous ma peau. *Qu'est-ce qui m'arrive encore ?*

La lumière blafarde d'un réverbère nous éclaire momentanément. J'en profite pour relever ma manche en vitesse et regarder mon bras, qui doit être rouge d'irritation.

Je découvre tout autre chose. *Ça bouge !*

Je fais un bond. L'arrière du taxi est de nouveau dans l'obscurité. Je comprime mon bras, sans savoir au juste ce que j'écrase sous mes doigts. Quelque chose de bien réel, en tout cas.

— On peut savoir ce que vous fabriquez ? intervient le conducteur, qui doit commencer à regretter de ne pas m'avoir renversée.

Je me mets à crier :

— Quelque chose me court dessus !

Il allume le plafonnier. Aussitôt je le vois. Et hurle à m'en rendre sourde. Un cancrelat... mais pas sur moi.

En moi.

Cette saloperie trotte sous ma peau ! Je reconnaîtrais sa forme hideuse entre mille. Ces pattes, ce corps, ces antennes... Il se dirige vers mon coude. Et je continue de me frapper, de me donner des coups sur le bras.

Mais voilà qu'apparaît un autre cafard, puis un autre encore, qui se fraient une voie sous ma peau. Et ceux que je ne vois pas, je les sens. Dans mes jambes, mon ventre, sous mon visage. Des cafards partout !

Je me roue moi-même de coups sur la banquette, mes bras sont des cravaches. *Ne pas rester une seconde de plus dans ce taxi !* Mais au moment d'ouvrir la portière, celle-ci se verrouille tout d'un coup. Du moins je le suppose, car la poignée ne répond pas. Je suis prise au piège. Je me mets à vociférer :

— Ouvrez cette porte !

Mais le conducteur ne m'écoute pas. À croire que j'ai réussi à le rendre fou de panique à son tour.

Devant nous, un mur de brique se rapproche à une vitesse insensée. Une impasse !

Je ne veux pas voir ça. Mes yeux se ferment, je me protège le visage avec le bras.

Boum ! Bang ! Crash ! Comme si ma vie n'avait été qu'une bande dessinée.

Puis le trou noir.

66

— Comment s'appelle cet hôpital?

Le docteur qui lève le nez du bloc-notes posé sur ses genoux doit avoir une trentaine d'années.

— Notre-Dame de l'Espérance, me répond-il.

— Et comment suis-je arrivée ici?

— C'est un taxi qui vous a déposée. Selon lui, vous vous seriez mise à hurler, au point qu'il a dû freiner brutalement. Votre tête est venue percuter la cloison de verre. Apparemment, le choc vous a assommée.

Le docteur Curley, comme l'indique son badge, louche sur mon cuir chevelu.

— Vous êtes bien sûre que vous ne voulez pas un autre sac de glace pour soulager cette méchante bosse?

— Non, merci. Ça va aller.

Rien de moins vrai, il le sait bien. Les infirmières et les médecins urgentistes, eux, ont vite compris que je n'allais pas bien du tout.

Après cinq minutes de propos décousus au sujet de photos anormales, de cauchemars récurrents, de démons, d'une queue-de-cheval et de vermine sous-cutanée, il est devenu évident que ce n'est pas ma vilaine bosse qui les intéresse le plus, mais ce qu'il y a dessous, à l'intérieur de mon crâne.

Kristin, je vous présente le docteur Curley – le psychiatre de notre hôpital.

Je suis installée en face de lui, dans une petite pièce jouxtant la salle d'attente. Ni bureau, ni photos aux murs, ni téléphone. Deux chaises pliantes et c'est tout. Le grand confort.

— Vous pensez que je suis folle, c'est ça ?

Le docteur Curley est un type sympa et chaleureux, doté d'une longue tignasse blonde. Il tapote plusieurs fois son stylo sur son bloc avant de me retourner la question dans un haussement d'épaules :

— Et vous, pensez-vous que vous êtes folle ?

— Probablement, sinon on ne vous aurait pas dérangé. Je me trompe ?

— Méfiez-vous des conclusions hâtives.

Puis, penché comme pour me divulguer un secret :

— De vous à moi, l'hôpital veut seulement justifier la présence d'un psy dans ses services. Et puis, ils ne veulent prendre aucun risque. Ils protègent leurs arrières.

— Si je comprends bien, j'aurais tort de leur jeter la pierre.

Il parcourt ses notes. Il a vraiment l'air plus sympathique que mon ex-analyste, le docteur Corey. Et pour l'instant, rien ne démontre qu'il fume une de ces ridicules pipes.

Il relève la tête et me sourit d'un air rassurant :

— Eh bien, vous avez eu une semaine mouvementée, on dirait. Si vous le permettez, j'aimerais faire un test. Ça ne sera pas long, je vous le promets.

Je l'écoute m'expliquer la nature du « simple exercice » auquel il souhaite me soumettre. Et qui consiste à compléter ses phrases.

— Un exemple. « Je considère que je suis une personne... » À quoi vous me répondez... ?

Rien.

Je ne vois pas en quoi consiste le jeu. Et d'ailleurs je ne suis pas sûre de vouloir jouer.

Inerte comme un sac de pommes de terre, j'essaie de gagner du temps :

— Ce serait plus simple si vous me donniez le choix entre plusieurs réponses, non ?

— Vous avez probablement raison, glousse-t-il. Mais considérez qu'il n'y a pas de mauvaise réponse. Inutile de trop réfléchir ! Tout ce que je vous demande, c'est de me répondre aussi honnêtement que possible.

— Vu qu'il n'y a pas de mauvaise réponse...

— Exactement.

Il me répète donc sa première question. *Je considère que je suis...*

— Quelqu'un de normal.

— Voilà ! Rien à dire. Allez, question suivante, dit-il en pressant le mouvement. Le monde est de plus en plus...

Sans hésitation :

— Dangereux.

— Je pense que la plupart des gens sont...

— Seuls.

— Lorsque je suis stressée, j'aime bien...

— M'enfermer dans mon labo.

— S'il y avait une chose à changer chez moi, ce serait...

— Ma carrière. Enfin, j'aimerais que ça marche mieux pour moi. Comme photographe.

— La dernière personne qui m'ait contrariée était...

— Moi-même.

— La personne qui compte le plus dans ma vie est...

Sans même réfléchir, j'ouvre la bouche pour prononcer le nom de Michael. Je me retiens de justesse. *Je ne peux quand même pas lui dire ça !*

— Qu'est-ce qui ne va pas ?

Je gigote sur ma chaise.

— Euh... rien, rien. J'ai besoin d'y réfléchir une seconde. La personne qui compte le plus dans ma vie est... Connie, ma meilleure amie.

Il hoche la tête comme il n'a cessé de le faire tout au long de cet interrogatoire, mais cette fois plus posément. *Comprend-il que je mens ? Bien sûr que oui. Je n'ai pas affaire à un demeuré.*

— Allez, encore deux. J'ai eu une enfance...

J'hésite un peu avant de répondre.

— Difficile.

— Et pour finir : la chose au monde dont j'ai le plus peur est...

Fastoche !

— De mourir.

67

Je regarde le stylo du docteur Curley griffonner hâtive-
ment quelques notes sur son bloc. Compte tenu de mon
déficit de sommeil, l'effet sur moi est le même que le
balancement d'une montre à gousset dans les doigts d'un
hypnotiseur. Mes yeux se closent malgré moi. *Mais j'ai
tellement peur que le cauchemar se reproduise !*
— Vous êtes toujours là, Kristin ?
Je sursaute. Il a reposé son stylo et me regarde fixe-
ment.
— Oui... Excusez-moi.
— Mais de rien. Pas de problème.
— Alors ? J'ai la moyenne ?
— Je vous l'ai dit, il n'y avait que des bonnes réponses.
Même pas une question piège ! En tout cas, je vous remer-
cie de votre honnêteté.
— Mais encore ?
Puisqu'on parle d'honnêteté...
Il ajuste ses lunettes à fines montures métalliques et
se lance :
— Je vais vous dire ce que j'en pense. Il est tard, vous
êtes loin de chez vous, vous avez subi une commotion
cérébrale bénigne et vous êtes manifestement épuisée.
Que diriez-vous de rester dormir cette nuit à l'hôpital ?
Présenté comme ça...
À vrai dire, l'idée de ne pas devoir rentrer tout de suite
à Manhattan est plutôt pour me séduire. Ainsi, d'ailleurs,
que la perspective d'une bonne nuit de sommeil – bien

méritée. Et puis, qui sait ? Peut-être un cadre hospitalier dissuadera-t-il le retour de ce maudit cauchemar, de l'odeur de brûlé et de la vermine.

— Bonne idée, je ne dis pas non.

Le docteur Curley me recommande ensuite de me « laisser aller » et de me relaxer un moment, le temps pour lui d'« arranger ça » avec un autre médecin. Et il disparaît en refermant la porte.

Toujours assise, j'attends. Très légèrement gagnée par l'anxiété. Par la parano ? Aussi.

Quelques minutes passent, puis quelques autres. Je me laisse aller, mais de là à me relaxer, tintin. *Où est-il passé, bon sang ? Magne-toi un peu, Curley ! Je suis « manifestement épuisée », c'est toi qui l'as dit.*

Je me lève pour glisser un œil dans le couloir. J'aperçois aussitôt le docteur Curley qui passe un coup de fil sur son mobile. Il est en compagnie d'un autre homme, certainement le médecin dont il m'a parlé. Mais les cheveux buissonnants du docteur Curley me cachent son visage.

Quand enfin il fait un pas de côté, les traits du deuxième médecin m'apparaissent partiellement. Je cligne des yeux pour mieux voir. Mon cœur fait un saut dans ma poitrine. Soyons plus précis : un saut périlleux arrière.

Je le connais !

Enfin, je le connaissais.

Avant qu'il ne soit assassiné à Concord, Massachusetts. La ville où je suis née.

68

C'est ce qui s'appelle un indice crucial dans l'énigme intitulée « Ma vie, derniers épisodes », actuellement sur vos écrans. Et pour cause.

Vite, je rentre ma tête et referme la porte. Me voici de nouveau seule dans cette pièce, ne désirant rien d'autre que d'y rester.

Comment se peut-il que le docteur Magnumsen, qui fut mon pédiatre à Concord, soit en vie et paraisse exercer à Brooklyn ? Je n'en ai pas la moindre idée. En plus, il semble n'avoir pas pris une ride. Il est exactement comme la dernière fois que je l'ai vu.

À cette époque, j'avais douze ans.

Le doute s'insinue en moi comme un épais brouillard. Est-ce bien lui ? Ou un autre médecin qui ressemble comme deux gouttes d'eau à Floyd Magnumsen ? Y compris ce profond sillon au milieu du menton ?

Un seul moyen de le savoir. *Sortir le lui demander en face.* Si je n'ai pas rêvé, il ne fera même pas l'effort de me répondre. Étant donné les raisons et les circonstances de son assassinat, son regard parlera pour lui.

Tu te rends compte de ce que tu dis, Kristin ? Si ton raisonnement est juste, ça voudrait dire que tu parles à un mort !

Et si j'avais tout faux ? Je ne vais quand même pas me pointer dans le couloir et leur jouer une nouvelle scène de démence ?

Il va sans dire que je me retrouverais aussi sec dans une autre pièce, mais avec des murs matelassés et une petite lucarne pour m'observer de l'extérieur.

Pourtant, c'est bien lui, c'est Magnumsen. J'en suis certaine.

Aussi sûr que j'ai vu mon père. J'ai des photos qui le prouvent.

Minute. *Les photos !*

Je me jette sur mon sac pour prendre mon appareil. Est-il chargé ? Oui. Prêt !

Et moi ? Suis-je prête ? À quoi, d'ailleurs ? Un nouveau test du docteur Curley ?

La joue collée contre le bois frais de la porte, j'avale ma salive avec peine. Agir vite et sans bruit. Personne ne doit me voir prendre cette photo. Surtout pas Curley, encore moins Magnumsen. *Explique-nous ça, Kris ? Les morts auraient-ils horreur qu'on leur tire le portrait ?*

Aussi prudemment que possible, je jette un œil par la porte entrouverte. Les deux hommes sont toujours au fond du couloir, mais les cheveux blonds du docteur Curley me masquent de nouveau son interlocuteur.

À l'affût derrière l'objectif, j'attends le moment Kodak. *Allez, doc, bouge de là !*

Rien à faire. Une vraie statue de sel.

Ce qui m'oblige à en faire autant. Combien de temps vais-je rester ainsi sans que personne…

Maintenant !

Pendant une fraction de seconde, le docteur Curley fait un léger écart pour ranger son mobile. J'ai mon cliché ! Une preuve supplémentaire que ce n'est pas moi qui déraille, mais le monde qui m'entoure. Ça tient debout. De mon point de vue, en tout cas.

Au moment exact du déclic, j'entends un cri perçant derrière moi. Je me retourne et je vois une femme enceinte jusqu'aux dents, pliée en deux à l'entrée des urgences. Et la voilà qui hurle de plus belle, tandis qu'accourent deux infirmières.

Elle montre du doigt la pièce où je suis. Elle me regarde. C'est bien moi qu'elle désigne.

Nouveau cri, un seul mot :

— Satan !

Elle n'est plus seule à regarder dans ma direction. Le docteur Magnumsen s'est retourné à son tour.

Cette fois le doute n'est plus permis. C'était il y a quinze ans à peu près, mais il n'a pas vieilli d'une année. Cet homme qui m'a brutalisée, mon pédiatre, met instantanément un nom sur mon visage.

Son regard pitoyable en dit plus long que tout.

69

— Kristin, ouvrez cette porte ! articule le docteur Robert Curley d'un ton de vaudeville involontaire.

Sûrement pas. Je ne me prêterai pas une seconde de plus à ce traquenard total.

— Quel que soit le problème, nous sommes là pour vous aider.

C'est qui, « nous » ?

J'entends bien, à sa voix, qu'il se force à rester sympa et accommodant. On sent qu'il a dû potasser un bouquin intitulé *Comment maîtriser un forcené.* Leçon n° 1 : rester cool en toute circonstance.

— Kristin, voyons, je suis votre ami, pas votre ennemi.

C'est ce qui s'appelle choisir ses mots. Je me décide à demander :

— Il est avec vous ? Il est toujours là ?

— *Qui* est avec moi ?

J'en étais sûre ! Floyd Magnumsen est juste derrière cette porte. Je sens sa présence. Pourquoi Curley se ferait-il passer pour plus bête qu'il n'est, tout d'un coup ? Si ce n'est, justement, parce qu'il est dans le coup ?

Cette fois je ne dis plus un mot. Curley tente désespérément de m'extraire de ma boîte par la persuasion. Peine perdue, il le sait. Du coup, il commence à s'échauffer. L'agneau se transforme en chien enragé. Le voilà qui se met à aboyer :

— OUVREZ CETTE PORTE IMMÉDIATEMENT !

Et de joindre le poing à la parole. Les yeux rivés à la poignée, je suis terrorisée à l'idée qu'il ne finisse par casser le loquet, à force de marteler la porte.

— VOUS NE POURREZ PAS RESTER ENFERMÉE ICI TOUTE VOTRE VIE !

Ça, ça me regarde.

Soudain, fini de crier et de tambouriner. Je les entends chuchoter. Je plaque l'oreille contre la porte. Magnumsen parle. Je ne comprends pas exactement de quoi, mais ce que je réussis à entendre me suffit.

— La clé. Quelqu'un a-t-il la clé ? On ne peut pas la laisser enfermée.

Immédiatement, j'attrape une des deux chaises pour la coincer sous la poignée. Mais elle est trop petite. Et maintenant, je fais quoi ?

Je suis peut-être aux abois, mais je ne suis pas stupide. Dès que Curley et Magnumsen auront trouvé la clé, je ne serai pas de taille à leur résister.

En revanche, je connais quelqu'un qui pourra.

Les mains tremblantes, je compose son numéro sur mon mobile. La batterie est presque à plat, la dernière barre clignote déjà. Une première tonalité se fait entendre dans un concert de friture. Une deuxième.

À la troisième sonnerie, j'entends des pas dans le couloir, puis une clé qu'on introduit dans la serrure.

Décroche ! Mais décroche !

La porte s'ouvre à la volée et claque contre le mur. Je ne vois pas Magnumsen. Le docteur Curley se jette sur mon téléphone, mais je suis décidée à me battre. Cramponnée à l'écouteur comme un pitbull, j'entends un dernier jet de friture, enfin suivi d'une voix familière.

— Allô ?

Je parviens à crier le nom de l'hôpital avant de choir au sol dans une lutte bestiale avec Curley, qui s'emploie à me tenailler les doigts un à un, sans se soucier de la souffrance insupportable qu'il m'inflige.

— *Michael, au secours ! Sauve-moi !*

70

— Les portières sont bien verrouillées ? Tu as vérifié ?

— Oui.

— Tu en es absolument certain ? Excuse-moi si j'ai l'air encore un peu flippée, mais...

D'une pression sur un bouton au toit de la limo, Michael abaisse de moitié la cloison fumée :

— Vince, les portes sont bien verrouillées, n'est-ce pas ?

— Oui, monsieur, grogne Vincent.

Pour me faire plaisir, il les ouvre et les verrouille de nouveau.

Et la cloison de remonter avec un ronron mécanique. Michael et moi nous retrouvons dans notre bulle. Étendue sur le siège arrière, mon visage sur ses cuisses, je le laisse caresser doucement ma vilaine bosse sous mes cheveux. Bien réelle, la bosse. Comme tout le reste. Michael me rassure :

— Tout va bien maintenant...

Je donnerais n'importe quoi pour y croire. Cela dit, je dois bien reconnaître qu'il m'a sortie de cet hôpital.

— Je n'aurais jamais cru que cet infâme trou du cul de Curley me laisserait partir...

— Il était du genre buté, je dois dire, approuve Michael.

— Qu'est-ce que tu as bien pu lui raconter pour le faire changer d'avis ?

— Oh, rien de spécial. Je me suis contenté de lui faire remarquer que comme tu étais entrée aux urgences de ton plein gré il était naturel que tu en sortes de la même façon.

— C'est tout ? Tu n'as rien dit d'autre ?

Sourire Colgate de Michael :

— Si, j'ai ajouté un truc...

Je m'en doutais.

— Je lui ai dit qu'il pourrait bientôt rebaptiser son hôpital Notre-Dame du Dépôt de Bilan, le temps pour moi de le poursuivre pour détention abusive.

Voilà l'homme que j'aime.

Il ne m'accable pas de questions sur ce qui m'est arrivé. Quant à moi, je suis déchirée entre le désir de tout lui raconter et celui d'attendre. Michael est venu à mon secours. Il s'est porté garant de ma santé mentale. Si je me mets à tout lui déballer, comment réagira-t-il ? Qui me dit qu'il ne demandera pas à Vincent de faire demi-tour en disant : « On la ramène à l'hôpital, et fissa ! »

Qui plus est, je n'ai pas envie de vider mon sac au moment même où je trouve enfin un peu de réconfort. Ou devrais-je dire *sécurité* ? Par ailleurs, je prends soudain conscience que, la dernière fois que j'ai éprouvé ce sentiment de quiétude, c'était dans cette limousine, avec Michael. Est-ce sans signification ou cette pièce a-t-elle sa place dans ce foutu puzzle ? Quel rôle Michael joue-t-il ?

— Je suis incorrigible. J'ai encore gâché un de tes dîners d'affaires.

— Ne t'inquiète pas pour ça, répond Michael en consultant discrètement sa Platinum Rolex. Du moment que je suis de retour pour l'addition, personne n'ira me le reprocher.

Je prends sa main :

— Tu es vraiment obligé d'y retourner ?

— Je crois bien. Par ailleurs, ce dont *toi* tu as besoin, c'est de te reposer.

On ne saurait être plus proche de la vérité. Je roule sur les jantes. Mais, en même temps, je voudrais que Michael reste avec moi. Qu'est-ce qui nous empêche de rester à l'arrière de cette limo jusqu'à la fin de nos jours ?

— Michael?

— Oui?

— Tu veux bien me faire l'amour?

Un baiser très doux est sa réponse. Ses lèvres effleurent les miennes. Exactement ce dont j'avais besoin.

Très lentement, il ôte mes vêtements. Quelques instants, mon regard le quitte pour regarder la nuit par le toit ouvrant. Les immenses filins d'acier du Brooklyn Bridge passent sur nos têtes, luisant d'un jaune irréel qui me rappelle une vieille photographie, magnifique, indémodable.

Éternelle.

71

Difficile de dire au revoir à Michael au pied de l'immeuble. Si difficile que je manque d'éclater en sanglots. Encore plus difficile de me retrouver seule dans cet appartement qui fut mon *home sweet home*, il y a de cela une éternité.

À peine ai-je refermé et verrouillé la porte, à peine me suis-je donc *enfermée* que le téléphone se met à sonner. Je n'ai vraiment pas envie de répondre. Mais si c'était Michael ? Pris d'un remords, il a décidé de passer la soirée avec moi. *Faites que ce soit ça.*

J'attends la cinquième sonnerie pour décrocher. C'est une opératrice.

— Vous avez un appel en PCV de Kristin Burns.

J'ai bien envie de jeter le combiné. Mais après un court temps de réflexion, je décide de prendre l'appel. C'est bien ma voix que j'entends :

— Aidez-moi. Je vous en supplie, aidez-moi. Arrêtez ça, qui que vous soyez !

Maintenant je peux fracasser le téléphone. ARRÊTER QUOI, BON DIEU ? VA-T-ON FINIR PAR M'EXPLIQUER CE QUI SE TRAME ? COMMENT PUIS-JE RECEVOIR UN APPEL TÉLÉPHONIQUE DE MOI-MÊME ?

La bosse sur mon front n'est pas seulement réelle, elle mûrit et présente déjà l'apparence d'une ecchymose couleur aubergine. À ce stade, le fond de teint ne peut plus rien. Je préfère m'improviser une nouvelle coiffure en rabattant tous mes cheveux sur le devant.

Le temps de passer un tee-shirt et un pantalon de survêt, je parviens à me traîner jusqu'à mon lit. Dans l'état où je suis, je serai endormie avant même que ma bosse, ma tête et tout le reste entrent en contact avec l'oreiller. *Mais alors, pourquoi suis-je incapable de fermer l'œil ?*

Cinq minutes filent, dix minutes, une demi-heure, et je n'arrête pas de me retourner en cherchant le sommeil. Je ne cesse de me passer en boucle le film des derniers jours, un circuit fermé de peur et d'absurdité, toujours recommencé. Les flots d'angoisse que semblaient avoir chassés les bras de Michael refluent à présent en sens inverse et me submergent brusquement.

Je ne vois qu'une chose dont je sois encore capable.

Je me lève d'un bond et m'empare de mon Leica. J'entends encore la voix du docteur Curley jouant avec moi à remplir les points de suspension. *Lorsque je suis stressée, j'aime bien...*

M'enfermer dans mon labo. Développer la photo que j'ai prise à l'hôpital. Inutile de me presser car, cette fois, je me doute un peu du résultat. Le docteur Curley n'était pas seul. Je sais que je n'ai pas rêvé. Ni ça, ni le reste.

Je voudrais seulement savoir à quoi rime tout ce souk. Comprendre comment ça se produit, ne serait-ce que ça.

Voici la photo. Il fut un temps où je ne pouvais regarder le docteur Floyd Magnumsen en face sans éclater en sanglots.

Ses mains étaient si glacées. Il portait toujours des gants en consultation. Sauf une fois, une seule. Je me souviens avoir pensé : « Pourquoi ferme-t-il la porte ? » Ensuite, j'ai compris : parce que personne ne devait savoir qu'il était un monstre.

J'avais tellement honte. Je ne comprenais plus rien. Personne ne voulait me croire. Je voulais mourir.

Le docteur Magnumsen n'était pas seulement un pédiatre reconnu, mais une sorte de héros. Moi, je n'étais qu'une fillette de douze ans dotée d'une vive imagination.

Même mes parents me soupçonnèrent d'avoir tout inventé. Ma mère me demandait :

— Es-tu bien sûre que c'est arrivé pour de vrai, Kristin ? Es-ce que par hasard tu ne chercherais pas à te faire remarquer ?

Jusqu'au jour où une lycéenne de Concord s'est manifestée. Le docteur Magnumsen avait voulu vérifier qu'elle n'avait pas « un bobo par là ». Il lui avait dit de ne pas s'inquiéter s'il lui faisait du bien, que c'était normal. Elle avait gardé ce secret pendant plus de quatre ans.

Jusqu'au jour où elle avait lu mon histoire dans le journal, entendu dire qu'on avait cousu sur ma blouse un « M » comme « menteuse ». Elle ne pouvait plus se taire. Alors, elle a raconté ce que Magnumsen lui avait fait.

Je n'étais plus seule. *J'avais dit la vérité.*

Deux jours plus tard, le père de cette fille avait fait irruption comme une tornade dans le cabinet de Magnumsen et lui avait braqué un fusil en pleine face. Les journaux racontèrent qu'aux funérailles le cercueil était fermé.

Et voilà qu'aujourd'hui je tiens Floyd Magnumsen entre mes mains, ressuscité d'entre les morts. Pas une égratignure sur son visage. Comme si cette photo datait d'il y a quatorze ou quinze ans.

Je l'épingle sur le mur, en compagnie des clichés que j'avais prévu de montrer à Javier. Je recule d'un pas pour mieux l'étudier, bien consciente qu'il s'agit là d'une pièce maîtresse dans le casse-tête qui m'occupe.

Mais quel rapport peut-il y avoir, par exemple, entre le docteur Magnumsen et mon père ? et Penley ? et Michael ?

Et qu'ont-ils tous à voir avec le Fálcon Hotel ?

Je me penche pour regarder de plus près les chariots alignés sur le trottoir. Quatre housses mortuaires, côte à côte. *Qui contiennent-elles ? Comment sont-ils morts ?*

Je m'approche encore, parcourt des doigts les autres photos. Ma main caresse la plus étrange du lot, celle – *que je n'ai jamais prise* – de Michael gisant sur le sol. Et je m'arrête net.

Je viens d'entendre un bruit.

Ma main au feu.

En dehors de la chambre noire.

Des pas.

Il y a quelqu'un dans l'appartement !

Je cesse de bouger, de respirer. De cligner des yeux. De tout.

Aux aguets, attentive au moindre bruit.

Mais rien. Plus un bruit. Sans doute mon cerveau exténué qui me joue des tours. Et qui me rappelle que je serais mieux dans ma chambre à coucher que dans ma chambre noire, pour une bonne nuit de sommeil.

Si on peut appeler ça une bonne nuit !

Je réprime un bâillement et m'apprête à sortir quand...

Et merde. Merde. Merde !

De nouveau des pas.

Et pas dans ma tête.

Juste derrière la porte.

Carrément rassurant.

72

Je me saisis du trépied en acier planqué dans un coin du labo. Quel que soit le danger qui me guette de l'autre côté de cette porte, je lui donnerai au moins à tâter de mon swing.

Par le minuscule espace entre la porte et le plancher, je devine l'ombre de deux pieds — deux énormes pieds qui se rapprochent sans bruit. Je serre mon trépied des deux mains et le pose sur mon épaule, prête à frapper. Qui que soit mon visiteur, il ne s'en tirera pas sans douleur, je le jure devant Dieu.

— Mademoiselle Burns, êtes-vous à l'intérieur?

Cette voix ne m'est pas inconnue.

J'ouvre. Et me retrouve nez à nez avec l'inspecteur Frank Delmonico.

— Comment êtes-vous entré?

— Sur mes jambes, répond-il d'un air narquois. Vous auriez préféré que j'atterrisse par la fenêtre?

Même pas l'esquisse d'une excuse. Son culot me laisse sans voix.

— La porte était ouverte. J'ai frappé, mais il faut croire que vous n'avez pas entendu. Maintenant, si l'interrogatoire est terminé, j'aimerais moi aussi vous poser quelques questions.

Et de dégainer son stylo et son calepin éculé, sortis du costume anthracite que je lui connais. Me parvient l'odeur de son after-shave (enfin, je suppose) mêlée aux relents de tabac. J'en ai la chair de poule, encore plus que la dernière fois.

Son apparition est tellement inattendue. Qui plus est, si tardive. Il est quand même près de minuit. *Que fait ce type dans mon appartement ?*

— Je vous ai déjà dit que j'étais prête à répondre à vos questions, mais le moment est-il bien choisi ?

— Je crois que oui.

— Et pourquoi ça ?

— Parce que je trouve que vous n'avez pas été très correcte avec moi. C'est regrettable.

Si j'en juge par le ton de sa voix, c'est la litote de l'année. *Sois bien sur tes gardes, Kris.*

— Très bien. En quoi puis-je vous être utile ? S'il s'agit de ce quadruple meurtre, je ne sais rien du tout.

Delmonico fait comme s'il n'avait rien entendu :

— Pouvez-vous me dire pourquoi vous preniez tous ces clichés, le matin où je vous ai rencontrée devant le Fálcon Hotel ?

— Je fais de la photo.

— Professionnellement ?

— J'espère que ça viendra. Je suis sur les rangs pour exposer dans une importante galerie. J'ai même un agent. Vous pourrez l'interroger. Demain, par exemple.

— C'est votre labo que je vois ? dit-il en regardant par-dessus mon épaule.

— Oui.

— Ça vous dérange si je jette un œil ?

Avant qu'il ait fait deux pas, je m'interpose.

— Oui, ça me dérange.

Lui, sourire en coin :

— Auriez-vous quelque chose à me cacher ? Les photos que vous avez prises devant l'hôtel, je parie ? Ou y a-t-il autre chose encore que je ne dois pas voir ?

— Pas du tout. C'est juste que ce sont des photos personnelles.

— J'en prends bonne note.

Puis il m'écarte de son passage et entre en force dans le labo.

73

— Non mais qu'est-ce qui vous prend ? Vous vous croyez chez vous ?

Delmonico est planté au beau milieu du labo et regarde autour de lui. Mes photos sont punaisées partout. On dirait presque un papier peint. Lui a l'air carrément impressionné, pour ne pas dire sidéré par ce qu'il voit. Je l'entends marmonner :

— Regardez-moi ça... On ne s'ennuie pas, à ce que je vois...

Je suis furieuse :

— Qui vous a donné l'autorisation d'entrer ?

Il se retourne et me vrille du regard :

— Vous préférez que je revienne avec un mandat de perquisition et que je passe votre appartement au peigne fin ? C'est ça que vous voulez ? Je peux aussi m'asseoir sur le mandat et tout retourner du sol au plafond. Vous connaissez la différence entre le gentil flic et le méchant flic ? Je suis de la deuxième espèce.

— Êtes-vous en train de me dire que je suis soupçonnée de meurtre ?

— Ce que je dis, c'est que vous refusez de coopérer dans le cadre d'une enquête criminelle.

— Vous vous moquez de moi ?

Il fait un pas. Je jurerais qu'il mesure le double de ma taille.

— Au cas où vous auriez choisi de l'oublier, mademoiselle Burns, je vous rappelle que plusieurs personnes sont mortes l'autre matin. Quatre, pour être précis.

— Je sais, merci. J'y étais.

— Je ne vous le fais pas dire. Et votre comportement était pour le moins curieux, si j'ai bonne mémoire.

— J'étais complètement retournée.

Je le suis encore, du Schnock !

— Vous m'avez pourtant dit ne pas connaître les victimes.

— J'étais bouleversée. Je ne vous ai pas dit autre chose. De les voir ainsi sur le trottoir, mortes…

— Cependant, l'une de ces personnes vous a semblé encore vivante. Ça aussi vous me l'avez dit…

— Non, pas exactement, je croyais que… enfin si, mais à vrai dire je… euh…

Plus je cherche mes mots, plus dur se fait le regard de l'inspecteur. Je me rends bien compte que je manque de cohérence. Pire que ça, je scie vaillamment la branche où je suis assise.

— Il faudrait savoir. Avez-vous vu ou n'avez-vous pas vu un cadavre revenir à la vie ?

— Tout ça est absurde. Vous savez bien que je suis parfaitement étrangère à ces meurtres.

— Arrêtez-moi si je me trompe : vous passiez par là, c'est tout ?

— Exactement.

Son rire m'explose en pleine figure.

— C'est ainsi que vous voyez les choses, hein ? Innocente ! Comment ai-je seulement le front de vous adresser la parole, à vous, si insoupçonnable ?

— Je ne comprends pas du tout où vous voulez en venir, mais je commence à en avoir assez. Je crois avoir répondu à vos questions. Je ne vous retiens pas.

Delmonico hoche la tête, range son calepin et son stylo dans sa veste.

Dieu merci, il s'en va !

Ah non.

Il voulait juste avoir les mains libres.

L'instant d'après, je me retrouve plaquée au mur par les épaules sans avoir rien vu venir. Le choc est si brutal que les photos se sont décrochées. Une onde de douleur me parcourt le dos. Comment s'est-il permis ? Je n'arrive pas y croire. Son haleine me brûle le visage :

— Écoutez-moi. Écoutez bien le méchant flic. Vous sifflerez la fin de la partie quand je vous le dirai, pas avant. Vous me demandez si vous êtes soupçonnée de meurtre ? *Oui*, mademoiselle Burns, vous êtes soupçonnée de meurtre. Et d'une.

Abasourdie, je reste sans voix.

— C'est que ça ne se prend pas pour une demi-merde, hein ? Ça se croit une femme *in-dé-pen-dante*. Mais vous savez quoi ? Je finirai par vous coincer. C'est juste une question de temps. Vous êtes impliquée dans ces quatre meurtres. Ça, au moins, je le sais.

J'ouvre la bouche pour tenter de respirer, trouver des mots.

— Vous… me faites… mal.

Il secoue la tête :

— Je vous fais mal… Comme si vous saviez ce que ça veut dire. Mais vous ne tarderez plus à l'apprendre.

L'une de ses mains se détache de mon cou pour glisser lentement vers ma poitrine.

Ceci est vraiment en train de m'arriver.

Et maintenant, qu'est-ce qu'il va me faire ? M'embarquer ? M'inculper de meurtres que je n'ai pas commis ?

Sa main s'immobilise au-dessus de ma poitrine, au niveau du cœur. Lequel bat le tocsin. Il se penche jusqu'à plonger son regard droit dans le mien. Sans ciller une seule fois.

— Vous sentez ? La peur. Quand vous repenserez à moi, tâchez de vous en souvenir.

Enfin il relâche son étreinte et se dirige vers la porte. Je tremble de tout mon corps. Il se retourne une dernière fois :

— Je sais où vous habitez, mademoiselle Burns. Et je sais aussi ce que vous avez fait au Fálcon. Où je vous ai vue *deux* fois.

74

Devinette : qu'est-ce qui est à la fois très mal et très tentant ? Réponse : mon programme pour aujourd'hui.

Penley est partie pour la journée du côté de South Hampton visiter des cuisines de prestige – mais oui, il paraît que ça se fait. Alors au lieu d'emmener les enfants à l'école, j'ai appelé pour dire qu'ils sont grippés... et à nous l'école buissonnière !

Je crois que Sean et Dakota en avaient vraiment besoin. Surtout Dakota. Sans parler de moi.

Commençons par le commencement. D'abord, un petit déjeuner de morfales chez Sarabeth, notre adresse préférée à New York. Crêpes aux myrtilles et aux pépites de chocolat pour tout le monde, noyées de sirop d'érable. Ensuite, direction Central Park, avec un seul et unique objectif : n'en revenir que couverts de gadoue de la tête aux pieds, se comporter comme des enfants normaux, bref, s'éclater. Pour une fois.

Trois heures de courses-poursuites et de roulades, de chat perché et de balle au prisonnier en criant à tue-tête, trois heures sans hallucinations, sans miasmes, sans cadavres ambulants.

Pour finir, quelques tours de balançoire et de toboggan sur une petite aire de jeu bétonnée. Dakota et Sean sont sales comme des gorets. J'adore les voir dans cet état – et eux aussi ! Je crois même ne les avoir jamais vus sourire ainsi jusqu'aux oreilles.

Évidemment, je n'oublie pas de les prendre en photo. Magnifiques, par dizaines. Ils sont tellement mignons, tellement photogéniques.

Et soudain, la catastrophe.

Sean vient de coincer une de ses baskets rouges dans le dernier échelon du toboggan. Je le vois basculer de tout son haut avant de faire un vol plané, tête la première. Je n'en crois pas mes yeux. Dieu m'est témoin qu'il vient de tomber sur le front.

Dix minutes plus tard, nous voici aux urgences de Lenox Hill. Par je ne sais quel miracle, Sean est parfaitement indemne. Un point de suture n'est même pas nécessaire. À la place, il a droit à une sucette ! Et Dakota aussi.

Silence dans le taxi qui nous ramène de Lenox Hill à la maison. La tête de Dakota vient se blottir sur mon épaule. Je regrette de ne pouvoir nous prendre en photo.

— T'en fais pas, mademoiselle. C'est pas grave. On ne dira rien.

— Promis, mademoiselle, on ne dira rien, ajoute Sean. On t'aime trop.

Et moi j'aime ces enfants plus que moi-même.

J'aime Dakota et Sean à en mourir, comme toute autre à ma place.

Mais je me sens coupable. Et je ne vois pas comment me départir de ce sentiment. Pas d'avoir séché l'école et fait les fous toute une journée. Au contraire, c'était génial. Mais coupable de tout le reste.

Je dis bien : de *tout* le reste.

75

Si je m'écoutais je balancerais ce foutu radio-réveil par la fenêtre. Ô temps ne suspends pas ton vol…

Franchement, quel besoin ai-je d'un radio-réveil, puisque je suis secouée chaque matin à heure fixe par le plus redoutable des cauchemars? Avec lequel j'ai comme l'impression que je vais devoir cohabiter pendant une très longue et pénible période. Pour l'éternité, peut-être bien.

De même pour l'ensemble des autres absurdités qui sont désormais mon pain quotidien. *Serai-je de force à le supporter?*

Vais-je vraiment pouvoir continuer à vivre ainsi?

Eh, il faudra bien! « Avec un coup de main des copains », comme chantaient les Beatles.

Quelques minutes après avoir déposé les enfants à l'école, je reçois un appel de Beth et Connie en mode conférence. Elles voudraient m'emmener déjeuner et préfèrent m'avertir que tout refus ne sera pas considéré comme une réponse valable.

Évidemment, je ne suis pas dupe : tout ce qui les intéresse, c'est de savoir si j'ai recouvré ma santé mentale ou si je sucre complètement les fraises. Le côté assistante sociale de Connie s'inquiète de savoir si je me suis remise de la nuit que j'ai passée chez elle et si j'ai pu remplacer les fusibles fondus. Bien entendu, Beth connaît tous les détails de l'affaire.

Leur tête si je leur racontais ce qui m'est arrivé depuis!
Mais ça ne risque pas.

L'abominable Delmonico m'a réduite au silence. Je n'ose plus parler de rien à personne. Je sens encore ses mains serrer mon cou. Et ce regard fixe...

C'est donc l'air le plus dégagé du monde que je pousse la porte du Bon Réconfort – un nom de circonstance ! – sur la 45e Rue, à mi-chemin de la 2e et de la 3e Avenue. Connie et Beth m'attendent, attablées près de la fenêtre. Je m'efforce de leur offrir le sourire le plus radieux.

Malheureusement, le reste de ma personne n'est pas dans les mêmes dispositions.

— Ma pauvre, tu as l'air d'une déterrée ! me balance Beth, presque de but en blanc.

Connie lui fait les gros yeux et j'éclate de rire. Un bien fou !

Il y a ceux qui mettent les pieds dans le plat. Et puis, l'étage encore en dessous, il y a Beth. Pas étonnant qu'elle ait autant de mal à trouver du boulot. Un jour qu'on la présentait à Martin Scorsese, elle s'est débrouillée pour lui conseiller de « tondre ces deux chenilles » au-dessus de ses paupières.

— C'est vrai que tu as l'air un peu fatigué, reconnaît gentiment Connie, plus diplomate. Tu es sûre que tu dors assez ?

— En tout cas, j'ai quasiment fait le tour du cadran chez toi, l'autre nuit.

— Jusqu'au moment où tu t'es réveillée en hurlant, comme si mon appart était l'annexe d'un asile d'aliénés.

Merci de me le rappeler.

— Est-ce que tu as pensé à consulter un médecin ? demande Beth. Tu as peut-être chopé un virus ?

— Et ton psy, tu ne crois pas que tu devrais reprendre contact ? embraye Connie. Ça vaudrait peut-être la peine, tu ne penses pas ?

Je suis peut-être cinglée, mais je crois avoir eu mon compte de psychiatres.

Je les regarde l'une et l'autre. Une sollicitude non feinte se lit sur leur visage.

— Écoutez, les filles. Je sais que vous ne cherchez qu'à m'aider et ça me fait chaud au cœur – vraiment. Mais pour le moment, ce qui me ferait du bien, c'est de rigoler avec mes copines autour d'un bon repas. C'est dans vos cordes?

Elles opinent. Je crois qu'elles ont compris. J'ai besoin qu'on me change les idées, pas qu'on me remonte les pendules. Les voilà parties en chasse d'anecdotes irrésistibles, au plus profond de leur jungle quotidienne.

Connie donne le coup d'envoi en nous racontant comment un type de son bureau a été surpris en train de se photocopier le zgeg. Je refuse d'y croire, mais elle jure ses grands dieux que c'est la pure vérité.

— Je parie qu'il faisait des agrandissements, raille Beth.

Éclats de rire. Le temps de commander et de voir arriver les plats, la conversation fait son bonhomme de chemin et revient vers moi, mon job et la délicieuse Penley.

— Laisse-moi deviner, m'arrête Beth. Tandis que nous sommes là à nous farcir la panse, la Pénible est à la gym pour brûler les dernières calories qui lui restent, c'est ça ?

— C'est une droguée du fitness. Irrécupérable. Mais à cette heure-ci, elle est à je ne sais quel « déjeuner caritatif » du côté de Greenwich.

— Ce qui serait bien, observe Connie, c'est qu'on finisse par la rencontrer, à force de parler d'elle.

Beth hausse un sourcil.

— Quelle idée. Ça nous avancerait à quoi, tu peux me le dire?

— Ouais, tu as sans doute raison. Qu'en penses-tu, Kris?

Je glousse:

— J'en pense qu'il vaut mieux que vous continuiez à l'imaginer!

Ma parole, comme c'est bon de rire.

Connie repart à l'attaque de sa salade du chef en souriant à pleines dents. Je porte mon thé glacé à mes lèvres quand Beth se met à ricaner toute seule en regardant par la fenêtre.

— Visez un peu la partie de lèche-pomme ! C'est de l'outrage à la pudeur ou je n'y connais rien ! dit-elle en nous montrant un couple sur le trottoir d'en face.

Au bout de son doigt, un homme et une femme sont effectivement en train de se rouler une pelle de première catégorie au niveau du passage piéton. Il n'y a pas la place entre eux pour une feuille de papier à cigarette. Après une étreinte interminable, la femme finit par repousser l'homme d'un geste joueur tout en jetant autour d'elle des regards inquiets, comme si elle craignait d'être vue. Je manque cracher mon thé :

— Oh, mon Dieu !

Connie et Beth se tournent vers moi comme une seule femme.

— Qu'est-ce qu'il y a ? s'exclame Connie.

— *C'est Penley !*

— Tu plaisantes ? Tu nous fais marcher, c'est ça ? Kris, dis-moi que tu blagues.

— Je croyais t'avoir entendue dire qu'elle était à Greenwich, fait remarquer Beth.

— Je sais. C'est ce qu'elle m'a dit, en tout cas.

Nos trois visages se tournent en chœur vers la fenêtre. L'homme chuchote maintenant quelque chose à l'oreille de Penley. Des petits mots sans importance, selon toute apparence.

— *Wow.* Tu avais omis de nous dire que son mari était aussi bien foutu, commente Beth.

— Pas faux. Sauf que ce n'est pas son mari.

76

Je bondis comme un ressort, bouscule la table, manque renverser mon thé glacé au passage et me jette sur la porte en m'exonérant d'un « salut ! » pour le moins désinvolte à mes copines.

— Kris ! Attends !

Non, Connie. Désolée, je n'attends pas. Impossible. C'est trop important. Peut-être la clé de tout.

Sitôt dehors, je scrute le trottoir opposé. Le feu vient de passer au vert pour les piétons. Penley s'est volatilisée.

Voilà donc le vrai *Stephen. Le grand, le brun, le beau Stephen. Son amant, selon toute vraisemblance.*

Fouillant du regard, je les aperçois au bout de la rue. D'instinct, je me mets à les suivre.

Je n'en reviens pas. Le mystère s'épaissit, comme qui dirait.

Non seulement Penley a une liaison extraconjugale, mais elle m'organise des rendez-vous surprise avec le mec en question !

Je suis sur le cul, mais il y a un bon côté.

Le soulagement.

Depuis le premier jour de mon histoire avec Michael — « un homme marié » —, je me trimballe une énorme dose de culpabilité, comme une grosse valise.

Maintenant que je sais que Penley le trompe, je me sens tout d'un coup moins fautive.

Oh, je sais bien que ça ne fait pas nécessairement de moi une innocente. *Ça rend les choses un peu moins pénibles, voilà tout.*

Je continue la filature. Stephen et Penley ne se promènent pas main dans la main ou au bras l'un de l'autre. Pour le passant lambda, ils pourraient aussi bien être des amis que des amants.

Du moins, jusqu'au premier passage piétons. On dirait que les feux ont sur eux un effet mécanique. Sur lui, en tout cas. Dès qu'ils attendent au coin d'une rue, c'est comme si Stephen ne pouvait s'empêcher de poser ses mains sur elle – ou ses lèvres.

Penley ne fait certes rien pour l'en dissuader. Elle n'est pourtant pas sotte au point d'ignorer que la rue est un lieu public. Elle a tout un tas d'amis en ville, disséminés parmi huit millions d'inconnus, mais enfin, on n'est jamais trop prudent. Comment jurer que personne de sa connaissance n'a pu la surprendre?

Moi, par exemple.

Le signal passe au vert. Suspension momentanée de la séquence papouilles et suite de la promenade. Comme je leur emboîte le pas, j'éprouve les prémices d'une nouvelle sensation. *L'appréhension.*

Il est hautement improbable que Penley et Stephen ne se fréquentent que depuis quelques jours. Et cela ne peut signifier qu'une chose.

Elle sait.

Sinon tout, *quelque chose.* À supposer qu'elle ignore encore ma liaison avec Michael, à tout le moins elle la soupçonne. Sinon, comment expliquer que, l'autre soir au restau, Stephen m'ait demandé mon avis sur l'adultère? Était-il en service commandé pour me tirer les vers du nez, ou s'agissait-il simplement de torture mentale?

Une chose est sûre, Penley m'a bien roulée dans la farine avec son histoire de rendez-vous surprise! Et moi qui n'y ai vu que du feu...

Ça change vraiment tout.

Nouvelle station des deux tourtereaux au carrefour suivant. Stephen reprend ses travaux où il les avait interrompus : brassage d'amygdales et pelotage assez intensif, ma foi. Cette fois Penley n'entend pas être en reste. Encore un peu et c'est le comité de censure.

À un demi-bloc d'eux, debout sur le trottoir, j'affronte la bousculade d'émotions et de réflexions suscitée par cet épisode inattendu. Cela ouvre tellement d'hypothèses, conduit à tant de déductions. Par où commencer ?

La réponse à cette question m'apparaît tout d'un coup.

Cherche pas à comprendre. Déclenche.

Vite, mon appareil. Si je ne suis pas trop empotée, je devrais pouvoir les prendre en train de se lécher le museau avant que le feu ne passe au vert.

Mais je ne trouve pas mon appareil. Ni mon sac. Dans ma précipitation, je les ai oubliés au Bon Réconfort.

Nom d'une pipe en bois !

C'était l'une de ses expressions favorites. *De feu mon père.*

77

— Tu peux répéter?

Je reprends depuis le début, mais Michael m'a très bien comprise. Il a seulement peine à y croire. Ou est-ce *moi* qui ne suis pas crédible?

Nous sommes devant la grande baie vitrée du living, dans l'appartement de Wall Street que sa compagnie met à disposition des gros bonnets de passage. Lesquels doivent se bousculer au portillon, car je pourrais compter sur les doigts d'une main les rendez-vous que Michael et moi nous y sommes donnés. Ce furent chaque fois de très romantiques intermèdes. Mais quelque chose me dit que, aujourd'hui, la soirée devrait être moins torride.

— Tu es bien sûre que c'était elle? Ça n'est pas le produit de ton imagination?

— Ma main au feu. Je l'ai vue de mes propres yeux.

J'essaie de me mettre à sa place. Il y a moins de quarante-huit heures, il me repêchait dans un hôpital de Brooklyn, à deux doigts de la camisole de force.

Et maintenant, cette bombe.

À sa place, j'aurais quelque motif d'avoir des doutes. D'autant plus que je lui ai avoué avoir oublié mon appareil photo. Il sait bien que je dors presque avec!

Or pas de photo, pas de preuve. Je n'ai que ma bonne foi. Et la confiance de Michael.

— Tu es bien certaine que c'était le type avec qui elle t'a rencardée?

— Oui, c'était bien le « charmant » Stephen...

— Ça voudrait dire…

— Exactement.

— Mais comment l'aurait-elle appris ? Nous avons toujours été prudents.

Je le regarde d'un air peu convaincu.

— Tu oublies le « club Miele », on dirait. Je m'en souviens comme si c'était hier.

— Admettons, mais je devrais être le premier à savoir qu'elle sait. Je connais Penley : elle préférerait me tuer plutôt que de jouer à ce petit jeu.

Il commence à faire les cent pas en réfléchissant à haute voix. Le sang lui monte au cou, son visage devient écarlate.

— Elle aurait envoyé ce mec en mission de reconnaissance en lui demandant de dîner avec toi ? Je veux bien croire qu'elle a des couilles, mais pas les roubignolles de King Kong, quand même !

— Ça paraît moins fou si on part du principe qu'elle a seulement des *soupçons* sur notre compte.

— Non, je t'assure. Sous tous les angles, ton histoire est insensée.

Ses mots restent suspendus au-dessus de ma tête comme une épée de Damoclès.

Insensée. Est-ce donc ainsi qu'il me voit ? Pour parfaire le tableau, je sens qu'il commence à perdre patience. Peut-être bien à mon sujet. *Je n'ai pas besoin que tu nous pètes un câble, Michael. Pas maintenant.*

— Tu ne me crois pas, hein ?

Michael s'arrête brusquement et, me prenant dans ses bras :

— Bien sûr que je te crois !

Et de me serrer amoureusement contre lui pour dissiper tout doute.

Mais le doute subsiste. Il me suffit d'entendre sa voix. De le regarder dans les yeux. Il est évident qu'il ne sait quoi penser.

J'avais tâché d'anticiper toutes les réactions possibles à cette nouvelle. Je n'avais pas prévu le scepticisme. Sa colère, je l'aurais comprise. Même son ressentiment. J'aurais été jusqu'à tolérer un accès de jalousie. A-t-on jamais vu un homme qui accepte de partager sa femme de gaîté de cœur, quels que soient les sentiments qu'il nourrit pour elle ?

Dans tous les cas de figure, une fois retombées les scories de l'émotion, j'aurais espéré que Michael envisage la situation de la même façon que moi : comme une opportunité en or. N'étant plus le seul conjoint adultère dans son couple, il n'a plus à craindre d'être traîné dans la boue lors d'une procédure de divorce. L'occasion est trop belle de franchir le pas et de provoquer ce que j'attends depuis si longtemps.

Larguer Penley.

— Que comptes-tu faire ?

Michael me dévisage longuement :

— Prendre un temps de réflexion. Tu es catégorique ? C'est bien elle que tu as vue, hein ? Kris ? Tu n'as pas rêvé ?

— Je les ai vus comme je te vois.

Je suis sûre de moi.

Enfin, j'en jurerais.

78

Je passe la nuit à me retourner dans tous les sens, à penser à Stephen, à Penley et à me demander si Michael m'a crue ou non. J'en viens à me demander si je me crois moi-même.

Seul bon côté de cette nuit blanche : j'échappe pour la deuxième fois au cauchemar lorsque le jour se lève. Si je pouvais trouver le moyen de passer le reste de mes jours sans dormir, une partie de mes problèmes serait résolue.

J'arrive au boulot. Penley met un temps avant de percuter :

— Auriez-vous oublié quel jour nous sommes ?

Je me frappe le front.

— Mince. Complètement.

Une fois tous les quinze jours, Penley prend la relève et conduit elle-même les enfants à l'école. Je peux disposer de ma matinée.

Michael appelle ça son « quart d'heure de mauvaise conscience ». Moi, je crois que ça n'a rien à voir car cela signifierait qu'elle a conscience d'être une mauvaise mère – et pour cause. Or s'il y a bien une chose dont elle se contrefout... J'ai plutôt tendance à penser que, dans les méandres de son cerveau, me remplacer de temps en temps fait partie des astreintes réglementaires. Une sorte de service civil, au bénéfice de ses propres enfants.

— Enfin, puisque vous êtes là, s'empresse-t-elle d'ajouter, il faudrait sortir les coussins dans le patio car l'été approche. Mais commencez par bien nettoyer les chaises longues.

— Tout de suite.

— Et les coussins, bien entendu.

— Ça va de soi.

Elle croise les bras sur son ensemble de gym Chanel, l'équivalent d'un mois de mon salaire, au bas mot.

— Après avoir déposé les enfants, je file à ma séance de remise en forme. Mais je devrais être rentrée pour le déjeuner.

— En parlant de déjeuner, vous ne m'avez pas dit... Comment s'est passé votre repas de charité à Greenwich, hier midi ?

Je l'observe attentivement, dans l'espoir de surprendre un raidissement, un clignement, un bégaiement ou tout signe susceptible de la trahir.

Mais elle me répond du ton le plus égal :

— Oh, vous savez ce que c'est. Quand on en a fait un, on les a tous faits.

Tu m'étonnes.

Puis elle se dirige vers sa chambre pour finir de se préparer. Dakota et Sean terminent leur petit déjeuner dans la cuisine. Je vérifie que tout se passe bien. Leur mère s'est contentée de leur mettre un bol de porridge au micro-ondes. Je suis accueillie par un cri du cœur :

— Bonjour, mademoiselle Kristin !

Ils sont si surpris de me voir. Et si heureux !

— Qu'est-ce que tu fais là ? demande Sean.

— Ben oui, ce n'est pas le tour de maman de nous emmener à l'école, aujourd'hui ? interroge Dakota.

— Si, ma chérie. Mais comme une idiote, je l'avais oublié.

— D'habitude tu n'oublies jamais.

— Jamais-jamais ! enchérit Sean.

Je les regarde en souriant. Qu'ils sont intelligents.

Ils ont parfaitement raison. Je n'ai pas oublié.

Loin s'en faut.

79

Dix minutes plus tard, je file Penley et les enfants dans la rue, à bonne distance comme l'exige la plus élémentaire prudence. Si l'un d'eux m'aperçoit, je suis morte. Non, je préfère dire *cuite*.

Pour la dixième fois environ, je vérifie que mon appareil dort bien sagement dans mon sac et que mon sac est bien suspendu à mon épaule.

Loin devant, Penley, Dakota et Sean sont environ à mi-chemin de la Preston Academy. Ce devrait être pour une mère un moment privilégié de complicité avec ses enfants. Penley, elle, en profite pour papoter sur son portable, sans prêter une seule seconde d'attention à Sean et Dakota.

Je ne m'en plains pas : ça mobilise son attention. Pendant ce temps-là, elle n'est pas tentée de regarder derrière elle.

Marchant pour ainsi dire dans leur ombre, je ne puis m'empêcher de penser à l'étrangeté de la situation. Presque comme une sortie hors du corps.

Car chaque matin ou presque, c'est moi qui suis devant avec Dakota et Sean.

Aujourd'hui quelqu'un d'autre est à ma place, et je n'en mesure que mieux l'importance que ces enfants ont pris dans ma vie. Je me sens entièrement responsable d'eux. Je sais mieux que quiconque qu'une telle façon de penser serait égoïste et condamnable, à supposer que Penley soit une mère digne de ce nom. Ce qu'elle n'est pas.

Nous passons un autre bloc, cap au sud. Par acquit de conscience, je vérifie encore le contenu de mon sac.

Quelques minutes plus tard, me voici planquée dans une cabine téléphonique, d'où j'observe Penley chasser – je ne vois pas d'autre mot – ses enfants dans la cour de l'école. Le tout sans interrompre sa conversation téléphonique.

Avec Stephen ?

Se donneraient-ils rendez-vous à la salle de gym ?

— Pardon, cette cabine est-elle libre ?

La voix m'a fait sursauter. Une voix d'homme. *Que je connais ? Ça se pourrait bien.*

Je me retourne. C'est un type en jeans baggy et tee-shirt Gap. *Non d'un chien, je le reconnais !* Je l'ai perdu de vue depuis mes années de lycée. Je n'ai d'ailleurs aucune idée de ce qu'il est devenu. Et le voici qui surgit en chair et en os, lui aussi en maraude dans mon cauchemar éveillé !

— J'ai l'air de m'en servir ? dis-je en lui montrant le téléphone. Je ne rêve pas, vous êtes Harvey ? De Concord ?

Il considère le câble sectionné du téléphone, pareil à une queue de rat.

Puis il dit :

— Quelqu'un cherche à te joindre, Kristin.

Comme ça. L'air de rien.

Aussitôt le téléphone se met à sonner. Je fais un bond. Mais de là à décrocher !

— Ouais. C'est moi, Harvey.

Et il s'en va.

— Attends, laisse-moi deviner... Tu es mort et enterré, c'est ça ?

Mais Harvey ne prend pas la peine de me répondre.

Pendant ce temps, Penley semble avoir disparu. Je ne la vois plus devant le portail de l'école. Bien joué !

Je me transforme en tourniquet humain. Je ne l'aperçois qu'après une révolution complète, caracolant sur

Madison Avenue. Sa démarche la trahit mieux que tout. Cette façon de dire à chaque enjambée : « Je vaux mieux que vous. Veuillez vous écarter de mon chemin ! »

Je me mets à courir pour combler mon retard. Maintenant qu'elle n'a plus les enfants sur les bras, Penley a rangé son téléphone. J'avance masquée par la foule compacte du matin, prenant toutefois garde à ne pas la suivre de trop près.

Nous continuons ainsi quelques blocs vers le sud. J'essaie de me rappeler le nom de son club de gym. Pas moyen. Me l'a-t-elle seulement jamais dit ?

Bah, je ne tarderai plus à le savoir. Telle que je la connais, ça ne peut plus être bien loin. Autrement elle aurait déjà sauté dans un taxi.

Mes yeux sont rivés sur elle. Mon cerveau, lui, a pris les devants. *Un baiser, un seul :* je n'en demande pas plus. Une accolade suffisamment suggestive fera l'affaire, mais un baiser ferait sauter la banque.

Cela suppose que Stephen se prête au jeu.

Il est possible que je me donne tout ce mal pour rien. Ou le contraire. Je ne veux même pas le savoir. J'ai besoin – Michael a besoin – d'une preuve. Et je l'aurai. Quoi qu'il m'en coûte.

Mais alors, que signifie ce malaise que je sens m'envahir ?

À chaque pas, un vide grandissant me creuse l'estomac. Ce ne sont ni les nerfs ni la nausée, c'est autre chose. Et ce n'est pas la première fois que j'éprouve cette sensation.

La rue, la notion du temps, tout se brouille dans ma tête. J'en suis si troublée que je manque de louper l'arrivée de Penley à son club de gym.

Je dois faire un effort pour me concentrer et la voir entrer. À ce moment précis, l'étrange sensation écrase mes dernières défenses et me submerge totalement. Je l'identifie sans mal. *L'appréhension.*

Et je me rappelle aussi quand je l'ai éprouvée pour la dernière fois.

C'était ici.

Juste devant le « club de gym » de Penley.

Plus connu sous le nom de Fálcon Hotel.

80

Je voudrais m'enfuir en courant, mais par où ? Qu'on me le dise !

Tout me crie de ne pas camper ici une seconde de plus, mais d'un autre côté je dois coûte que coûte continuer à suivre Penley pour voir où tout ça conduit. Un pas en avant, un pas en arrière : je me comporte comme un yo-yo.

Finalement je décide de courir.

Vers l'hôtel.

Repoussant bravement ma peur – ou plutôt mon appréhension –, je franchis en trombe l'auvent rouge du Fálcon, avale les quelques marches et ne freine qu'en pénétrant dans le hall. *Qui ne m'est pas inconnu. Cela remonte au temps où je venais d'arriver de Boston. N'y repense pas, Kris. Ce n'est pas le moment.*

Première difficulté : vers quelle chambre Penley est-elle partie, sachant que je l'ai perdue de vue ?

Où est-elle passée ?

Nulle part. Je passe au crible le hall minimaliste et néanmoins tape-à-l'œil. Ils ont revu la déco, à ce que je vois. Meubles noirs partout, comme la plupart des fringues que l'on y croise. On dirait un congrès Prada. Je suis environnée de silhouettes filiformes, dont pas une n'est celle de Penley.

Je me précipite vers les deux ascenseurs à droite de la réception. Le premier est ouvert mais n'est pas encore parti. Quant au second, un écran numérique sur le mur permet de suivre son ascension. J'attends qu'il se décide à s'arrêter. Au quatrième étage.

Je saute dans l'autre ascenseur. Les portes s'ouvrent au quatrième. Je passe la tête dans l'espoir de voir Penley se diriger, de dos, vers une chambre.

Mais je ne vois qu'un couloir vide. Je me fais l'impression d'un de ces personnages de film d'horreur, inconscients du danger, auxquels les spectateurs se mettent à crier : « *Ne reste pas là, Kristin ! Cours ! Va-t'en vite !* »

Je reste sourde à leurs avertissements. Mon seul souci est de retrouver la trace de Penley. Et si je m'étais trompée d'étage ?

J'entends soudain un rire de femme, à quelques chambres de distance. *Rire ou ricanement ?* Quoi qu'il en soit, une certitude : c'est bien elle.

La Pénible.

Je me rapproche pour mieux entendre. J'ai l'oreille presque collée à la porte. Quand ils ne rient pas, ils parlent et, bien que j'aie du mal à comprendre ce qu'ils se disent, j'identifie sans mal la voix de l'autre personne. C'est bien la sienne.

Celle de Stephen.

Je les écoute badiner une bonne minute. On dirait deux gosses en train de bavarder – deux sales gosses, faut-il le préciser. Est-ce bien la même femme qui m'oblige à ranger ses boîtes de conserve par ordre alphabétique ?

Je tâte mon sac. Tout va bien. Mon appareil est toujours là. Prêt à dégainer.

Au fond du couloir, une porte ouvre sur la cage d'escalier. Elle est percée d'un regard à hauteur d'yeux. L'endroit idéal pour prendre mes quartiers.

Puisque Penley et Stephen sont arrivés séparément, je suppose qu'ils sortiront également chacun à son tour. Ce qui, d'ailleurs, ne change pas grand-chose à mon plan.

Deux clichés de l'un et de l'autre sortant discrètement de la même chambre d'hôtel sont plus qu'il ne m'en faut. Je fais confiance à Michael pour compléter les cases vides.

Je cesse d'épier à la porte. Le mélange de leurs rires et de Dieu sait quoi d'autre me fait l'effet d'un ongle sur un tableau noir. Puisque me voici en mission de surveillance, il ne me reste qu'à espérer que Stephen n'est pas un adepte de la sexualité tantrique, comme Sting. *Sinon j'y suis encore demain !*

Je me dirige vers la cage d'escalier. À mi-chemin, je suis comme arrêtée par un mur invisible. Encore cet obscur pressentiment qui me terrasse. Je me détourne. Du côté opposé du couloir, il y a une autre porte.

La tête me tourne. Je tressaille.

Je viens d'entendre…

81

Cette chanson !

Mais cette fois, pas dans ma tête : derrière cette porte. La bande-son de mon cauchemar – lequel, dois-je le rappeler, tourne autour de cet hôtel – provient de cette autre chambre. Quelqu'un écoute la radio. Avec un sacré sens de l'à-propos. Ou une sacrée dose de sadisme. Qui ?

Je tends l'oreille. Le son est trop faible pour que je puisse entendre les paroles. J'ai le titre sur le bout de la langue, mais impossible de m'en souvenir.

On va arranger ça.

Je frappe tout doucement. *Sans vouloir vous déranger, c'est l'heure de jouer à Fa-Si-La chanter !*

Personne ne répond.

Je frappe un peu plus fort.

C'est quand vous voulez !

Sous la douche ?

Endormi ? Avec la radio ? Pas exclu.

À genoux, j'essaie de regarder tant bien que mal entre la porte et le plancher. *Il y fait noir comme dans un cul.*

C'est agaçant à la fin ! Peu importe comment, je dois trouver un moyen d'entrer dans cette pièce. Maintenant.

Je me relève et me mets à frapper de toutes mes forces, à m'en meurtrir les poings. Puisqu'il n'y a personne derrière cette foutue porte, eh bien, je vais la défoncer à mains nues !

J'entends le déclic d'une porte qu'on déverrouille.

Mais derrière moi !

La porte de la chambre de Penley et Stephen.

COURS !

Je pique un sprint olympique vers la cage d'escalier. Derrière, j'entends la porte s'ouvrir et la voix de Stephen résonner dans le couloir.

— Oui, moi aussi j'ai entendu… J'en sais rien. Je vais voir.

Mais quelle conne, mais quelle conne ! J'ai dû faire un de ces baroufs !

Je manque faire voler la porte de la cage d'escalier. Est-ce qu'il m'a vue ? Me reconnaîtrait-il de dos ? Et de face, d'ailleurs ?

Au lieu de dévaler l'escalier, je suis comme happée dans la direction opposée par un instinct animal. *Monte !*

Je grimpe à triple vitesse jusqu'au premier demi-palier supérieur et me plaque contre le mur de béton froid, hors de vue, du moins je l'espère. Retenant mon souffle, j'écoute Stephen.

Je jurerais qu'il était juste derrière moi. Mais je l'entends descendre l'escalier. Mes tripes sont bonnes conseillères.

Sur la pointe des pieds, je me risque jusqu'à la rampe. Une volée de marches en contrebas, j'aperçois le crâne de Stephen, qui me laisse également voir ses épaules nues. Il ne semble vêtu que d'une simple serviette.

Il continue à descendre. Probablement croit-il que j'ai pris la fuite vers le hall.

C'est alors que je l'entends. La voix que j'adore haïr. La voix de Penley.

— Minou ? Où es-tu ?

Il s'arrête illico. Penley a dû en faire un toutou obéissant. Il semble qu'elle le dirige au doigt – son petit doigt squelettique – et à l'œil.

— Je suis dans l'escalier, répond-il.

— Qui faisait ce boucan dans le couloir ?

— C'est ce que j'essaie de savoir.

— Je vois. Tu préfères te promener à moitié nu dans les couloirs de l'hôtel plutôt que de t'occuper de moi ? Je comprends. C'est humain.

Penley dans le texte. En moins de temps qu'il n'en faut pour dire « chaud lapin », Stephen remonte l'escalier quatre à quatre.

Appelons ça un miracle, j'admets.

Louée soit la Pénible !

82

— Tu es *où*?

— En face du Fálcon Hotel. Et je te conseille de m'y rejoindre toutes affaires cessantes. Vite... Oui, c'est ça, je te demande de tout laisser en plan.

J'en explique brièvement la raison.

— J'arrive tout de suite. Ne bouge pas.

— Aucun risque.

Perchée sur mon tabouret, à la vitrine du Starbucks du côté opposé de la rue, j'attends Michael. Vue imprenable sur l'entrée du Fálcon, dont l'auvent rouge ne m'est caché que par le passage occasionnel d'un camion ou d'un autobus. Depuis que Stephen a failli m'attraper dans la cage d'escalier, je ne suis plus vraiment disposée à poursuivre mon enquête *in situ*. Sans même évoquer l'histoire qui me rattache à cet hôtel. Les premiers jours à New York de la pauvre petite Kristin... Un film d'horreur en soi. Que je préfère laisser dans sa boîte pour le moment.

Quoi qu'il en soit, une image est plus parlante qu'un long discours. Et faire en sorte que Michael puisse, pour ainsi dire, surprendre Penley en flagrant délit d'adultère m'épargnerait tout commentaire.

À condition qu'il se pointe avant qu'ils aient plié bagage. Ce qui m'oblige à corriger mon point de vue : je souhaite ardemment que Stephen soit doté d'une sexualité à la Sting... et qu'il soit en très grande forme !

Vingt minutes plus tard, Michael fait irruption comme une tornade. Comme un seul homme, les siroteurs de café crème lèvent le nez de leur ordinateur portable. Ses traits convulsés parlent pour lui : « Qu'est-ce que vous avez à me regarder comme ça ? Retournez écrire vos scénarios à la con que personne ne réalisera jamais ! »

Il me repère aussitôt et me rejoint à grands pas.

— Ils sont toujours là-dedans ? demande-t-il en désignant l'hôtel d'un hochement de tête.

— Oui, heureusement.

Il fronce les sourcils. Je me rends compte que cet adverbe n'était pas le mieux choisi. Si désireux soit-il de prendre Penley la main dans le pot de confiture, j'oublie que cette perspective n'est pas pour le combler d'aise.

À vrai dire, il est même particulièrement tendu, au bord de perdre tout sang-froid. Hypothèse dont je préférerais ne pas avoir à payer l'addition.

Cela dit, il n'a plus du tout ce regard dubitatif, où je pouvais si bien lire « pauvre Kristin qui ne sait plus ce qu'elle dit ». Il a compris que je ne me suis ni trompée, ni montée le bourrichon. C'est une *réalité.*

Il me demande de tout lui raconter une deuxième fois, depuis le début de ma filature jusqu'au moment où je l'ai appelé au bureau.

— N'oublie aucun détail, Kris. Je veux tout savoir.

Obéissante, je lui donne jusqu'au numéro de la chambre.

Je n'omets qu'une chose : la chambre musicale. *Était-elle occupée ? Y avait-il réellement de la musique ?*

Michael relève une manche pour découvrir sa Rolex. Il tambourine nerveusement du mocassin.

— Depuis quand es-tu là ?

— Environ une heure. Autant te prévenir, ils risquent de sortir séparément. Comme ils sont arrivés.

Il se braque :

— Elle sort d'un *hôtel,* merde ! À 11 heures du matin. Seule ou accompagnée, que me faut-il de plus ?

Peu importent ses préférences, Michael aura droit à la totale. Car voici venu le grand moment.

À mon immense stupéfaction, Penley et Stephen viennent d'apparaître côte à côte. Quel cran ! Et quelle sottise. Penley tout craché.

Michael sort littéralement de ses gonds.

Je le regarde les regarder, narines dilatées, rouge comme une pivoine. En fin de compte, j'aurais peut-être dû me contenter d'une photo... Je crains qu'il n'entre en éruption ici même, dans ce café.

S'il n'y avait que ça. Mais c'est pire.

Penley et Stephen entreprennent sous nos yeux de se rouler un patin d'anthologie, sensuel, profond, incontestable. La cerise sur le gâteau. Et quoique à ce stade un cliché ne soit plus nécessaire, l'occasion est vraiment trop belle. L'instinct du photographe est le plus fort. Déclencher sans chercher à comprendre.

Quant à Michael, incapable de détourner le regard de ce baiser, on dirait qu'il est en train d'assister à un interminable accident de voiture. Comment lui en vouloir ? C'est un spectacle écœurant mais fascinant. Il marmonne dans sa barbe :

— J'y crois pas. Putain, j'y crois pas.

Je repose mon appareil pour l'observer. Sa voix. Je ne la reconnais pas. Ce ton, ce timbre. Au-delà de la colère. Au-delà de tout.

— Ça va ? Michael ? Tu ne m'en veux pas de t'avoir montré ça ?

Sa réponse tient en six mots :

— La salope. Je vais la tuer.

83

Je sens que la tête me tourne un peu. Michael, au contraire, a l'air incroyablement concentré, pour ne pas dire impénétrable. Pour la première fois, l'occasion m'est donnée de voir comment il se comporte dans sa vie professionnelle.

— Elle te croit où en ce moment?

Je dois lui faire répéter.

— Penley. Elle te croit à l'appartement?

— Je suppose.

Michael dégaine son mobile.

— Qu'est-ce que tu fais? dis-je.

— Alors toi, tu abandonnes ton poste sans même laisser un mot?

Il n'a pas tort. Je n'ai pas réfléchi aussi loin.

— J'aurais dû y penser. En fait, je devrais être en train de nettoyer le patio pour l'été.

Michael compose un numéro abrégé.

— Première chose, t'acheter du temps.

Et c'est parti pour une scène quasi surréaliste. Mais j'ai l'habitude, pas vrai? En face, Penley se décolle des lèvres de Stephen pour sortir son mobile de son sac et regarder qui l'appelle. Sa mimique consternée est éloquente. Et que dire de ce doigt posé sur ses lèvres? *Chhhhut...*

Elle décroche enfin. Je peux presque lire sur ses lèvres. Moment étrange, mais aussi très excitant. Michael s'est levé et se tient à trente centimètres de moi.

— C'est moi, ma chérie. Ça va? Toujours à la gym?

Sa voix est redevenue on ne peut plus naturelle, voire enjouée. Pas une pointe de stress.

Même connaissant Michael, c'est sacrément troublant. Ce n'est pourtant pas une découverte : c'est bien lui qui m'a passé le bras sur l'épaule pour me présenter, l'air de rien, à sa tablée d'hommes d'affaires. À l'aise Blaise !

Les yeux fixés sur Penley, l'oreille tendue, je m'efforce de ne rien perdre de leur conversation. Un peu comme si j'essayais de suivre un film coréen sous-titré.

J'entends Penley répondre :

— J'en sors. Tu voulais me dire quelque chose ? Je n'ai pas trop le temps, là…

— Pas trop crevée ? fait Michael avec un petit sourire à mon adresse.

On dirait que les roubignolles de King Kong ont changé de propriétaire !

Voici ce que je comprends ensuite : elle semble lui demander pourquoi il l'appelle de son portable et pas de sa ligne professionnelle.

— Oh, c'est parce que je suis sorti prendre un café. Tu sais bien que je refuse d'avaler le jus de merde qu'ils nous servent au bureau. On dirait de l'extrait de chaussette. C'est d'ailleurs pour ça que je t'appelle. J'ai besoin que tu me rendes un service.

Penley lui demande d'attendre une seconde.

Nous la regardons poser la main sur son mobile pour s'adresser brièvement à Stephen, qui montre tous les signes de l'agacement. Pauvre garçon… Il est clair qu'elle est en train de lui faire comprendre qu'elle ne se débarrassera pas de son mari si facilement. Au bout d'une poignée de secondes, c'est un Stephen contrarié que nous voyons tourner les talons. Et rentrer à l'hôtel.

Il crèche là ou quoi ?

Penley reprend le fil.

— Quel service ?

— Un problème ? fait Michael.

250

— Non, enfin... J'ai cru que j'avais oublié mes clés au club, mais je viens de les retrouver.

Pas la moitié d'une idiote !

— Bon, je t'explique. Nous recevons demain matin un client de Tokyo et je me suis laissé dire qu'on trouve chez Takashimaya, tu sais, cette boutique dans Midtown, un café japonais à tomber à la renverse. Alors je me demandais si tu pouvais faire un détour en rentrant pour m'en rapporter un paquet.

Penley pousse un tel soupir d'exaspération que nos voisins les plus proches ne peuvent s'empêcher de nous regarder. S'ils savaient à quelle salope nous avons affaire, ils comprendraient.

— Tu ne peux pas envoyer ta secrétaire faire ce genre de course ? gémit-elle. Selon toi, je n'ai rien de mieux à faire que d'aller t'acheter du café ?

— Chérie, si j'envoie Amanda, elle est de retour dans plus d'une heure. Alors que tu n'es qu'à quelques blocs. Penley, s'il te plaît. Tu ne veux vraiment pas ?

Nouveau soupir, encore plus bruyant.

— Et peut-on savoir comment s'appelle ce café prétendument exceptionnel ?

— J'ai un trou, mais je saurais reconnaître le nom. Appelle-moi quand tu y seras, d'accord ?

— Super.

Et Penley de claquer son mobile, non sans lui faire un doigt. Michael choisit d'en rire, tandis que nous la voyons s'éloigner et disparaître.

— Elle me manquera, cette garce !

Je souris, trop heureuse de voir qu'il est capable de tout prendre avec humour. Même si je ne me souviens pas l'avoir jamais vu d'une humeur aussi massacrante qu'il y a quelques minutes.

Je le regarde en face :

— Du café japonais ?

— Dieu est dans les détails, tu te rappelles ?

Je me rappelle.

— Et maintenant?

Michael me prend les mains.

— Est-ce que tu m'aimes?

— Quelle question.

— Tu as confiance en moi, n'est-ce pas?

— Oui.

Où veut-il en venir? Pourquoi a-t-il soudain besoin que je lui fasse confiance?

— Alors voilà ce que tu vas faire. Tu commences par retourner à l'appartement, tu briques le patio et tu fais comme si tout allait comme sur des roulettes.

— C'est tout?

— Pour le moment, c'est tout.

— Et toi?

Il ne répond pas, lâche mes mains et se dirige vers la sortie.

— Michael, qu'est-ce que tu comptes faire?

Il se retourne avec un sourire insolent et me décoche un clin d'œil entendu.

Mon clin d'œil.

— Tu verras bien.

84

Tu ne peux pas le laisser filer comme ça sans savoir ce qu'il mijote, Kristin ! Tu attends quoi ?

Mais mes pieds restent vissés au sol.

Et moi, je reste scotchée derrière la vitre du Starbucks, à regarder sans réagir Michael qui s'éloigne, attrape un taxi au vol et disparaît. Envolé !

« *Tu verras bien.* » Ce sont ses mots.

Trois petits mots qui me paralysent et recommencent à me faire trembler du haut en bas. J'ai l'obscur sentiment d'être parvenue au point où tout conspirait à me conduire depuis le début. En revanche, j'ignore comment finit l'histoire.

À moins que je ne le sache que trop bien ?

De l'autre côté de la rue, le Fálcon Hotel. Ses fenêtres me renvoient la lumière aveuglante de cette fin de matinée. Je revois la scène aussi nettement qu'une photo. Les chariots que l'on sort. Les quatre housses, côte à côte sur le trottoir. Des flics partout.

Sans oublier Delmonico. Et, Queue-de-cheval ? Y était-il, lui aussi ?

D'abord le cauchemar, ensuite la réalité. Et, depuis, une hantise de chaque minute, vingt-quatre heures sur vingt-quatre.

Je sais que tout est lié. Forcément. Mais je n'arrive pas à voir comment. Qui le pourrait ? Si je le savais...

Je finis quand même par me secouer. Retour en trombe sur la 5e Avenue pour mettre en ordre ce ridicule patio avant que Penley ne se repointe à l'appartement, ce qui me laisse largement le temps. Si tout se passe comme prévu, je ne devrais pas tarder à la voir apparaître avec un sac Takashimaya lesté d'une livre de café japonais.

Plus tard dans la journée, je vais chercher les enfants à la sortie de l'école pour les emmener sur l'ancien terrain de jeux de Central Park, où nous sommes allés des dizaines de fois. Sean me bombarde de questions, sous le regard consterné de Dakota qui roule de grands yeux bleus. Mais, au moins, on s'amuse – un luxe, étant donné les circonstances.

Une journée ordinaire, sans incident, « comme sur des roulettes », ainsi que Michael le souhaitait.

Dans quel but ?

« Tu verras bien. »

En rentrant chez moi ce soir-là, j'ai comme l'impression, viscérale et douloureuse, qu'en fait j'ai déjà tout vu.

85

Il ne manquait plus que celle-là dans le tableau...

Mon adorable voisine, Mme Rosencrantz, est debout dans le hall, à proximité des boîtes aux lettres. Presque comme si elle m'attendait.

Je ne crois pas si bien dire.

— Vous avez pris votre courrier aujourd'hui? me demande-t-elle d'un ton hautain, additionné d'une pincée de jubilation.

En vérité, il y a bien une semaine que je n'ai pas ouvert ma boîte. À se demander où j'avais la tête...

— En quoi ça vous regarde?

Elle se contente de me détailler sans rien dire à travers ses doubles foyers, façon de m'appâter. Manifestement, il y a une chose qu'elle voudrait que je trouve.

Je suis assez tentée de continuer vers l'ascenseur sans lui accorder cette joie, mais je suis vaincue par ma propre curiosité. N'oublions pas que j'ai une énigme à résoudre. J'ouvre donc ma boîte. Elle est farcie d'un tas de catalogues, de factures et de tout un assortiment de prospectus.

Au sommet, une enveloppe.

Envoyée par Priority Holdings, le groupe immobilier propriétaire du bâtiment. C'est une lettre d'une page, interligne simple.

Chère Mademoiselle Burns,

Suite aux plaintes répétées de plusieurs locataires quant à votre conduite, il a été décidé, à expiration de votre bail, de ne pas renouveler la location de l'appartement que vous occupez.

Conformément à la législation en vigueur dans l'État de New York, vous êtes libre de contester cette décision en déposant une requête administrative auprès des services HLM de la ville.

Un troisième paragraphe m'indique la procédure à suivre, mais toute mon attention se porte à présent sur le ou la responsable de cette ignominie caractérisée. Pas la peine de chercher bien loin.

— Je suppose que vous êtes fière de vous ?

Mme Rosencrantz prend une pose stupidement prétentieuse.

— Disons que j'ai tendance à penser que vous l'avez bien cherché.

J'agite la lettre sous son nez :

— Dites-moi que je rêve ! Vous n'avez donc rien de mieux à faire de votre temps ?

— Je vous ai pourtant prévenue ce matin…

— Comment ça, ce matin ?

— Vous m'avez répondu de façon très discourtoise. Vous n'avez vraiment aucune éducation, jeune femme. Aucune.

— Madame Rosencrantz, pour votre information, apprenez que l'incident dont vous me parlez s'est produit voilà une semaine, pas ce matin.

— Je n'ai nul besoin de votre *information*, mademoiselle Burns. Je sais quand même quand je suis venue frapper à votre porte.

— On ne dirait pas. Par ailleurs, si vous imaginez que je vais rester les bras croisés, laissez-moi vous dire que vous vous mettez le doigt dans l'œil jusqu'au coude. Je remuerai ciel et terre s'il le faut, vous n'avez pas idée.

— Allez-y, faites autant de raffut que vous voudrez ! Hurlez, même ! Ça ne nous changera guère.

Ma parole, elle tend la joue !

Pour la première fois de ma vie, je suis assez tentée de cogner une vieille dame. À part ça, elle devrait prendre des cachets pour la mémoire. Elle n'arrive même plus à compter les jours.

Mais je parviens à conserver mon calme et, ramassant ce qui me reste de volonté, à passer mon chemin. *Tu as d'autres chats à fouetter, Kris.*

J'appelle l'ascenseur. Le temps qu'il arrive, je remarque une autre lettre des HLM, scotchée sur le mur. Un simple mot, plus exactement.

En raison d'un problème de chaudière, l'immeuble a été momentanément privé d'eau chaude ce matin. Nous vous prions d'accepter nos excuses pour la gêne occasionnée.

Cette feuille doit dater d'une semaine et ils auront oublié de l'enlever. *La douche froide, par contre, je ne risque pas de l'avoir oubliée !*

Mais en y regardant de plus près, il y a comme un os.

Le mot est daté de *ce matin.*

86

Du calme. Ça doit pouvoir s'expliquer. La chaudière refait des siennes, voilà tout. L'eau chaude a été coupée le matin où Mme Rosencrantz est venue frapper à ma porte, puis de nouveau ce matin. Donc, deux jours *différents*. Quant à cette vieille chouette, la conclusion s'impose : elle devient sénile.

Je saute dans l'ascenseur, le cerveau en cathédrale. Moi qui n'ai jamais été très portée sur l'alcool, j'ai comme l'impression que je pourrais bien être amenée à modifier mes habitudes.

À peine rentrée, je me verse un grand verre de Stolichnaya. Une vodka tonic, en somme, mais sans tonic. Puis je l'avale d'un trait. Ce que je recherche : une forme d'anesthésie.

Comme j'aimerais que Michael soit là, près de moi... comme j'aimerais, surtout, savoir ce qu'il a en tête. *Pourquoi n'a-t-il rien voulu me dire ?* C'est un côté de sa personnalité qui ne me rassure pas.

Je me verse une deuxième Stoli et me décide à le bipper tout en bouclant à mon poignet le bracelet en saphirs et diamants qu'il m'a offert. Après ce qui s'est passé, je parie qu'il ne m'en voudra pas si je le mets quand même pour aller bosser.

Les minutes passent. Attente intolérable.

Où est-il ? Un rendez-vous qui se prolonge chez Baer Stevens. Un appel international qu'il ne peut pas se permettre d'interrompre. Ou bien avec son avocat, en train de mettre au point la meilleure stratégie de rupture. Divorcer de Penley, c'est essentiellement une affaire de gros sous.

Les minutes se transforment en demi-heure, et mon impatience en irritation. Je ne supporte pas ça. Pourquoi ne me rappelle-t-il pas? Comme s'il ne savait pas que nous avons des choses à nous dire.

Je le bippe de nouveau.

Mais ce n'est déjà plus la colère qui me gouverne. C'est l'angoisse. *Qu'a-t-il fait? Que peut-il être en train de faire?*

Tant pis, je compose *67 et appelle à l'appartement. Je sais d'expérience que Penley ne décroche jamais, mais peut-être que lui... ?

Je laisse sonner, sonner. *Et merde.*

Le répondeur finit par se mettre en marche. Je suis sur le point de raccrocher quand j'entends une voix : « Allô? » Je la reconnais aussitôt à son accent : c'est Maria. Curieusement, ce n'est pas son jour de ménage. Ni sa nuit, d'ailleurs, car le jour est tombé depuis longtemps.

Je tâche d'effacer toute trace d'anxiété :

— Maria? C'est moi, Kristin. Que faites-vous si tard à l'appartement?

— Yé garde les enfants. Mme Tournboull, elle m'a appelée au dernier moment.

— Elle est sortie?

— Oui, avec le monsieur Tournboull. À dîner.

Je suis cueillie à froid. Dîner? *Ensemble?*

— Vous ne savez pas où, par hasard?

— Non. Mais il m'a donné les nouméros des téléphones, en cas d'ourgence. Vous voulez que j'appelle, *sí?*

— Non, non, ce n'est rien.

— Ils rentreront tard, yé leur dirai que vous avez appelé.

— Non! Ne faites pas ça.

Je me reprends aussitôt, un ton plus bas :

— Je veux dire, c'est inutile. Je parlerai à Mme Turnbull demain matin.

Je remercie Maria et raccroche, sans savoir si cette nouvelle devrait me soulager ou, au contraire, m'inquiéter un peu plus. Dans le doute, je coche la deuxième case. Comme j'ai vu dans quel état s'est mis Michael ce matin après avoir pris Penley sur le fait, apprendre qu'ils dînent en amoureux le soir même est bien la dernière chose à laquelle je me serais attendue.

À moins, bien entendu, que cela ne cache quelque chose. Quelque chose que Michael *ne veut pas me dire.*

Du coup, je le bippe une troisième fois. Si vraiment il est en train de dîner avec Penley, qu'est-ce qui l'empêche de s'excuser et de sortir de table pour me rappeler ?

Je me mets à pleurer. Je me dégoûte, mais c'est plus fort que moi. Et plus j'essaie de comprendre, plus je m'enfonce.

Je m'apprête à me verser un troisième verre quand je comprends que ce n'est pas d'alcool que j'ai besoin.

J'ai besoin de retrouver mon labo.

Une minute plus tard, sous la faible lumière rouge de l'ampoule, je commence à développer les photos de Penley et Stephen que j'ai réalisées ce matin en face du Fálcon. Je n'en reviens toujours pas qu'ils aient eu le cran de sortir ensemble de l'hôtel. Ce qu'on dit doit être vrai : les amants illicites ne rêvent que d'être pris la main dans le sac.

S'agissant de Stephen et Penley, le cas me paraît toutefois discutable.

Voyons ce que donne le premier cliché.

Ah non !

Sur l'image, Stephen apparaît translucide.

Comme Penley.

Et comme les housses.

Avec ça, je ne suis pas plus avancée.

Mon cauchemar n'est pas qu'un mauvais rêve. Il est réel. Il s'est produit. *Passé composé.* Je le sais, j'y étais.

Et d'ailleurs, je n'étais pas la seule. Une personne peut témoigner que j'étais devant le Fálcon ce jour-là.

Seul problème, cette personne est sans doute la dernière que j'irais chercher. Serais-je assez masochiste pour tenter de la retrouver?

Non. Seulement au bout, tout au bout du rouleau.

87

Je repêche sa carte de visite au fond de mon sac, où je l'avais fourrée. Les caractères gras sur le papier épais indiquent : *Inspecteur Frank Delmonico, 19ᵉ Disctrict, 153 E. 67ᵉ Rue.*

La seule vue de son nom me rend malade. Le numéro de téléphone a été biffé au stylo et remplacé par un autre. Deux des chiffres sont illisibles, mais ça m'est égal. Car je n'ai certes pas l'intention de le prévenir de ma venue. Je compte sur l'effet de surprise. Et sur autre chose.

Seul un crétin fini oserait m'agresser physiquement dans un bâtiment rempli de flics.

Dans le taxi qui me conduit dans l'East Side, lequel commence à quelques blocs du Fálcon, je tente de me calmer en respirant à pleins poumons. À la lumière des réverbères et des sources lumineuses de toutes sortes, la pierre des immeubles semble luire sous le ciel nocturne. Spectacle non dénué de beauté, encore que lourd d'étranges pressentiments.

Les circonstances ne seraient pas ce qu'elles sont, je serais déjà en train de prendre des photos. Mais là, non.

Assez d'images à dresser les cheveux sur la tête.

Je croise en entrant deux jeunes agents en pleine conversation. L'un d'eux me regarde en passant, me salue d'un petit signe de tête et d'un sourire. J'hésite à lui demander si Delmonico est là, mais je viens d'apercevoir ce qui ressemble fort à l'accueil. Derrière un comptoir est assis un policier plus tout jeune, du genre pas commode, physique de verrat, rougeaud, irlandais comme c'est pas permis. Il est en train de taper sur son clavier d'ordinateur et ne prend même pas la peine de lever le nez de son écran :

— C'est pour quoi ?

En voilà un qui ne risque pas de me reconnaître lors d'une séance d'identification.

— Je voudrais parler à l'inspecteur Frank Delmonico.

Ses doigts boudinés cessent presque instantanément de pianoter. Je le vois se tourner lentement vers moi et me regarder d'un air épaté.

— Vous pouvez répéter ?

Qu'ai-je dit de si extraordinaire ?

— L'inspecteur Delmonico est-il là, oui ou non ?

— Non, il n'est pas là, me répond le flic.

— Savez-vous où il est ?

— Je crois bien. *Il est mort.* Voilà où il est.

Je recule d'un pas, chancelante.

— *Quoi ?* Mais nous venons de nous voir. Il est venu chez moi.

Le flic se penche sur sa chaise.

— Quand était-ce ?

— Il y a quelques jours.

— Vous devez confondre, mademoiselle... mademoiselle comment, d'ailleurs ?

— Écoutez, je suis sûre de moi. Il est venu dans mon appartement.

Il se retient de glousser :

— Sans blague ?

Comment peut-on prendre ces choses à la légère ?

— C'est la vérité, je n'invente rien. Nous nous sommes parlé plusieurs fois la semaine dernière. Un homme très maigre, pas de la première jeunesse...

Le flic se penche un peu plus et, visage de marbre, me réplique d'une voix pesante :

— Voulez-vous que je vous la dise, la vérité ? *L'inspecteur Delmonico est mort depuis plus de trois ans.*

Muette de stupéfaction, je reste interdite, comme assommée. Je sens le reflux du sang dans ma tête. Le hall se met à tournoyer. Mes genoux se dérobent.

— Eh, ça va ? Vous vous sentez bien ?

Ah non, ça ne va pas. Je ne me sens pas bien, mais alors pas bien du tout.

— Nous parlons bien de la même personne ? L'inspecteur Delmonico ? Brigade criminelle ?

— Ouais. Frank Delmonico.

Je l'entends marmonner quelque chose dans sa barbe.

— Comment dites-vous ? Je n'ai pas compris.

— Rien, rien...

— Non, pas rien. Quelque chose. Qu'avez-vous ajouté ?

Il me dévisage. *Pour qui elle se prend, cette nana ?* Mais je ne lâche pas le morceau. J'élève la voix :

— Je veux savoir ce que vous venez de dire.

Il hausse les épaules.

— Puisque vous insistez. J'ai dit : « Ce fils de pute. »

Comme si les choses n'étaient pas assez compliquées.

— Et qu'est-ce qui vous fait dire ça ?

Il me coupe :

— Vous êtes journaliste ?

— Non. Pas exactement.

— De toute façon, je ne suis pas censé vous parler de ça. D'ailleurs les journaux ont donné tous les détails. C'est le genre d'histoire dont la presse fait ses choux gras.

— Sauf qu'à l'époque je n'habitais pas encore New York. Que lui est-il arrivé ?

— Eh bien, disons que notre ami l'inspecteur n'est pas vraiment regretté, par ici.

— Mais pourquoi ? J'ai besoin de savoir. Je vous en prie ! C'est très important pour moi.

— Parce qu'à lui tout seul il a foutu une merde noire dans tout le secteur. Voilà pourquoi.

J'aimerais lui demander de quelle façon. Il m'arrête tout de suite :

— Je n'aurais même pas dû vous en parler. Affaire classée. Fin de la conversation.

Sur le point de m'en aller, je pense brusquement à quelque chose. Je me retourne :

— Laissez-moi au moins vous poser une question : est-ce que ça a à voir avec le quadruple meurtre de l'autre jour, au Fálcon Hotel ?

Le policier me regarde d'un air parfaitement ahuri.

— Quels meurtres ?

À ce stade, il ne me reste qu'à m'évanouir.

88

Quinze ou vingt minutes plus tard. Encore abasourdie, une nouvelle bosse de belle grosseur sur la calebasse, je marche sans même m'apercevoir que la pluie s'est mise à tomber. Je suis bien trop occupée à me remémorer chacune de mes rencontres avec l'inspecteur.

Tout ne se serait-il passé que dans ma tête ?

Rigoureusement impossible.

Je lui ai parlé. Il m'a parlé. Il m'a tendu sa carte.

Les morts ne font pas ce genre de chose.

Mais attends ! J'y pense !

Je viens de m'arrêter net au milieu du trottoir. Des gouttes de pluie glacée me dégoulinent sur le visage. Je sors de ma poche la carte de visite de Delmonico, je la palpe entre mes doigts pour me prouver qu'elle est bien réelle. C'est tout comme.

— Taxi !

À peine rentrée chez moi, je me jette sur l'ordinateur. Logiquement, je devrais être trop perturbée, trop déboussolée pour avoir les idées claires. Mais mon obsession est telle d'apprendre enfin la vérité sur ce Delmonico – passé et présent – que je crois bien n'avoir jamais été aussi déterminée de ma vie.

« Les journaux ont donné tous les détails », m'a dit le flic au commissariat.

C'est ce qu'on va vérifier.

« Frank Delmonico » donne un peu plus de mille réponses sur Google. Rien que ça ! Quelques liens renvoient aux élucubrations de bloggeurs venimeux, mais beaucoup sont d'authentiques pages d'actualité, extraites des archives en ligne de quotidiens new-yorkais. Sur le Web, les vieux journaux ne jaunissent jamais.

Je clique nerveusement d'un site à l'autre. Tous ne sont pas illustrés, mais lorsqu'il y a une photo, il est chaque fois vêtu du même costume anthracite. Son regard sombre, intense, est reconnaissable entre mille. Aucun doute, c'est bien lui. Et chaque article, sans exception, confirme ce que je me refuse encore à croire.

Il est mort depuis plus de trois ans.

Et plus je lis, plus je comprends pourquoi la police n'aime pas vraiment évoquer son souvenir. « Fils de pute » : le mot, en effet, n'est pas trop fort, voire indulgent.

Delmonico était un agent couvert de décorations. Plus de vingt ans de métier, dont la moitié à récolter des pots-de-vin.

Mais il y a beaucoup mieux.

À force de cliquer, je finis par tomber sur un grand papier du *New York Times*, au moins deux mille cinq cents mots, qui raconte en long et en large la sanglante destinée de Delmonico.

L'inspecteur avait partie liée avec la mafia russe. Il couvrait leurs trafics de drogue et leurs réseaux de prostitution. Une autre de ses activités consistait à blanchir l'argent aux tables de poker d'un certain nombre de casinos d'Atlantic City. Le pompon fut décroché lorsque deux jeunes inspecteurs de son secteur furent sur le point de faire le lien entre un homicide dans le Queens et l'un de ses amis russes. Delmonico les buta l'un et l'autre. Personnellement.

Mieux : il fit en sorte de se voir confier l'enquête. Hélas, il y eut un os. Delmonico croyait qu'il était seul dans la ruelle où les deux policiers étaient tombés sous ses balles. Il n'avait pas remarqué la présence d'un vieux Loubavitch qui regardait à sa fenêtre. Et qui, lui, n'avait pu manquer de le voir.

Malgré tout, Delmonico ne semblait pas devoir être inquiété. Même le parquet n'y croyait pas. C'était la parole d'un inspecteur chevronné contre le témoignage d'un vieillard dont la vue, selon l'instruction, était déclinante. Le bruit courait que l'unique raison pour laquelle l'affaire avait suivi son cours était l'entêtement du maire, soucieux de ne pas paraître fermer les yeux sur les affaires de corruption policière, à plus forte raison avec deux meurtres de sang-froid sur les bras.

En fin de compte, les plus nerveux furent les Russes. Une semaine avant le début du procès, Frank Delmonico fut abattu de deux balles en pleine tête, à bout portant. L'arme était un Makarov 9 mm de fabrication russe. De peur que le message ne soit pas assez clair, ils en avaient laissé un autre dans la bouche de Delmonico. *Un gros rat noir.*

Mais ce rat n'était encore rien.

De mon point de vue, en tout cas.

Dans l'espoir d'échapper à la meute des journalistes et des photographes, Delmonico avait délaissé son appartement du Queens pour prendre ses quartiers dans un hôtel. Et c'est dans cet établissement que son corps avait été retrouvé.

Au Fálcon.

Sur une photo, on pouvait même voir son cadavre évacué dans une grande housse noire.

89

J'éteins l'ordinateur. Je pense avoir dix fois plus de renseignements qu'il ne m'en faut. Suis-je plus avancée pour autant? Je patauge, oui. Puisque Frank Delmonico n'est manifestement plus de ce monde, qui donc était l'homme à qui j'ai parlé?

Comme mue par un réflexe, je ressors de ma poche la carte de Delmonico. Je repense à l'instant où il me l'a tendue, en face de l'hôtel. Je revois parfaitement la scène.

Donc...

Mais oui!

Je me précipite vers mon labo. Les murs sont couverts de photos, plus un centimètre carré de libre. J'en ai pris tellement, ce matin-là, devant l'hôtel. De tous côtés, en double. Flics, infirmiers, je n'ai oublié personne. La totale. Il ne peut pas avoir échappé à mon viseur.

Loupe en main, je passe mes murs en revue. Ma façon à moi, assez pathétique, de jouer à « Où est Charlie »? J'étudie chaque photo, de la gauche vers la droite, à la recherche du costume sombre et de ce regard qu'on n'oublie pas. *Où est Delmonico?*

Je ne le trouve sur aucun des clichés.

Que faire? Recommencer. Plus lentement, centimètre par centimètre, du haut vers le bas. La sueur qui perle de mon front et de mes bras colle au papier photo. La tête me lance. Mes yeux me tuent.

Allez, montre-toi, Delmonico! Je sais que tu te caches quelque part.

Mais non.

Un pas en arrière. Je prends une profonde inspiration et tâche de me concentrer. Mort ou vif, réel ou virtuel, quelle connexion y a-t-il entre l'inspecteur Frank Delmonico et moi ? Je n'avais jamais entendu parler de lui, ne l'avais jamais vu avant de tomber sur lui devant le Fálcon. Comment expliquer qu'il n'était pas là lorsque les quatre corps ont été évacués, et qu'il ait surgi seulement ensuite, comme un diable hors de sa boîte, pour me bombarder de questions ? Ça doit vouloir dire quelque chose. Mais quoi ?

Brusquement, je sens une paire d'yeux posés sur moi. Et je fais un bond à me cogner au plafond.

90

Je me retourne. Derrière ses verres épais, mon père me regarde de haut, froidement.

Sa photo jouxte celle du docteur Magnumsen.

Ils ont un vrai point commun avec Delmonico, eux. *Ils sont morts.* Autant qu'on sache.

J'examine la photo de mon père dans les rues de New York. Mâchoire carrée, épaules voûtées : son corps est un paradoxe ambulant. Un homme combatif, mis à genoux par un monde injuste. Mon père était un charpentier de talent, pompier bénévole. Je me souviens qu'il s'était porté au secours d'un petit garçon emporté par une rivière en crue en se nouant une corde autour de la taille.

Mais les héros sont parfois mal récompensés. Dans les années 1980, avec la récession, les charpentiers furent moins demandés. L'argent a commencé à manquer à la maison. Quelle ironie : lui qui avait passé sa vie à bâtir des maisons n'était même plus capable de faire tourner la sienne.

La situation aurait pu rester supportable si ma mère s'était montrée un peu plus compréhensive. Ce qu'elle n'était pas pour un sou. Je me rappellerai toujours le soir où, à la table familiale, elle le traita de « raté » en le regardant droit dans les yeux.

C'est à partir de ce moment-là qu'il s'est mis à boire, inconsidérément. Jamais devant moi. *Jamais.* J'étais sa princesse, sa seule fille. Même dans les pires moments, il avait toujours pour moi un câlin ou un sourire en réserve.

Toujours, jusqu'à la fin. Une heure avant de se donner la mort dans la remise délabrée, au fond de l'arrière-cour, il me serrait très fort dans ses bras et me chuchotait à l'oreille :

— Tu vas voir, tout va s'arranger...

Je n'ai jamais pu lui pardonner ce mensonge. J'aurais dû avoir du chagrin pour lui. Mais j'en avais trop pour moi-même.

Et après toutes ces années, le voilà qui se pointe au coin d'une rue, en plein Manhattan. Si seulement il n'avait pas choisi la fuite, ce matin-là. Je l'aurais pris dans mes bras, je l'aurais embrassé de toutes mes forces et je lui aurais murmuré tout doucement :

— T'en fais pas, papa. Je comprends, tu sais.

91

Seule dans ma chambre noire, je pleure comme un veau. Il me sort plus de larmes que je ne peux en essuyer. Mon père me manque. Tant de choses me manquent ces temps-ci. Mais par-dessus tout, mon équilibre psychologique.

Je suis à ramasser à la petite cuiller...

Il est tard. Trop tard pour avoir Michael au bout du fil. Vannée comme je suis, le mieux est de rejoindre mon lit.

Mais la perspective d'être réveillée demain matin par mon cauchemar – et par Dieu sait quoi d'autre – suffit à me faire changer d'avis. À la place, je décide de développer les clichés de Penley et de Stephen que j'ai pris en face de l'hôtel.

Le clou de l'exposition !

Il ne m'en faut pas plus pour me changer instantanément les idées. Tandis que j'examine la première vue, je ne peux m'empêcher de me frotter les mains à l'idée que Michael entamera la procédure de divorce par un direct au cœur. Cette pensée me grise – ou me galvanise – au point que je me surprends à fredonner.

— *Ils sont a-mou-reux !*

Euphorie de courte durée.

En arrêt devant l'image translucide de Stephen – toujours ce même aspect fantomatique –, je rends définitivement les armes devant l'inexplicable. Je n'ai plus aucunement confiance ni en moi-même, ni dans le monde matériel où j'évolue depuis quelques jours. Je *sais* pourtant que j'étais

devant le Fálcon, que j'ai vu sortir les chariots sur le trottoir. Mais je sais aussi reconnaître une suite logique.

D'abord, *Penley*.

Ensuite, *Michael*.

Et maintenant, *Stephen*.

Pas la peine de s'appeler Einstein pour compter jusqu'à
quatre.

Il en manque une.

92

Je sors de la chambre noire. Tiens, un message sur mon répondeur. Un seul. Je ne suis pas pressée de l'écouter. Que dis-je : je suis *pétrifiée* à l'idée d'appuyer sur le bouton et d'entendre ce que quelqu'un a encore à me dire.

Qui cela peut-il être ? Un nouvel appel de Kristin Burns ? Les paris sont ouverts.

Je sors une bouteille d'eau fraîche du frigo et la vide d'un trait. *Comment me suis-je fourrée dans ce pétrin ? Où est la sortie ?*

Qu'on me montre le chemin, parce que je n'en ai aucune idée. Moi qui suis censée être « créative », comment se fait-il que je sois incapable de résoudre ce casse-tête ? Qui, d'ailleurs, en serait capable ?

La petite lumière rouge du répondeur clignote obstinément. Peut-être un message de Michael, après tout ? Peut-être qu'il a réussi à rétablir la situation, je dis bien *peut-être*.

Ou bien Delmonico qui m'appelle de Dieu sait où. Les morts ont-ils le téléphone ? Va savoir.

Je m'approche du répondeur diabolique, tremblante comme une feuille. Combien sur l'échelle de la folie ? *Compte tenu de tout ce qui m'est arrivé ?* Pas tant que ça.

J'écrase le bouton. Prête à entendre n'importe qui. Disant n'importe quoi.

C'est une voix que je ne connais pas. Une voix de femme. Qui est-ce ?

— Bonjour, Kristin… Je suis Leigh Abbott. De la galerie Abbott, Hudson Street. Je voulais simplement vous dire que nous avons tous adoré votre travail. Adoré! C'est stupéfiant. Rappelez-moi au 212-555-6501. Je souhaite exposer vos œuvres à la galerie. Je vous redonne mon numéro : 212-555-6501. Appelez-moi vite. Nous sommes très impressionnés par votre vision de New York.

Je rappuie sur le bouton du répondeur.

Réécoute Leigh Abbott.

Ce sont les meilleures nouvelles que j'aie jamais entendues depuis que j'habite à New York. Les toutes meilleures, et de très loin. C'est un rêve qui se réalise.

Mais pourquoi suis-je incapable de retenir mes larmes ?

93

La puissance de mon cri, comme un réacteur d'avion au décollage, m'arrache de mon oreiller et crève le silence de ma chambre. En proie à la panique, je rejette violemment les draps. Mes cheveux dégoulinent de sueur.

Je suis en train de brûler vive – sans exagérer.

Jamais le cauchemar n'avait été aussi réel. Ça ne s'arrange pas.

J'ai si mal au ventre que j'ai tout juste le temps d'atteindre la salle de bains. Je vomis si soudainement que tous les muscles de mon cou se nouent en même temps, comme convulsés de crampes. Je m'étouffe et m'étrangle à la fois en m'écroulant au sol. Je ne peux même pas appeler au secours. *Et voilà. Je vais mourir. Sur un tapis de bain en solde !*

Et le dernier son que j'emporterai dans l'au-delà est celui de cette chanson, dont les notes commencent à m'abrutir le cerveau.

Je parviens tout de même à aspirer un peu d'air. Je n'avais pas faim hier soir, c'est ce qui me sauve aujourd'hui. Mon estomac n'a plus rien à rendre. Je ne risque pas d'avoir la gorge obstruée par quoi que ce soit. Secouée de haut-le-cœur, mais vivante.

Tout autre matin que celui-ci, je serais déjà retournée dans mon lit en rampant et j'aurais appelé pour prévenir que je suis malade. Au lieu de ça, je me douche et m'habille en vitesse. Je n'ai pas le choix. Pas le droit d'en faire à ma tête. Ce n'est pas le moment de tirer au flanc.

Je commence par appeler Michael au bureau. Alors qu'à cette heure-ci, normalement, il est arrivé depuis longtemps, son poste sonne, sonne, sonne sans qu'il décroche. Bizarre. Il est aussi trop tôt pour sa secrétaire, Amanda, qui n'arrive en général qu'autour de 8 h 30.

Je prends immédiatement la direction de la 5e Avenue. Je n'en sais pas plus aujourd'hui qu'hier sur les intentions de Michael. Est-il capable d'avoir fait du vilain ? A-t-il décidé de succéder à Scott Peterson* ?

C'est bien la première fois de ma vie que je suis impatiente de voir Penley. Il ne faut surtout pas que quelque chose lui arrive. Je suis bien la dernière à souhaiter sa mort ! *Mon Dieu, et s'il était déjà trop tard ?* Est-ce la raison pour laquelle Michael n'est pas encore au bureau ce matin ?

---

* Scott Lee Peterson, psychopathe et mari adultère, fut condamné à mort en 2005 pour le meurtre de sa femme et de l'enfant qu'elle portait. *(N.d.T.)*

94

À peine ai-je mis un pied dans le vestibule des Turnbull, j'entends une voix m'appeler du fond du couloir :

— Kristin ? C'est vous ?

— Oui, c'est moi.

Et c'est elle. *Ouf !* Je m'en veux aussitôt d'avoir imaginé Michael capable du pire et de l'avoir inscrit au club des maris psychopathes.

Penley vient de pointer le bout de son nez dans le vestibule et me scrute d'un air soupçonneux. Elle porte sa désormais fameuse tenue de « remise en forme ».

Nous nous regardons un instant entre quatre yeux. Étrange sensation. Pas très neuve non plus.

— Ça va, Kristin ? Vous m'avez l'air bien pâle. Vous ne nous couvez pas quelque chose, j'espère ?

— Non, ça peut aller. Juste un peu fatiguée.

Elle me dégaine son sourire spécial « entre nanas ».

— Petite nuit, hein ?

Ça, plus un réveil difficile. Mais qu'elle ne compte pas sur moi pour lui laisser imaginer quoi que ce soit. Surtout pas elle.

— Oh non, pas spécialement.

— Pendant que j'y pense : Maria m'a dit que vous aviez appelé hier soir ? Vous vouliez me dire quelque chose ?

Merci, Maria !

J'hésite, pas trop longtemps quand même.

— Ah oui, c'est vrai. Rien de grave. Je croyais avoir oublié mon téléphone.

Elle paraît gober le bobard. En fait, c'est un petit jeu entre elle et moi.

— Au fait, comment s'est passé votre dîner?

— Pardon?

Kristin, un point.

— Avec M. Turnbull. Maria m'a dit que vous étiez sortis au restaurant. Tous les deux.

— C'est vrai. Nous avons passé une excellente soirée, merci. Nous devrions sortir plus souvent. En tête à tête, sans les enfants.

La Pénible, un point.

— Monsieur travaille aujourd'hui?

La question m'a échappé. Je regrette aussitôt de l'avoir posée. Jamais je ne m'étais risquée à lui demander où se trouvait Michael. Pourquoi ce matin? *Quelle gourde, mais quelle gourde!*

Comme il fallait s'y attendre, Penley me considère d'un air intrigué:

— Où donc voulez-vous qu'il soit?

95

Excellente question, très judicieuse, merci de me l'avoir posée. Justement, je ne cesse d'y repenser en conduisant Sean et Dakota à l'école.

Jusqu'au moment où Sean interrompt ma réflexion en me posant une autre question. Et pas une facile.

— Mademoiselle Kristin, est-ce que je vais mourir ?

Je suis sur le cul. Quelle question ! Et dans quel contexte ! *Pourquoi me demandes-tu ça maintenant, Sean ?*

Sa petite voix toute douce me serre la gorge. Pour la deuxième fois de la matinée, j'ai l'impression de manquer d'air.

Je m'efforce d'imiter le plus rassurant des sourires.

— Sean, mon amour, pourquoi me demandes-tu ça ?

— Parce que Timmy Rockwell, à l'école, m'a dit que j'allais mourir. Et Dakota aussi. C'est vrai ?

Attention à la réponse. Un enfant de cinq ans est encore très impressionnable. Je ne veux surtout pas l'effrayer. Mais je ne veux pas non plus lui mentir.

Dakota, elle, ne voit pas tout à fait les choses de la même façon. Une enfant de sept ans ne s'embarrasse pas de telles précautions. Au diable le tact !

— Tout le monde meurt, banane !

La petite main de Sean serre fort la mienne. Je sens bien que ça ne le rassure pas du tout.

— C'est vrai ce qu'elle dit, mademoiselle Kristin ? Tout le monde meurt, à la fin ?

Je m'arrête de marcher, m'accroupis et les attire tous deux à moi.

— Personne ne peut vivre pour toujours, Sean. Mais il n'y a pas de quoi avoir peur, car je suis sûre que tu vas vivre très, très longtemps et que ta vie sera merveilleuse.

Il cligne lentement des yeux.

— Je vais vivre très longtemps, c'est vrai? Et papa et maman aussi? Et toi aussi, mademoiselle Kristin?

— Mais oui, bien sûr! Et c'est valable aussi pour toi, ma princesse! dis-je à Dakota, un doigt sur son ventre.

— Et Timmy Rockwell, alors? poursuit Sean. S'il est méchant, ça veut dire qu'il va mourir avant?

Je souris.

— Ça ne se passe pas exactement comme ça. La méchanceté n'a rien à voir là-dedans.

— C'est pas juste.

Je les prends tous les deux dans mes bras. L'espace d'un instant, il n'y a plus que nous trois sur l'île de Manhattan. *Trois.* Un nombre que j'ai tendance à préférer à *quatre.*

Je me relève:

— Allez, en route mauvaise troupe! Autrement, on va être en retard à l'école, et c'est *ça* qui serait inacceptable!

J'attrape leurs mains. Et je reste sur place.

— Qu'est-ce qui se passe, mademoiselle Kristin? demande Sean.

— Pourquoi on n'avance pas? ajoute Dakota.

La réponse à leurs questions est en face, qui nous dévisage. Nous ne sommes plus seuls.

Queue-de-cheval, le retour.

Je rugis:

— Eh! Vous!

Où vais-je trouver le courage – ou plutôt la témérité – d'apostropher aussi brutalement un type qui m'a fichu la trouille de ma vie, je me le demande.

— Oh! Je vous parle!

Si c'est bien lui. Est-ce bien lui?

Il s'est éclipsé au coin de la rue, mais je suis à peu près certaine de l'avoir reconnu. Je serais encore plus sûre de moi si quelque chose ne m'avait pas caché son visage.

Et quoi donc? *Un appareil photo.*

— Mademoiselle Kristin? Ça va? me demande Dakota, sincèrement inquiète. C'était qui? Il faisait peur.

— Rien, personne... Ça va, ma chérie. Allez, on y va.

J'ai bien envie de courir, mais je sais que c'est impossible. Pas avec les gosses. Donc, marche. Tranquille, sans se presser. Comme d'habitude.

Seule différence, je jette un coup d'œil par-derrière toutes les dix secondes environ, les nerfs en charpie.

Où te caches-tu, Queue-de-cheval?

Que veux-tu?

De moi?

Des enfants?

Et pourquoi cet appareil photo?

96

Personne sur la 5ᵉ Avenue, surpeuplée à cette heure. Personne sur Madison. Personne devant le portail de la Preston Academy. Queue-de-cheval et son appareil se sont comme volatilisés. Un affreux torticolis en est la preuve.

Je serre Sean et Dakota bien fort dans mes bras. Surtout, ne pas me laisser aller devant eux.

— Je reviens vous chercher cet après-midi. Comme d'habitude, d'accord?

— Mademoiselle, tu es sûre que tout va bien? demande Dakota. Tu es bien sûre?

Elle a l'air vraiment inquiète. Pour moi. Comme elle est mignonne. Je me compose un sourire de vainqueur:

— Bien sûr que j'en suis sûre! Je vais très, très bien. Et maintenant, c'est parti pour une journée en or!

Pas de clin d'œil aujourd'hui, de part ni d'autre. Je suis en rupture de tendresse.

Ils me font oui de la tête et je les vois trottiner entre les rangées d'arbres de la cour de récréation et grimper la couple de marches de l'entrée. Combien de matins suis-je restée ainsi à regarder Sean et Dakota, de cet endroit même?

Je suis sur le point de repartir quand je les aperçois, sur la dernière marche, qui se retournent pour me faire de grands signes synchronisés, un sourire jusqu'aux oreilles.

J'ai envie de pleurer. Il ne faudrait pas grand-chose. Luttant contre mes larmes, je leur renvoie moi aussi un grand signe de la main.

Maintenant que je les sais en sécurité, les larmes peuvent couler. Puis j'exécute un nouveau tour complet sur moi-même pour repérer Queue-de-cheval.

Personne en vue. Le salopard. Quel ignoble personnage. Mort, lui aussi, comme Delmonico?

Surgie de nulle part, revoilà la chanson mystère qui me saute dessus par surprise. Cette fois j'identifie – ou crois identifier – un mot. « Rond » ?

— Mais c'est quoi, cette foutue chanson?

Deux passants me regardent d'un air effaré.

Je sèche mes yeux puis regarde l'heure à ma montre, avant de prendre mon téléphone. *Le moment est plus que venu de remettre la main sur l'autre homme invisible de ma vie.*

Dans le pire des cas, j'aurai au moins sa secrétaire au bout du fil. Après trois sonneries, c'est elle qui décroche.

— Secrétariat de Michael Turnbull...

— Bonjour, pourrais-je lui parler, s'il vous plaît?

— Qui dois-je annoncer?

— Kristin Burns. La nounou des Turnbull, vous savez? Vous êtes Amanda?

— Oui, bonjour, Kristin. Visiblement, vous ne m'appelez pas de chez lui, n'est-ce pas?

— Non, en effet. Pourquoi?

— M. Turnbull a appelé son domicile pour savoir s'il y avait quelqu'un. Il se trouve qu'il a oublié des documents importants dans sa bibliothèque. Il espérait que sa femme ou que vous puissiez les lui apporter.

— Je peux m'en charger. J'y retourne justement. Je viens de déposer Sean et Dakota à l'école.

— En fait, il vient de sortir pour aller les prendre lui-même. Il en a besoin pour un rendez-vous en fin de matinée. Puisque vous y allez aussi, vous devriez sans doute le croiser...

Tout de même! Enfin un peu de bon temps! Avant même qu'Amanda ait pu finir sa phrase, je fais signe au premier taxi en vue, qui vient de déposer des enfants plus âgés devant l'école.

Moins de dix minutes plus tard, je suis dans l'ascenseur qui me conduit jusqu'au penthouse. Trop soulagée de retrouver Michael, j'en oublie presque qu'il m'a rendue folle d'anxiété depuis vingt-quatre heures. Tout est pardonné. Mais maintenant, il est temps de nous parler. Très sérieusement.

Je fais un pas dans le vestibule. Aussitôt j'entends sa voix. Comme assourdie. Dans la cuisine, apparemment. Avec qui Michael est-il en train de parler?

97

J'entre à pas feutrés dans la salle à manger, sur la pointe des pieds. Difficile de comprendre ce qu'il dit. Mais c'est bien lui. C'est Michael.

Je colle l'oreille contre la porte battante de la cuisine. Sa voix a quelque chose d'inhabituel, comme un léger écho. Ça y est, je viens de comprendre à qui il parle.

Au répondeur.

J'entre dans la cuisine vide et guette le petit voyant rouge de l'appareil. Michael est au milieu d'une phrase. J'écoute un moment le message qu'il est en train de confier à l'appareil. Il en est à « au revoir ». Dans un instant, il aura raccroché.

— Bon, eh bien, à très vite, ma chérie. Je t'aime, je t'adore.

Je me jette sur le combiné. Trop tard.

Clic.

Il devait appeler de son portable. Est-il toujours en chemin ? Je compose les premiers chiffres de son numéro quand mon doigt s'immobilise. Quelque chose ne colle pas.

Qu'a-t-il dit ?

Je t'aime, je t'adore... ?

Il ne peut pas avoir laissé ce message pour moi, de toute évidence. C'était destiné à Penley. Peut-être essaie-t-il de lui donner le change ? Michael a beau être très cool et très intelligent, j'ai quand même du mal à y croire. Il la déteste trop. Surtout ces jours-ci.

Le répondeur continue de clignoter, à croire qu'il me supplie de réécouter le message en entier. *Qu'est-ce que tu attends, Kris ? Satisfais ta curiosité.*

Je me tâte. Je ne suis pas censée faire ça – écouter les messages. C'est même l'une des premières choses que Penley m'ait dites lorsqu'elle m'a embauchée : « Ne vous souciez pas du répondeur. » Traduction : *Mêle-toi de tes oignons !*

Si bien que, en deux ans, je n'ai pas touché une fois à cet engin.

Jusqu'à aujourd'hui.

Et puis merde, qu'ai-je à y perdre ? Mon boulot ? Bon an mal an, il y a peu de chance que je fasse encore longtemps la nounou. Ce qui me donne un motif supplémentaire d'écouter ce message. Je n'ai pas aimé la façon dont il s'achevait.

Par ailleurs, Amanda ne m'a-t-elle pas dit que Michael avait déjà appelé plus tôt dans la matinée ? Curieux timing.

Pour toutes ces raisons, j'appuie sur le bouton. « Vous avez un nouveau message », annonce la voix numérique.

Puis la voix de Michael : « Salut ma chérie, c'est moi. » Voix terne, quasi penaude.

La suite m'assène un coup de massue.

98

J'écoute sans respirer. Les mots que Michael prononce m'entrent dans l'oreille l'un après l'autre, comme au compte-gouttes.

« *J'ai beaucoup réfléchi depuis hier soir. Au fait, quelle brillante idée de m'avoir invité dans notre restaurant favori pour déballer ton sac. Dieu sait comment j'aurais pris les choses en privé.*

« *C'est peut-être le fond du problème : tu me connais trop bien. Car pour ce qui me concerne, encore maintenant, j'ai l'impression de ne pas savoir du tout qui tu es. On dirait une mauvaise réplique de navet, hein ?...*

« *J'ai conscience de ne pas être une crème de mari, et j'ai conscience qu'il fallait du cran pour m'avouer ce que tu m'as avoué. D'ailleurs, tu ne m'en aurais sans doute pas parlé si tu ne souhaitais pas que les choses s'arrangent entre nous. Malgré tout, je dois dire que ça m'a foutu un sacré choc.*

« *Merde. J'espère ne pas regretter ce que je vais te dire maintenant. Mais je veux que tu saches à quel point je suis écœuré. Tu me répètes que tu n'as jamais cessé de m'aimer. Et je t'aime aussi, figure-toi. Est-ce que cela suffira ? Je n'en sais vraiment rien. On verra à l'usage...*

« *Il y a autre chose. Ta décision de couper les ponts avec ce type m'inquiète un peu. Qui te dit qu'il ne le prendra pas mal ? J'espère vraiment que tu sais ce que tu fais. Promets-moi d'y réfléchir, Penley. Je peux compter sur toi ?*

« *Peut-être que je fais de la parano, j'en sais rien... Ce que tu as de mieux à faire, c'est de l'inviter au restaurant, lui aussi. Putain, c'est trop bizarre... Je suis en train de conseiller ma femme sur le meilleur moyen de larguer son amant !*

« *Tu sais quoi ? Je crois que je vais quitter le bureau et repasser à la maison. De toute façon je n'arrive pas à travailler. Tiens, je vais nous acheter de la glace en chemin. De la Chunky Monkey, comme d'hab. Au diable le régime, pour une fois !*

« *Bref, si tu entends ce message avant mon arrivée, attends-moi, OK ? On va se goinfrer et discuter encore un peu.*

« *Bon, eh bien, à très vite, ma chérie. Je t'aime... je t'adore.* »

Comme statufiée au beau milieu de la cuisine, je sens que mon cerveau est sur le point de partir en vrille.

Je n'en reviens pas d'apprendre que Penley est passée aux aveux.

Et je n'en reviens pas non plus que Michael soit tout prêt à lui pardonner, sans remettre une seconde leur couple en question. M'aurait-il menée en bateau depuis tout ce temps ? Serai-je la dernière à savoir ce qui se trame dans mon dos ?

Je suis médusée. Que croire ? Que penser ? Brouillard complet. Qui plus est, je crois bien que je vais me sentir mal. Je dois m'appuyer d'une main sur le comptoir pour garder l'équilibre. J'ai besoin de recul. *Concentre-toi, Kristin, réfléchis !*

Ça paraît tellement injuste. Michael avait presque l'air d'un agneau au téléphone.

Lâche.

Docile.

Inoffensif.

Innocent.

Et soudain tout devient clair.

De A à Z.

Depuis le début, jusqu'au message de Michael.

Jusqu'à l'alibi de Michael, devrais-je dire.

Je me retourne et ouvre sans hésiter le bac congélation du réfrigérateur.

Là, devant moi qui m'observe, un pot de crème glacée Ben & Jerry immaculé, inentamé. « Chunky Monkey, comme d'hab. »

Dieu est dans les détails.

99

— Ça vous ferait mal d'accélérer un chouïa ?

Le chauffeur de taxi se retourne et m'incendie du regard.

— Hé, je suis déjà au maximum, je vous signale !

— Allons, je suis sûre que vous pouvez aller plus vite ! C'est une question de vie ou de mort, OK ?

— Ah ouais ? En retard à son cours de gym, c'est ça ?

Il descend la 5e à tombeau ouvert et cherche probablement un raccourci vers Madison. Nous sommes encore très loin du Fálcon.

Tout converge.

Je ne suis pas encore certaine de comprendre les tenants et aboutissants, et pourtant c'est soudain très clair. Il était temps. Jamais, de ma vie, je n'ai été aussi sûre de quoi que ce soit. En fait, tout repose sur moi. Depuis le début. Si je n'arrive pas à temps à l'hôtel, quelque chose d'horrible se produira.

Je le sais, je l'ai vu.

Mais pour le moment, j'en suis réduite à m'interroger. Vais-je arriver trop tard ?

Le taxi prend un virage au cordeau. *Cette fois on brûle !* *Et merde.*

Embouteillage ! Pare-choc contre pare-choc.

Le chauffeur pile au cul d'un autre taxi, un Checker qui se retrouve pris en sandwich derrière un autobus municipal dont le pot fume d'abondance. Je sors un billet pour le glisser par la vitre :

— Arrêtez-moi ici ! Tenez. Gardez la monnaie.

— Espérons que la prof te laisse entrer, ma jolie…

Je jaillis du siège arrière et sors en courant. Mon cœur lui aussi pique un sprint. Je suis morte de trouille.

Pourquoi, Michael, pourquoi ? Pourquoi tout foutre en l'air ? Pourquoi nous foutre en l'air ? Et les enfants, tu y penses ?

Dans ma tête, les images de l'hôtel, celles de mon cauchemar et mes photographies, en boucle. Les quatre chariots sortant de l'hôtel en procession. Et, enfin, le souvenir de mon premier séjour au Fálcon. Il y a trois ans, avec Matthew, de Boston. Coïncidence ? Peu probable. J'y réfléchirai plus tard, pas maintenant. Le voudrais-je que je ne pourrais pas.

Je dois foncer. Seulement foncer.

Ne penser à rien d'autre.

Une sirène ulule loin devant. Mon cœur se fige, mes jambes ne répondent plus. Je vais tomber.

J'arrive trop tard. C'est foutu.

Mais non. Ce n'était qu'un camion d'incendie fonçant vers Downtown, une comète rouge sur Madison, à un bloc de distance. La sirène hurlante s'éloigne, ramenant l'espoir dans son sillage. Dieu sait pourtant ce qui m'attend au Fálcon Hotel ?

J'y suis presque. Le feu qui brûle les muscles de mes jambes gagne les poumons. J'ai l'impression qu'un semi-remorque de briques s'est délesté de son chargement sur ma poitrine. Mais je n'ai pas le droit de ralentir. Rien ne doit m'arrêter.

Rien, si ce n'est…

100

La sonnerie de mon mobile.

Michael ? Il le faut !

Je me rabats sur la droite du trottoir et me cale contre un mur. À court de souffle, je décroche.

— Allô ?

Ce n'est pas lui, mais une voix de femme :

— Kristin Burns ? C'est bien vous ?

Je ne la reconnais pas, mais elle à l'air dans tous ses états. *Par pitié, le moment est mal choisi pour une nouvelle farce de l'autre monde...*

— Oui ?

— Madeline Sturges, de la Preston Academy. J'ai tenté de joindre M. et Mme Turnbull, sans succès. Il y a aussi votre nom sur la liste des personnes à contacter en cas d...

Je l'interromps :

— Qu'est-ce qui se passe ?

Un silence. Son anxiété est presque palpable.

— Dakota a dit à une camarade qu'elle devait aller « retrouver quelqu'un ».

— Comment ça ? Je ne comprends pas.

— Elle n'est pas à l'école. Nous l'avons cherchée partout. Elle a disparu.

J'en laisse tomber mon mobile. Il n'a pas touché le sol que je suis déjà en pleine course. Le sprint du siècle.

Quatre chariots.

Mon Dieu, je vous en supplie, ne permettez pas cela. Pas Dakota. Elle n'a que sept ans.

Par quel mystère aurait-elle eu vent du Fálcon? Et comment aurait-elle pu deviner que sa mère s'y trouve peut-
être? Cela défie la raison.

Comme tout le reste!

C'est la triste vérité. À ce stade, tout est devenu possible.

101

Je touche au but. L'angle du Fálcon est à six… quatre… deux mètres. Je comprime mes paupières et termine la course à l'aveugle. Je n'ose pas regarder.

Il le faut pourtant. Pas trop le choix.

Je rase l'encoignure, parée à recevoir le pire choc de ma vie. *Quatre housses mortuaires.*

Dieu merci, je ne les vois pas. *Ou pas encore.*

Ni scène de crime, ni attroupement de curieux. Ni Dakota. Il n'y a que l'auvent écarlate du Fálcon, dont l'irrésistible force d'attraction me happe.

Toujours cette vague.

Quelques secondes plus tard, je fais irruption dans le hall. *Faites qu'ils ne soient pas dans la même chambre que la dernière fois !* Celle où Michael irait tout droit. Il connaît le numéro. Vu que je le lui ai donné.

Je me précipite vers les ascenseurs à l'autre bout du hall, où je découvre une bonne dizaine de gens qui attendent. Sans réduire ma foulée, je m'engage dans l'escalier quatre à quatre. Passé le deuxième, puis le troisième étage, j'ai perdu des litres de sueur.

Je déboule enfin au quatrième et me propulse littéralement dans le long couloir.

Tout est calme.

Trop calme.

Jamais perçu un silence aussi lourd, aussi morbide, aussi sinistre.

Les portes défilent de chaque côté, et me voici enfin devant la chambre où se trouvaient Penley et Stephen. *Leur chambre.* Je m'arrête d'un coup. Mes jambes et mes poumons brûlent comme l'enfer. Comme si la douleur en profitait pour me griller sur la ligne d'arrivée.

Sur la porte, un écriteau : « Ne pas déranger. » Qui ne s'y trouvait pas hier.

Interdite, c'est à peine si je remarque un autre détail.

La porte est entrebâillée.

Oh, d'un centimètre ou deux, même pas. Juste un filet. Très doucement, je me faufile à l'intérieur.

Pas exactement un Motel 6. Plus à voir avec une suite de luxe. Je fais quelques pas dans l'antichambre carrelée de noir et de blanc, façon échiquier. *Envie de jouer ?* Enfin j'entends un son. Une voix, au fond d'un petit corridor.

C'est Stephen.

On dirait qu'il rit. Comme s'il y avait de quoi !

Encore quelques pas. En fait, il ne rit pas. Non, il pleure. Plus exactement, il sanglote.

Je passe la tête. Je regarde. Et je comprends.

Sur le front de Stephen, un canon de revolver. Et, tenant ce revolver, Michael.

102

— Ne faites pas ça, je vous en supplie ! implore Stephen d'une petite voix plaintive. Par pitié ! Non !

Nu, recroquevillé au pied du lit, tremblant de peur. Je n'en vois pas plus car la chambre est plongée dans la pénombre.

— Ta gueule ! aboie Michael. Ferme ta sale gueule !

C'est tellement soudain que j'en suis pétrifiée, comme prisonnière du temps ou spectatrice d'un mauvais rêve. Et cette infâme odeur de brûlé qui se met de la partie !

Michael arme le revolver. La haine a desséché sa voix.

— T'aurais pas dû la baiser. Et t'aurais pas dû non plus *me* baiser. Dans ces conditions...

Pffft !

Je vois le petit geyser de sang avant même d'avoir entendu la détonation, bizarrement feutrée.

L'arrière de sa tête vient d'exploser sous mes yeux. Le mur se couvre de matière cérébrale cramoisie. Stephen ne s'écroule pas immédiatement. L'espace d'une seconde, ses yeux demeurent béants, noyés de terreur. Derrière l'oreille, un lambeau de cuir chevelu fait saillie, ouvert comme un clapet. Non, Kris, *tu ne rêves pas.*

Puis, brusquement, le corps de Stephen s'affale comme si quelque marionnettiste venait de lâcher les ficelles. Ses bras, ses jambes se replient tandis qu'il choit sur le sol. Sa tête s'auréole d'une flaque de sang qui ne cesse de s'étendre. Un sang presque noir.

Dieu est dans les détails, pas vrai ?

Je me mets à hurler, exactement comme dans mon rêve.

Michael se retourne d'un bond, bras tendu, revolver braqué sur moi. Son index ganté tremble sur la détente. Je tends mes paumes :

— MICHAEL ! NON ! C'EST MOI !

Ses yeux se plissent, me reconnaissent. C'est bien moi ! Il baisse son arme, m'apostrophe :

— Mais qu'est-ce que tu fous là ?

Je cherche mes mots désespérément. Pas un ne me paraît à la hauteur de la situation.

Je ne peux que m'approcher de lui lentement. Ai-je envie de le serrer contre moi ou ai-je envie de le frapper ? Dilemme. Il m'arrête :

— Ne touche à rien ! C'est un ordre.

Quoi ?

— Nos empreintes. On ne doit en laisser aucune. Ne touche à rien.

Je le vois dévisser un petit tube au bout du canon – le silencieux, je suppose. Voilà pourquoi la détonation ne ressemblait pas à une détonation.

Puis il s'arrête, semble réfléchir une fraction de seconde, change d'avis. Et revisse le silencieux.

Je m'approche toujours. À chaque pas mon corps menace de flancher. Enfin je trouve les mots :

— Qu'as-tu fait, Michael ?

La chambre m'apparaît maintenant tout entière. Et je m'aperçois que je n'avais encore rien vu.

La main de Michael s'écrase sur ma bouche avant que j'aie pu proférer le moindre cri. Écroulé sur un secrétaire, près du lit, le corps entièrement nu, entièrement mort de Penley. Du sang coule encore le long de sa poitrine et de sa jambe. On dirait que des seaux d'hémoglobine ont été jetés autour d'elle.

Michael soulève sa main et pose un index sur mes lèvres.

— *Chhuut...* Il nous reste peu de temps. Partons d'ici, Kristin. Ça va aller.

Tranquille comme Baptiste, il sort un carré de soie de sa veste et entreprend de nettoyer l'arme. Qu'il place ensuite, s'asseyant sur ses talons, dans la main de Stephen. Puis il fait une chose dont je ne comprends absolument pas l'utilité : il essuie le dos de sa propre main sur les doigts, le poignet et l'avant-bras de Stephen.

Je le regarde faire, complètement hébétée.

Son calme est passablement effrayant. Gestes mécaniques, comme ceux d'un robot. Il ne s'y prendrait pas autrement pour préparer un jambon-beurre. À cette différence qu'il est en train de maquiller un double meurtre en simple meurtre suivi d'un suicide.

Quels mots a-t-il laissés sur le répondeur, au sujet de Stephen ? *« Qui te dit qu'il ne le prendra pas mal ? »*

Michael se relève, me regarde d'un air contrarié. C'est comme si je le voyais pour la première fois de ma vie.

— Ta présence n'était pas prévue, me dit-il.

Si seulement c'était vrai. Mais je sais quelque chose qu'il ne sait pas. J'étais destinée à voir cette scène. *Pourquoi*, voilà ce que j'ignore encore.

— Où as-tu trouvé ce revolver, Michael ?

— Quelle importance ?

J'ai quand même ma petite idée.

— C'est Vincent ?

— Il m'attend en bas, opine Michael. La voiture stationne à l'angle. Il va nous ramener à la maison, où nous attendrons l'appel de la police. Si tu as pris des cours d'art dramatique, ça va être le moment ou jamais de t'en servir.

103

C'est à peine si je comprends ce qu'il me dit. Mes jambes deviennent caoutchouc. Prise de vertige, je me sens défaillir. À partir de maintenant, je suis sa complice, c'est bien ça? Complice d'un double meurtre. Mais qu'ai-je fait? Rien. Je suis venue pour l'empêcher de commettre l'irréparable, pas pour lui prêter main forte.

Il m'attrape par les épaules et me secoue comme un prunier.

— Tu restes avec moi, OK? *Tu dois rester avec moi, Kris.* Tu vas voir, on va s'en sortir.

Je sais bien que le lieu et le moment sont mal choisis pour une confession intime, mais d'une certaine façon je n'en vois pas de meilleurs.

— Il y a une chose que je dois absolument te dire, Michael.

— Pas maintenant, Kris. *Pas maintenant!*

— Si. Maintenant, justement. Il y a trois ans...

— Kris, arrête! *Tais-toi!*

— Il y a trois ans, j'étais enceinte et sur le point d'accoucher, Michael. Je suis venue m'installer à New York avec mon copain, qui était aussi le père. Et devine où j'ai accouché, Michael? *Ici, dans cet hôtel.* Tu commences à comprendre? Toujours pas? Tout tourne autour de cet hôtel. Matthew, mon copain, était étudiant en médecine à Tufts University, près de Boston. C'est lui qui m'a accouchée. Un petit garçon, comme Sean. Ici même. Nous étions convenus de confier le bébé à une maternité. Mais il **est** mort avant. Ce petit garçon est mort ici, au Fálcon. Je ne sais pas si tu te rends compte ? J'ai laissé mourir mon bébé, Michael ! Je l'ai vu mourir sous mes yeux, mon propre enfant !

C'est au tour de Michael de me regarder comme si j'étais une parfaite inconnue. Je connais ce sentiment. Je l'éprouve depuis trois ans.

— Partons d'ici.

Je le regarde dans le blanc des yeux, ne serait-ce que parce qu'il m'est impossible de regarder autre chose dans cette chambre, ni le cadavre de Stephen, ni celui de Penley. *Surtout pas* celui de Penley.

Il a vraiment fait ça. *Il l'a tuée.*

— Tout va s'arranger, dit-il en m'entraînant vers la porte. Nous n'avons plus rien à faire ici.

Je n'en dirai pas autant. Loin de là.

J'ai compté en tout quatre chariots. Dont deux pour Stephen et Penley. Soit deux morts. *Le compte n'y est pas.*

Je me raidis :

— Attends. C'était quoi, ce bruit ?

Rectificatif : *un* mort.

104

— Surprise !

Je me retourne. Un couteau vient de s'enfoncer dans le cou de Michael.

Une fois, deux fois. Il n'a même pas le temps de comprendre que c'est Penley qui le poignarde.

La monnaie de sa pièce, en somme.

Michael s'empoigne la gorge à deux mains. Des flots écarlates inondent son col, souillent sa chemise en un clin d'œil. Sa bouche s'ouvre, mais on n'entend que le gargouillis du sang.

Et le massacre continue. Troisième, quatrième coup de couteau. *Ce n'est pas Penley. C'est une psychopathe, acharnée sur sa proie.* La lame rutilante disparaît dans la peau de Michael, reparaît encore, et encore. Dans le cou, dans le torse, aux épaules. Elle ne lui laissera pas une chance de lever une main pour l'arrêter.

Car elle n'a pas l'intention d'arrêter.

Je bondis pour tenter, en vain, de retenir le mouvement de pompe de son bras. Elle a beau être bien plus petite que moi – *et avoir été abattue, nom de Dieu !* –, elle me repousse comme si je n'étais qu'une paille. Ce que j'ai toujours été à ses yeux, pourquoi ne pas le dire.

Et après ? Mon tour ?

Derrière moi, nu comme un ver, le corps ensanglanté de Stephen, vautré sur le tapis. Mes yeux glissent de son crâne explosé à son bras, de son bras à sa main tendue.

Le revolver.

Sans réfléchir davantage, je m'élance vers Stephen. L'instinct de survie, je suppose. Je cours, je rampe, n'importe quoi, pourvu que je récupère cette arme.

Derrière, un énorme *boum*. Le corps de Michael vient de s'écrouler. Il suffoque avec un bruit de forge. Je comprends que je l'aime encore. Et qu'il est en train de mourir.

Au moment où mes doigts s'ouvrent pour prendre l'arme, j'entends dans mon dos la voix de Penley :

— Mauvaise idée.

J'arrache le revolver des doigts déjà froids de Stephen. Mon index cherche fébrilement la détente. Penley me fonce droit dessus en hurlant :

— ESPÈCE DE SALOPE !

Elle est vraiment méconnaissable. Rien à voir avec l'ancienne Penley. Étrange à dire, mais en un sens je crois que j'aime mieux le nouveau modèle.

Elle lève son bras au ciel, l'épaule tendue à bloc, prête à fondre sur sa proie. *À frapper.* La lame est rouge du sang de Michael. Il n'y manque que le mien.

Je ferme les yeux.

Puis les rouvre aussitôt.

Réfléchis pas. Appuie.

105

Pfftt.

Pfftt.

Sons étranges. Sons mortels.

Penley se plie en deux et s'affaisse à mes pieds. Son couteau tranche l'air à quelques centimètres de mon visage. La première balle l'a touchée à la poitrine. La seconde, au côté droit du front.

Mais où a-t-elle trouvé ce couteau ? me dis-je en regardant l'objet.

Nulle part.

Car ce n'est pas un couteau, mais un coupe-papier. Du genre que la police des frontières ne vous laisse pas prendre dans l'avion. Long et affûté. Sur l'étroit manche en argent, cette inscription finement gravée : « Fálcon Hotel. »

Quel touchant perfectionnisme.

Je dois me faire violence pour me mettre debout en expirant plus d'air que mes poumons n'en ont jamais contenu. Répit de courte durée. Face contre sol, Michael gît à quelques mètres de moi. Il s'étrangle plus qu'il ne respire, par brèves et douloureuses suffocations. Je me précipite auprès de lui.

— Michael ? Est-ce que tu m'entends ?

Ses paupières se soulèvent faiblement, il me cherche du regard.

— Kris ?

Sa voix se meurt. Il tousse du sang sur la descente de lit.

— Je suis là, Michael. J'appelle les secours.

Tout en sachant, lui et moi, qu'il est déjà trop tard. Son cou, sa poitrine sont en charpie, percés d'une myriade de coups de couteau. C'est un miracle qu'il puisse encore parler, avec les quantités de sang qu'il a perdues.

— Ne reste pas ici. La police...

— Ça va aller... Ça va aller...

Son regard se perd. Chaque mot est un combat.

— Non, dépêche-toi. Cours. Va-t'en.

Où ? Je vais où ?

Dans un ultime soupir, Michael murmure :

— Les enfants...

Ses derniers mots. Ses yeux s'agrandissent. Je crie :

— Michael! Michael!

Mais il n'est déjà plus là.

Michael est mort.

Ce qui, je m'en rends compte aussitôt, porte le total à trois cadavres.

106

Je me relève très lentement, jette un dernier regard à Michael. Et c'est le choc.

Là, sous mes yeux. C'est la photo que j'ai prise de Michael. Le fameux cliché où je le voyais mort, étendu sur le sol d'un lieu inconnu.

La photo que je n'ai jamais prise.

Eh bien, la voilà. M'y voilà. Comment est-ce possible ?

J'ai l'impression d'avoir reçu une décharge de Taser. Le temps semble arrêté. Le monde cesse de tourner. Une seule réalité existe encore : ce silence de mort, au sens propre du terme.

Soudain brisé.

Près du lit, le téléphone se met à sonner. Une fois. Deux fois. Et finit par m'arracher à ma catatonie. *Je ne dois pas rester ici. Je dois partir !*

Je sors de la chambre en courant et me précipite vers l'escalier de service. Je connais le chemin. À mi-course, j'entends des pas résonner derrière moi.

Les enfants...

Dakota ? Est-ce Dieu possible ? Qui d'autre ? J'aimerais autant ne pas le savoir.

Je m'arrête pourtant pour me retourner.

Ce n'est pas Dakota.

C'est lui.

Queue-de-cheval.

Lui, ici, maintenant ? Que vient-il faire dans le tableau ? Le mieux serait de le lui demander. Une autre fois.

Car ce n'est plus un appareil photo qu'il braque sur moi. Mon Dieu, dites-moi que je rêve !

— On ne bouge plus ! vocifère-t-il en me tenant en joue.

J'exhibe mes paumes, complètement paniquée. *Ne tirez pas !* Aussitôt je comprends que je viens de commettre une énorme bourde. Il y a une chose que j'ai oublié de faire avant de quitter la chambre et de détaler comme une fugitive.

Y laisser l'arme.

107

Ce qui va se passer dans un instant ? *Ma mort.*

Je ne sens d'abord pas la balle me perforer. Je ne suis même pas certaine d'avoir été touchée avant de voir la tache de sang.

Je passe doucement ma main sur ma chemise. C'est chaud, gluant, irréel.

Il a cru que j'allais lui tirer dessus. Absurde ! Quoique j'aie tout de même tué Penley...

Je titube d'un pas avant de céder sous mon poids. Puis mon corps se met en torche – du moins est-ce la perception que j'en ai. Je m'écrase lourdement, sans même sentir la chute.

Car je ne ressens plus rien, vraiment plus rien – ce qui n'est pas plus mal, tout compte fait.

Étendue sur le dos, je contemple le plafond du couloir. Le mot « sortie », en lettres lumineuses, indique l'escalier que je n'atteindrai jamais. À part ça, rien que du blanc.

Puis un visage qui me surplombe.

Queue-de-cheval. Il considère le revolver serré dans ma main et hoche la tête avec commisération. Puis il s'accroupit, appuie deux doigts contre mon cou, sur le côté. Qu'est-ce qui lui prend ? Oh, je vois, il cherche mon pouls. Je proteste :

— Je suis vivante !

Pas de réponse. Rien.

— Hé, vous m'entendez ? Vous êtes qui, d'abord ?

Au lieu de me répondre, imperturbable, il sort son mobile et compose le 911. Du coup, j'ai la réponse à ma question.

— Bonjour, je suis détective privé, annonce-t-il. J'appelle pour un homicide. Pardon, *plusieurs* homicides.

La police est presque aussitôt sur les lieux, suivie des urgences. Sacré remue-ménage autour de moi. Un infirmier tient lui aussi à vérifier mon pouls.

Entre deux pertes de conscience, j'entends Queue-de-cheval expliquer à un flic qu'il enquêtait pour le compte d'« une des victimes ». Penley Turnbull était sa cliente.

— Elle soupçonnait son mari d'avoir une liaison. Apparemment, le mari avait exactement le même soupçon.

— J'espère pour vous qu'elle avait versé des arrhes ! plaisante le flic.

Je m'indigne :

— Vous trouvez ça drôle ?

Mais il ne m'entend pas. Personne ne m'entend.

— Et la fille ? dit le flic en me désignant. Qui était-ce ?

Quand ce sketch absurde prendra-t-il fin ? Quoique, à la réflexion, suis-je si sûre de vouloir qu'il s'arrête ?

— La bonne des enfants, répond Queue-de-cheval. Et la maîtresse du mari, comme j'ai fini par le découvrir.

— Donc, si je vous suis, c'est elle que vous suiviez ?

— On ne saurait mieux dire. Mme Turnbull m'avait chargé de fouiller sa vie privée – pour la salir en vue du divorce, je suppose. Malgré tout, elle me faisait un peu pitié. Kristin, elle s'appelait. Jeune, plutôt dépassée par les événements. J'ai bien essayé de lui flanquer la frousse de sa vie dans l'espoir qu'elle finisse par rompre avec le mari – un fumier de première, si vous voulez mon avis...

— Au lieu de quoi, on la retrouve ici avec un flingue, abrège le flic. Elle avait rencard avec le mari, sans doute ?

— Pas évident. Je l'ai perdue lorsqu'elle est entrée dans l'hôtel, mais à la façon dont elle a déboulé, je suis tenté de croire qu'elle voulait empêcher ce qui est arrivé.

— Triste spectacle quoi qu'il en soit, soupire le flic. Voilà deux gosses qui se retrouvent sans papa ni maman...

— Et sans nounou. Je suis témoin que les enfants l'adoraient.

— Ceci expliquerait cela, fait le flic avec un haussement d'épaules.

— Expliquer quoi?

— On a envoyé une patrouille les chercher à l'école, mais la fille était manquante. Sept ans! Mais on vient de m'apprendre qu'elle a été retrouvée, il y a une minute à peine.

— Vivante?

— Oh, oui. Elle va bien. Enfin, si on veut.

— Où était-elle?

— À la maison. Cette petite a expliqué qu'elle avait séché l'école parce qu'elle se faisait du souci pour sa nounou. Elle voulait la rejoindre.

— Elle s'appelle Dakota. Elle se doutait de quelque chose?

— Elle jure que non. Juste un mauvais pressentiment... En arrivant chez elle, évidemment, elle n'a trouvé personne. Puisqu'ils étaient tous *ici*...

Tandis qu'ils s'éloignent côte à côte, je ne pense plus qu'à une chose : Sean et Dakota. Je ne peux pas les laisser seuls. Sean doit avoir tellement de questions à poser.

Je crie de plus belle. En vain. Pourquoi personne ne semble m'entendre?

Je ne crie plus, je hurle, exactement comme dans le cauchemar.

Suis-je morte?

Pourtant je peux voir. Je peux entendre.

Cette situation devient infernale!

— C'est le mot, intervient une voix que je reconnais.

108

À la vue de son reflet distordu sur la coque du signal
« sortie », je suis parcourue d'un frisson. Il se tient debout,
non loin de moi, dans l'embrasure de la porte. Le sale
type modèle déposé.

Frank Delmonico.

Il s'avance dans le couloir. La chambre dont il sort,
restée ouverte, n'est qu'un gouffre obscur derrière lui.

D'où s'échappe la musique du cauchemar.

Cette chambre ! Celle-là même dont j'ai failli défoncer la
porte hier.

Mais personne ne répondait.

La musique, d'une incroyable intensité, semble vouloir
m'engloutir. Mais pour la première fois depuis que cette
chanson a pris racine dans mon cerveau, à la façon d'une
plante vénéneuse, il y a un élément nouveau.

Des paroles.

Les saisons passent et repassent
Les chevaux de bois montent et redescendent
Et nous sommes prisonniers sur le manège du temps...

Delmonico, dans son inusable costume anthracite, me
domine de toute sa hauteur. Des flics traversent le couloir. Ils ne semblent même pas remarquer sa présence.

— Bonjour, Kristin. Je sais, je sais, vous êtes innocente.
Vous n'avez rien fait pour mériter votre sort.

— Cela est impossible ! Vous êtes mort !

— Qu'ils disent. Quoi qu'il en soit, j'ai reçu mission de
m'occuper de vous. De vous parler. Vous faire passer une

sorte d'entretien. Comment appellent-ils ça, déjà, en entreprise ? Ah oui : un entretien de départ.

Il plonge sa main dans sa veste et en sort un paquet de cigarettes. J'entends la suite de la chanson :

Et nous tournons, tournons, tournons
Toujours en rond.

Le visage de Delmonico s'illumine. Il m'adresse un clin d'œil avant de frotter l'allumette. À ceci près qu'il n'y a pas d'allumette. Juste une flamme. Comment fait-il ça ?

Je ferme mes yeux très fort. *Ce n'est qu'un rêve*, me dis-je à moi-même. *Forcément.*

— Pas du tout, me dit Delmonico. Vous n'avez pas rêvé une seconde, Kristin.

— Dans ce cas, il y a erreur sur la personne. Je ne suis pas comme vous, moi. Vous, vous avez tué.

— Vous aussi. Vous ne vous rappelez déjà plus ?

— Ça n'a rien à voir.

— Pas faux, répond-il en tirant une longue bouffée de sa cigarette. C'est d'ailleurs tout le problème de la vie. Rien n'est jamais vraiment tout noir ou tout blanc.

Mais je sens quelque chose sur ma jambe, qui remonte sur ma cuisse, traverse mon abdomen.

— *Enlevez-moi ça !*

Ce truc me court dans le cou, me crapahute sur le visage. Je le sens glisser sur une commissure, me chatouiller les paupières. Ça y est, je le vois !

Et je hurle, terrifiée. C'est le plus gros cancrelat que j'aie jamais vu.

Delmonico lève son pied bien haut. Son talon vient s'écraser à proximité immédiate de ma tête.

Scrouich !

— Donc, comme je vous disais, c'est une forme d'entretien.

— Quelle sorte d'entretien ?

— Eh bien, pour déterminer dans quelle case vous ranger. Vous vous dites innocente, mais, en même temps, vous avez entretenu cette liaison avec un homme marié, avec les conséquences que vous savez. Vous vous êtes toujours conduite de façon égocentrique. Et comment oublier votre petit bébé? Mort. Par votre faute. La vôtre, et celle de Matthew. Ici même, au Fálcon. Comment avez-vous pu...?

Je le dévisage, horrifiée de constater qu'il sait tout de moi.

— Où sommes-nous, à la fin?

Il soupire.

— Pour commencer, c'est ici que je suis mort, alors ça me fait quand même un petit pincement, voyez? À part ça, ce lieu est un passage, Kristin. Une entrée. Vers où vous savez. Il y en a quelques autres dans cette grande et maudite ville de New York. Mais je parle, je parle, et vous ne dites rien. C'est pourtant votre grand jour, Kristin...

109

Cette fois je commence à avoir vraiment less chocottes. Et la nausée, par la même occasion. Quelque chose brûle. L'urticaire qui me couvre le corps ? Va savoir. Je me pose tellement de questions. Je ne sais par laquelle commencer.

J'entends un bruit, aussi. *Tap, tap, tap.* Le pied de Delmonico qui bat la mesure près de ma tête.

— Bon, j'ai pas toute la journée non plus, très chère. Et l'heure tourne aussi pour vous, ajouterai-je.

— L'entretien ?

— Par exemple. Je vous écoute. Ne nous faites pas moisir ici. Bientôt nous devrons quitter ces lieux enchanteurs...

— *Pour où ?* Où m'emmenez-vous ?

— Allons, vous le savez aussi bien que moi. À quoi croyez-vous jouer ? « Trop idiote pour être coupable » ? Ne vous faites pas plus bête que vous n'êtes, Kristin. Ne me sortez pas l'alibi de la sottise. Prépa de droit à la faculté de Boston ! Filière moins judicieuse que prévu, en fin de compte.

— Donc le Fálcon Hotel est une entrée, un des passages... vers ma destination finale ?

Delmonico commence à s'impatienter.

— Il me semble avoir déjà abordé ce point. Mais en un mot, oui.

J'en reste sans voix.

— Mais... pourquoi ? Mes fautes sont si terribles ?

— Pour le dire avec des gants, oui. Vous avez été très, très vilaine. Comme tant d'autres de votre espèce, d'ailleurs.

J'ai l'impression que ma gorge se referme comme un piège. Je parviens encore à articuler quatre mots :

— Suis-je… un démon ?

Delmonico ne peut se retenir de rire à gorge déployée.

— Si vous le dites !

Puis, après un profond soupir :

— Je vais vous raconter une histoire qui devrait vous aider à comprendre ce qui vous attend. Quand j'étais môme, à Brooklyn – tenez, pas loin de l'endroit où vous êtes tombée sur ce type à queue de cheval –, on m'a fichu dans une école catholique. Un jour, je ne risque pas de l'oublier, le prêtre de la paroisse vient nous faire en classe un admirable sermon. Je devais être en sixième. Ce sermon porte sur la vie éternelle, la damnation, tout ça. Il nous dit : « Imaginez un petit merle qui nicherait sur une énorme montagne, à l'extrémité nord de Manhattan. Une fois tous les mille ans, ce petit oiseau remplit son bec de ce qu'il peut trouver, s'envole pour Brooklyn et dépose son chargement dans la cour de notre école. Maintenant, imaginez que ce merle répète l'opération jusqu'à ce qu'il ait déplacé la montagne entière. Ce ne serait encore, chers petits amis, que le commencement de l'éternité. » Je vous donne un autre indice. Cet interminable cauchemar que vous venez de faire n'a duré en tout que treize secondes environ. Du début jusqu'à la fin : treize secondes. Vous savez compter jusqu'à treize ? Je vous laisse imaginer l'horreur si ça devait durer toute une éternité.

Quoi, tout ce qui m'est arrivé… n'a duré que treize secondes ? Mon Dieu !

Delmonico fait tomber la cendre de sa cigarette, en bonne partie sur moi.

— Mais alors, qu'est-ce qui va m'arriver pendant l'éternité ?

Il explose de rire :

— Encore l'alibi de la sottise ? J'adore ! De toute façon, vous le découvrirez bien assez tôt. Jolie réplique, en tout cas. *Ce qui va se passer maintenant ?* Je vais vous en donner un avant-goût.

Là-dessus, il ouvre une bouche d'une taille inhumaine. En sort une tête de rat hirsute, qui me regarde de ses petits yeux avant de retourner dans ses pénates, à l'intérieur de Delmonico. Qui rigole :

— Miam, miam !

Il ne peut plus s'arrêter de rire. Un rond de fumée plane au-dessus de ma tête tandis qu'il tourne les talons et regagne l'obscurité de la chambre.

— Qu'est-ce que c'est là-dedans ? La porte des enfers ?

À ce moment précis, une femme flic se penche juste au-dessus de moi. Va-t-elle me déplacer ?

Pas du tout. Elle me prend en photo.

Réfléchis pas. Appuie.

110

Deux infirmiers déroulent un grand sac noir à côté de moi, fermeture éclair apparente. Je les supplie :

— Stop ! *Je ne suis pas morte !* S'il vous plaît, arrêtez ! Mais arrêtez !

Ils me collent les bras le long du corps. Au passage, j'aperçois le sang qui dégouline de ma main droite. Ils comptent :

— Un… deux… trois !

Ils me soulèvent et me déposent dans la housse.

Mon Dieu, non ! Ne me faites pas ça !

Maintenant ils descendent la fermeture sans m'entendre les implorer, les adjurer de me laisser une seconde chance, pour une raison que je ne comprends pas bien moi-même.

Je suis vraiment au comble du désespoir, de la peur, de la *solitude*.

Ils me conduisent en chariot jusqu'à l'ascenseur, puis dans le hall, et j'écarquille les yeux sur l'horreur absolue. À travers le plastique sombre et sale de la housse, tout m'apparaît gris.

Même l'auvent rouge sous lequel je suis évacuée de l'hôtel.

Puis je suis poussée sur le trottoir. Les roues du chariot couinent sur la chaussée comme des oiselets tombés du nid.

J'entends le murmure de la foule massée dans la rue. Tous se demandent ce qui a bien pu se passer.

Qui sont ces morts ?

Je trouve encore l'énergie de crier :

— C'est une terrible méprise ! Je ne suis pas morte !

Personne ne m'entend.

Ni le costard-cravate à fines rayures. Ni le coursier à vélo. Ni la mère derrière sa poussette. Tous les figurants de mon cauchemar. De parfaits inconnus. Aujourd'hui réunis pour mes obsèques, en quelque sorte.

Ma peur devient épouvante.

Mon Dieu, par pitié, arrêtez ça. Pitié, mon Dieu, pitié, mon Dieu !

Mais lui aussi a cessé de m'entendre.

À moins, ce qui est pire, qu'il m'entende parfaitement mais se contrefiche de Kristin Burns.

Au-dessus de moi, je ne vois que les gyrophares de la police et des ambulances qui dansent contre les façades.

— À l'aide ! Sortez-moi de là ! Par pitié ! Aidez-moi !

Le zip de la housse n'est qu'à quelques centimètres de mes yeux. Si près, et pourtant distant de plusieurs milliers de kilomètres. Impossible de l'atteindre.

Je ne peux pas bouger.

Mais voilà qu'il se met à s'ouvrir tout seul. À cause d'un soubresaut sur la chaussée ?

Et c'est alors que je l'entends. Elle traverse la foule et crie de toutes ses forces, éperdument, tout comme moi. Sa voix vibre de panique.

— À L'AIDE ! CETTE PERSONNE N'EST PAS MORTE !

Cette voix s'approche de plus en plus, jusqu'au moment où je parviens à discerner les traits du visage dont elle s'échappe, et tout espoir s'évanouit.

La boucle de l'horreur est bouclée. Cette femme qui hurle aux abords de l'hôtel.

C'est moi !

Cette fois, je comprends tout.

Dans quelques minutes, quelques instants, le cauchemar va recommencer. Je vais me réveiller en sursaut et hurler dans mon lit. J'entendrai la chanson. On frappera à ma porte. Ce sera Mme Rosencrantz.

Et je commencerai à revivre les épouvantables journées que je viens de traverser, sans cesse, jusqu'à ce que le petit merle ait fini de déplacer la montagne, becquée après becquée, à raison d'un voyage tous les mille ans.

Mais ce ne sera encore que le commencement de l'éternité.

Alors je me mets à hurler, hurler, hurler, hurler…

111

En route vers l'enfer. Si j'ai bien compris Delmonico, je vais donc revivre ce cauchemar pour l'éternité. Si c'est cela qu'on appelle la vie éternelle, merci du cadeau.

Maintenant la vue est dégagée, puisque personne n'a pris la peine de remonter jusqu'en haut la fermeture de ma housse.

Je ne vais pas m'en plaindre. Je jette un dernier regard autour de moi. Tout est étrangement beau. La lumière est translucide, veinée d'orange et de filaments d'or. Les visages des curieux paraissent tristes, presque comme s'ils étaient de la famille, et cela me touche.

J'en pleurerais, mais aux dernières nouvelles je n'ai plus tout à fait le contrôle de mon corps. Je me demande combien de temps il me reste avant le trou noir – ou blanc ? – ou avant que ne recommence ce cauchemar diabolique depuis le début.

Et qu'il ne recommence encore.

Et encore.

Et encore.

Combien de fois, Kris ?

Et combien de temps ai-je perdu au cours de ma vie ? Combien de choses ai-je entièrement foirées ? Si c'était à refaire, m'y prendrais-je autrement ?

Je le crois. Honnêtement, et sans vouloir m'absoudre, je sais que je vivrais une vie différente. Je me sens tellement coupable... Mon bébé... Ma liaison avec Michael... Le mal que j'ai fait à Sean et Dakota... et même à Penley –

une bécasse, assurément, mais pas une mauvaise personne.

J'ai honte. Mon Dieu, comme j'ai honte. Tellement honte, pitoyablement honte, mais *réellement* honte.

J'entends encore des voix dans la foule, devant l'hôtel.

Les infirmiers me véhiculent entre deux voitures de police jusqu'à la camionnette des urgences – le fourgon à viande, comme on dit !

Le chariot heurte un obstacle. Y a-t-il rien de plus absurde, en effet, que de faire attention lorsqu'on déplace un cadavre ?

— Personne ne peut m'aider ?

Je sais bien désormais que cette voix, quelle qu'elle soit, d'où qu'elle vienne, est uniquement dans ma tête. Pourtant je ne peux m'empêcher d'appeler à l'aide. Je m'accrocherai jusqu'au bout. Je ne jetterai pas l'éponge. Jamais. Je ne veux pas partir sans un cri.

— À l'aide... Quelqu'un... Je vous en supplie... Je regrette tous mes péchés... tout le mal que j'ai fait...

Une femme noire se penche vers moi, tout près, plus près de mon visage que je n'oserais m'approcher d'un mort. Elle me braque une petite lampe-torche dans l'œil. Dieu, comme je voudrais cligner ! Je donnerais n'importe quoi pour cligner.

Mais je ne cligne pas. Une dernière fois, je ne prononce *pas* les mots :

— Aidez-moi.

Mais cette femme se relève. Elle est médecin urgentiste. Et tout d'un coup elle se met à crier d'une voix limpide :

— Celle-ci vit encore !

Je prie pour qu'elle ait raison.

— Elle vit ! Cette femme est en vie ! Elle vient de cligner de l'œil.

DU MÊME AUTEUR

UNE NUIT DE TROP

Une femme flic...

Lauren a eu une idée géniale : aller, à l'heure du déjeuner, surprendre Paul, son mari, à la sortie de son bureau. De fait, la surprise est de taille. Mais pour Lauren... qui voit Paul s'engouffrer dans un taxi au bras d'une blonde resplendissante. Direction un hôtel de Manhattan.

bien déterminée à ne *pas* démasquer...

Pour se venger de cette trahison, Lauren cède aux avances de l'un de ses collègues des stups. Après leur première rencontre, ce dernier se fait agresser. Peu de temps après, on retrouve son corps sans vie dans un parc du Bronx – une enquête confiée à Lauren...

le meurtrier de son amant !

Pour la première fois de sa carrière, l'inspectrice va tout mettre en œuvre pour laisser échapper le coupable. Elle a vu l'assassin de son amant. Et elle ne le connaît que trop bien – du moins le pensait-elle jusqu'à cette nuit, cette nuit de trop...

ISBN 978-2-8098-0117-0 / H 50-5772-4 / 330 pages / 22 €

CRISE D'OTAGES

Que personne ne bouge !

Alors que toutes les personnalités du pays – stars de la politique, des médias, du sport et du show-biz – sont réunies à la cathédrale St Patrick, sur la 5e Avenue, pour rendre un dernier hommage à l'ex-First Lady, les portes se referment. Brutalement.

Prises d'otages !

Pour Michael Bennett, flic atypique chargé de mener la négociation avec les preneurs d'otages, la tâche s'annonce ardue. D'autant que les ravisseurs menacent de tuer si on ne leur verse pas une rançon de 80 millions de dollars. Un montant astronomique !

Le monde a les yeux braqués sur New York...

La tension monte d'un cran lorsque le maire de la ville vient s'écraser sur le parvis de la cathédrale...

« Une écriture très visuelle. Le lecteur a vraiment l'impression qu'un film se déroule sous ses yeux. »
Michael Connelly

ISBN 978-2-8098-0055-5 / H 50-5590-0 / 308 pages / 20,95 €

PROMESSE DE SANG

La vengeance ?

Nick Pellisante, responsable de la section C10 du FBI de New York, a réussi l'impossible : mettre la main sur Dominic Cavello, le *capo di tutti i capi*, le chef de toutes les mafias.

Un plat qui ne peut se manger...

Mais celui-ci parvient à faire déposer une bombe dans le bus qui mène les membres du jury à la salle du tribunal. Un répit dont Cavello profite pour se faire la belle...

... que saignant !

Débute alors une chasse à l'homme pour laquelle Pellisante reçoit l'aide d'Annie DeGrasse, jurée rescapée de l'attentat qui n'a plus qu'une idée en tête : se venger...

« Une course haletante contre le plus pervers
et maléfique des mafiosi. Ayez le cœur bien accroché ! »
Book Reporter

"Patterson est le meilleur. Nous, ses fans,
n'avons qu'une revendication : encore !"
Larry King, *USA Today*

ISBN 978-2-8098-0004-3 / H 50-5182-6 / 374 pages / 22 €

Cet ouvrage a été composé
par Altlant'Communication
aux Sables-d'Olonne (Vendée)

Impression réalisée par

La Flèche
en mars 2009
pour le compte des Éditions de l'Archipel
département éditorial
de la S.A.S. Écriture-Communication

Imprimé en France
N° d'impression : 51632
Dépôt légal : avril 2009